四川历史名人丛书 小说系列

大道孤行
千古智圣诸葛亮

李 华 …… 著

四川文艺出版社

图书在版编目（CIP）数据

大道孤行：千古智圣诸葛亮 / 李华著. — 2版. —成都：
四川文艺出版社, 2021.11
ISBN 978-7-5411-5627-4

Ⅰ.①大… Ⅱ.①李… Ⅲ.①长篇历史小说—中国—
当代 Ⅳ.①I247.5

中国版本图书馆CIP数据核字（2021）第201827号

DADAO GUXING : QIANGU ZHISHENG ZHUGELIANG

大道孤行：千古智圣诸葛亮
李 华 著

出 品 人　张庆宁
编辑统筹　宋　玥
责任编辑　张亮亮
封面设计　魏晓舸
内文设计　史小燕
责任校对　蓝　海
责任印制　桑　蓉

出版发行　四川文艺出版社（成都市槐树街 2 号）
网　　址　www.scwys.com
电　　话　028-86259287（发行部）　028-86259303（编辑部）
传　　真　028-86259306

邮购地址　成都市槐树街 2 号四川文艺出版社邮购部　610031
排　　版　四川最近文化传播有限公司
印　　刷　成都紫星印务有限公司
成品尺寸　168mm×238mm　　　开　本　16 开
印　　张　17.25　　　　　　　　字　数　290 千
版　　次　2021 年 11 月第二版　印　次　2021 年 11 月第一次印刷
书　　号　ISBN 978-7-5411-5627-4
定　　价　45.00 元

"四川历史名人丛书"编委会名单

主　任：何志勇

副主任：李　强　王华光

委　员：谭继和　何一民　段　渝　高大伦　霍　巍

　　　　张志烈　祁和晖　林　建　黄立新　常　青

　　　　杨　政　马晓峰　侯安国　刘周远　张庆宁

　　　　李　云　蒋咏宁　张纪亮

"四川历史名人丛书"总序
——传承巴蜀文脉,让历史名人"活"起来

　　文化是民族的血脉,是哺育民族成长壮大的乳汁,是一个国家、一个民族的灵魂,文化兴国运兴,文化强民族强。从十八大到十九大,习近平总书记以政治家的战略眼光,以唯物主义的科学态度,从中华文化的思想内涵、道德精髓、现代价值和传承理念等方面多维度、系统化地阐述了对待中华文化的根本态度和思想观点。他将中华优秀传统文化提升到"中华民族的基因""民族文化血脉""中华民族的根和魂"和"中华民族的精神命脉"的崭新高度,指出"一个国家、一个民族不能没有灵魂","优秀传统文化是一个国家、一个民族传承和发展的根本,如果丢掉了,就割断了精神命脉",要"加强对中华优秀传统文化的挖掘和阐发",从传统文化中提取民族复兴的"精神之钙","对历史文化特别是先人传承下来的道德规范,要坚持古为今用、以古鉴今,坚持有鉴别的对待、有扬弃的继承",努力实现传统文化的"创造性转

化、创新性发展"。总书记的一系列著名论断，从中华民族最深沉精神追求的深度、国家战略资源的高度、推动中华民族现代化进程的角度，把中华文化的发展提升到一个新高度，升华到一个新境界，推向了一个新阶段。

中华文化源远流长，积淀着中华民族最深层的精神追求，是中华民族独特的精神标识，为中华民族生生不息、发展壮大提供了丰厚滋养。沧海桑田，古印度、古埃及、古巴比伦文明早已成为阳光下无言的石柱，而中华文明至今仍然喷涌着蓬勃的生机。四川作为中华文明的重要发源地之一，历史文化源通流畅、悠久深厚。旧石器时代，巴蜀大地便有了巫山人和资阳人的活动。新石器时代，巴蜀创造了独特的灰陶文化、玉器文化和青铜文明。以宝墩文化为代表的古城遗址，昭示着城市文明的诞生；三星堆和金沙遗址，展示了古蜀文明的不同凡响；秦并巴蜀，开启了与中原文化的融通。汉文翁守蜀，兴学成都，蜀地人才济济，文章之风大盛。此后，四川具有影响力的文人学者，代不乏人。文学方面，汉司马相如、王褒、扬雄，唐陈子昂、李白，宋苏洵、苏轼、苏辙，元虞集，明杨慎，清李调元、张问陶，近现代巴金、郭沫若等，堪称巨擘；史学方面，晋陈寿、常璩，宋范祖禹、张唐英、李焘、李心传、王称、李攸等，名史俱传。此外，经过一代代巴蜀人的筚路蓝缕、薪火相传，还创造了道教文化、三国文化、武术文化、川酒文化、川菜文化、川剧文化、蜀锦文化、藏羌彝民族风情文化等，都玄妙神奇、浩博精深。瑰丽多姿的巴蜀文化，是中华文化的重要组成部分，有着鲜明的地域特征和独特的文化品格，是四川人的根脉，是推动四川文化走向辉煌未来的重要基础。记得来路，不忘初心，我们要以"为往圣继绝学"的使命担当，担负起传承历史的使命和继往开来的重任，大力推动巴蜀文化的传承、接续与转生，让巴蜀文化的优秀基因代代相传，"子子孙孙无穷匮也"。

四川历史文化异彩独放，民族文化绚丽多姿，红色文化影响深广，历史名人灿若星辰，这是四川建设文化强省重要的文化资源。四川省委、省政府秉持高度的文化自觉和文化自信，借助四川文化资源富集的优势，持续深入推进文化强省建设，先后出台《四川省"十三五"文化发展规划》《关于传承发展中华优秀传统文化的实施意见》《建设文化强省中长期规划纲要》等一系列战略规划及措施，大力推进古蜀文明保护传承、三国蜀汉文化研究传承、四川历史名人传承创新、藏羌彝文化保护发展等十七项优秀传统文化传承发展工程，着力构建研究阐发、保护传承、国民教育、宣传普及、创新发展、交流合作等协同推进的文化发展传承体系，不断探索传承守护中华文脉的四川路径。

"四川历史名人文化传承创新工程"是四川启动最早、影响最广的一项文化工程。自2016年10月提出方案，经过八个多月的论证调研、市（州）申报、专家评审，最终确定大禹、李冰、落下闳、扬雄、诸葛亮、武则天、李白、杜甫、苏轼、杨慎为首批十位四川历史名人。这十位历史名人，来自政治、文化、科技、艺术等多个领域，他们是四川历史上名人巨匠的首批杰出代表，各自在自己专业领域造诣很高，贡献杰出：李冰兴建都江堰，功在千秋；落下闳创制《太初历》，名垂宇宙。李白诗无敌，东坡才难双；诸葛相蜀安西南，杜甫留诗注千家。大禹开启中华文明，则天续唱贞观长歌。扬雄著述称百科全书，千古景仰；升庵文采光辉耀南国，万世流芳。

十大名人之所以值得传颂，不仅在于他们具有雄才大略、功勋卓著、地位崇高、声名显赫，更在于他们身上所承载的思想理念、人文精神、气质风范、文化品格等，是中华民族和巴蜀文化的集中表达。大禹公而忘私、为民造福的奉献精神，李冰尊崇自然、求真务实的科学态度，落下闳潜心研究、孜孜不倦的探求意志，扬雄悉心著述、明辨笃行的学术追求，诸葛亮宁静淡泊、廉洁奉公的自律品格，武则天巾帼不让须眉的豪迈气概，李白"直挂云帆济沧海"的博大胸怀，杜甫心系苍生、直陈时弊的忧患意识，苏轼宠辱不惊、澄明旷达的坦荡胸襟，杨慎公忠体国、坚守正义的爱国情怀，都是中华民族优秀文化的浓缩和凝聚，是四川人民独特气质风范的体现，是社会主义核心价值观的本源和本质，是四川发展的宝贵资源和突出优势。

　　历史名人要有现实意义才能活在当下。今天我们宣传历史名人，不能停留在斯土有斯人的空洞炫耀，而要用历史的、发展的、辩证的思维去深入挖掘、扬弃传承、转化创新，不断赋予时代内涵，不断呈现当代表达，让历史名人及其文化"站起来""活起来""动起来""响起来""火起来"，真正走出历史、走出书斋、走进社会，走向世界、走向未来。"四川历史名人文化传承创新工程"实施三年多来，全社会认知、传承、传播历史名人文化的热潮蓬勃兴起，成效显著：十大名人研究中心全面建立，一批中长期规划先后出台，一批优秀成果陆续推出；十大名人故居、博物馆、纪念馆加快保护修复，展陈质量迅速提升；十大名人宣传片全部上线，主题突出，画面精美；名人大讲堂、东坡艺术节、人日游草堂、都江堰放水节、广元女儿节等品牌文化活动多地开花，万紫千红；以名人为元素打造的储蓄罐、笔记本、手机壳、冰箱贴等文创产品源源上市，深受民众喜爱；话剧《苏东坡》《扬雄》，川剧《诗酒太白》《落下闳》，歌剧《李冰父子》，曲艺《升庵吟》，音乐剧《武侯》，交响乐《少陵草堂》等一大批舞台艺术作品好戏连台，深入人心……

　　"四川历史名人丛书"的编纂出版，是实施振兴四川出版战略、实现文化强省目标的重要举措，其目的是深入挖掘提炼历史名人的思想精髓和道德精华，凝练时代所需的精神价值，增强川人的历史记忆、文化记忆，延续中华文化的巴蜀脉络，推动中华文化传承创新，彰显巴蜀文化的生命力和影响力。

"四川历史名人丛书"的编纂出版，始终坚持正确的政治方向、出版导向、价值取向，深入挖掘名人的精神品质、道德风范，正面阐释名人著述的核心思想，借以增强川人的文化自信，激发川人了解家乡、热爱家乡、建设家乡的澎湃力量；始终坚守中华文化立场，着力传承中华文化的经典元素和优秀因子，促进人民在理想信念、价值理念、道德观念上团结一致；始终秉承辩证和历史唯物主义观点，用客观、公正、多维的眼光去观察历史名人，还原全面、真实、立体的历史人物，塑造历史名人的优秀形象，展示四川文化的独特魅力，让历史名人文化为今天的社会发展提供精神动能。

"四川历史名人丛书"的编纂出版，注重在创新上下功夫，遵循出版规律，把握时代脉搏，用国际视野、百姓视角、现代意识、文化思维，将思想性、知识性、艺术性、可读性有机结合，找到与读者的共振点，打造有文化高度、历史厚度、现代热度的文化精品，经得起读者检验，经得起学者检验，经得起社会检验，经得起历史检验；注重在质量和水平上下功夫，立足原创、新创、精创，努力打造史实精准、思想精深、内容精彩、语言精妙、制作精美的文化精品，全面提升四川出版的知名度和美誉度，为建设文化强省、助推治蜀兴川再上新台阶提供思想引领、舆论推动、精神鼓励和文化支撑，为增强中华文化影响力贡献四川力量。

"四川历史名人丛书"编委会

2019 年 10 月 30 日

目录

上
部

第一章　家在身后越来越远

1

阴谋与杀戮，空气一样弥漫于乱世之间。没有想到，我会卷入一场事先毫无征兆的血雨腥风。

建安十二年（207）早春的一个下午，天空灰成了一块铅板，沉重得似乎要把门前的那棵大柏树压弯。才钻出淡绿新叶的树枝，不住地哆嗦着身子。偶尔，有新鲜的辨别不出品种的花香混在尘土的腥味里，被风卷起，扬到酒馆里来。

"要变天了。"徐元直喝了一杯酒，抹了抹下巴上的残液。

诸葛亮把鹅毛扇反过来，用扇柄下意识地在头上蹭。微风拂动着鹅毛扇，鹅毛边缘翻动起朵朵花来。

"官渡一战，曹操大败袁绍，如今，天下怕是要落入曹操手中了。孟兄此次北归，看起来是前程不可限量啊。"崔州平轻描淡写地揶揄着。

孟公威立即红了脸，掩饰道："我只是思念故乡，思念家人罢了。"

诸葛亮摇摇鹅毛扇，笑道："建功立业，并不是可耻的事情，追求一番事业，是大丈夫所为，孟兄不必遮遮掩掩。只不过，中原地方人才济济，何必一定要回故乡呢？"

孟公威失神地望着几案上的酒杯，不再说话。

徐元直急忙解围说："曹操乃万人之英，这些年，征徐州，定河北，基本统一北方。许劭说曹操是'治世之能臣，乱世之枭雄'，我看说得不错。此人有并吞天下之志，有海纳百川之量，能够不拘一格选拔人才。孟兄此次北归，说不定能成就一番大作为，我们应该为他感到高兴才是。"

诸葛亮嘴角微扬，"许劭？许劭虽然善于品藻人物，但他毫无雅量，摈排他的从兄许靖，起码的人际关系都处理不好。"他并没有反对徐元直的话，语气里却透出明显的倾向。

崔州平哈哈大笑："孔明兄怕是对曹孟德有什么偏见吧！"说完，盯着诸葛亮的脸。

诸葛亮轻摇鹅毛扇，眼神空茫，心并不在这间小酒馆里，似乎已经穿越到某个遥远的时空。屋子里的空气紧张起来，似乎谁要丢一粒火星，就会引爆一样。

"我翻个跟斗吧，逗大家乐一乐。"我趁着酒兴揉揉跪疼的膝盖站起来，在屋子里歪歪扭扭地连翻几个跟斗。众人都紧张地看着我，小心避让，担心我会一不小心扑到他们身上去。

孟公威乐呵呵地说："子庸醉了，子庸醉了。"

诸葛亮看了我一眼，把酒满上，分别向徐元直、石广元、孟公威致意，"你们三个人为官的话，做个刺史、郡守是没问题的，祝愿公威前程似锦。"

"谢谢孔明兄。"孟公威喝干杯中酒以示敬意。

徐元直、石广元却双手举着酒杯，异口同声地问："那你的志向是什么呢？"

诸葛亮笑而不答。

崔州平故作不悦之态，问道："诸葛兄，那我呢？何以把我漏掉了？难道，我不配为官吗？"

诸葛亮不疾不徐地说："崔兄乃世家子弟，为人洒脱不羁，心在天下，怎么会留恋于一官一职？"

石广元找了个机会插话，说："诸葛兄到底有什么样的大志？"

诸葛亮仍未予回答。

徐元直说："孔明兄熟读经史，潜心兵书，可谓文武兼备，必是王佐之才。"

诸葛亮作未曾听见状，突然抱膝长啸。徐元直、崔州平、孟公威也都纷纷发出长啸之声。小酒馆一下子变作原始森林，一群野狼在呼朋引伴。

风也跟着发狂，把远处的茅草踩得一起一伏地求饶，在池塘里踩出一圈圈漩涡，一路呼啸着继续跑过来，攀上门口的大树，踞在树巅，把枝叶翻卷过来，惊走几只小鸟，一只浑身发红尚未长毛的幼鸟，尖叫着掉在地上。

2

一个黑衣人，站在酒馆门前打量室内。他高大的身影，让室内一下子仿佛进入了黄昏。

"这人好高！"我心里暗暗惊奇。在高处呼啦啦卷动的酒旗，已经拂到他的脸上。这人一看就是从远方来的，鞋子也因长期赶路而布满了汗渍与尘土。

我走过去，扶住门框，把手一挥，"今天没酒了，你走吧。"

黑衣人望了望屋角的酒瓮，又扫了一眼醉醺醺的几个客人，皱了皱眉。

"有酒也不卖！"我便去关门。

这样的话，这样的情景，不知道经历了多少回。每次诸葛亮、徐元直来酒馆，我都把大门一关，陪着他们喝酒。久而久之，只要诸葛亮、徐元直一来，酒馆里的酒客便自动付了账离开。没有生意的时候，我总是像一捆干柴似的，背靠墙坐在酒馆屋檐下，盼望着他们到来。这几年，酒馆欠了不少债，引得无数债主来围堵酒馆，把管家胡金忠气得捶胸顿足。

黑衣人冷冷地扫了我一眼，问："这里可是逍遥酒馆？"

崔州平有点烦别人打扰他喝酒，说："门上不是明明白白写着吗？"

那人下意识地抬头看了看，有些疑惑。我笑了，说："招牌昨天被债主揭走了。这里就是逍遥酒馆，你找谁？"

黑衣人径自走进店里，在屋角一方几案前席地而坐。我走过去，一只手撑在他面前的几案上，一只手轻叩几案，一字一顿地说："我告诉你，今天，不营业……"黑衣人掏出丝巾擦了擦我不小心喷到他脸上的唾沫，从身上解下一柄刀来。他冷峻地把刀拉出刀鞘，一道寒光刺疼了我的眼睛。

屋子里的空气快要冻住了。

"得了，随你便。反正没有酒。"我退回了屋子中央。

黑衣人坐在屋角闭目养神。

徐元直一直冷冷地坐着，目如电光，打量起黑衣人。徐元直不像一般文人那般文弱，当初他一怒杀了人，这才逃到襄阳，潜心钻研经学典籍，几年下来，竟然小有名气。早已脱掉当初游侠的影子。

黑衣人没有更过激的举动，屋子里又恢复了春日的暖意洋洋。

徐元直道："公威即将远行，我们今天不醉不归，来，继续喝酒。"

诸葛亮说："稍等，待我先做一件事来。"大家纷纷放下酒杯。诸葛亮冲我道："子庸，拿笔墨来。"

我一愣，"诸葛兄，你这是要唱哪一出？"

诸葛亮把手一挥，说："你只管拿来便是。"

我跌跌撞撞找来笔墨。诸葛亮放下手中的鹅毛扇，说："招牌被揭，也有我的'功劳'，我重新给你写一块。"

我"嘻嘻"一笑，"等我明天一挂出来，说不定又给揭走了。还是不要了吧，不如省下刻字的银钱买酒喝。"

崔州平哈哈大笑。

诸葛亮说："那我再写。山里木板多的是，我给你刻好了送来。我的刻功比起字来，也不差。"

诸葛亮已经提笔在手，笔尖饱蘸了墨汁。他说："《孟子》有云，'朋友有信'，《左传》云：'信，国之宝也。'给酒馆改个'高朋有信'的名字吧，换个招牌换种气象。"说话间，笔走龙蛇，四个刚健有力的隶书跃然纸上。

大家都叫好。崔州平却说："字写得是不错，不过，也离艺术还有一段距离。"诸葛亮脸色一冷，把笔递给他，"你也来写一下？"崔州平也不客气，凑上去接过笔，写了同样的四个字，歪头审视了一番，似乎觉得不满意，把刚写的字叉掉，又重新写了一幅。

崔州平摇了摇头，随手把毛笔递给旁边欣赏的徐元直说："元直，你也写一幅。"大家都挤在一处写字，互相品评。

又饮了一阵。崔州平揎掇说："诸葛兄，给大家来一曲《梁父吟》吧。"

诸葛亮说："好，就用这首歌给公威送别。"随后高声唱道：

> 步出齐城门，遥望荡阴里。
> 里中有三坟，累累正相似。
> 问是谁家墓，田疆古冶子。
> 力能排南山，文能绝地纪。
> 一朝被谗言，二桃杀三士。
> 谁能为此谋，国相齐晏子。

诸葛亮的声音悠长，带着颤音，像一条淙淙的小溪，不绝如缕地流淌出凄凉的音节。我们也都一起小声地跟着唱，压抑的声音里，带着难以掩盖的哀愁。

崔州平软绵绵地站起来，说："天下没有不散的筵席，今天就到此为止吧，改日再聚。"

大家你搀着我的胳膊，我拉着你的手，道别的话，重复了多次，却意犹未尽。

徐元直拉着孟公威的手，不断地摇头，声音哽咽。孟公威拭了拭眼泪花，说："徐兄保重，各位保重。"一步步躬身退着走了。崔州平与石广元抱在一起，也不知在低语什么，久久不肯分离。昏暗的灯光下，几个黑乎乎的影子，在地上拖得很长。

我寻了一匹马来，要送诸葛亮回隆中，他双掌举在胸前坚决表示不用。

我突然想起管家从上午外出，一直还没有回来。而酒馆里那个不知来路的陌生人，不知道是否已经离开。想到这里，酒也醒了大半，不再和诸葛亮客气，"咱们都不用送，各自回去吧。"

天空越发阴沉，快要下雨了。

3

酒馆的门紧闭着，推不开。

"谁？"屋里传来短促而略带惊慌的声音。

"忠叔，是我，子庸。"我把耳朵贴到门上，风里飘过一阵血腥味。

"少爷……"管家的声音里透出喜悦。

好一阵，管家才开了门。只见他浑身鲜血，走路踉跄而吃力。我吓了一跳，失声问："忠叔，怎么啦？"

"黑衣人是杀手……已经被我杀掉了……"

我这才注意到，屋角躺着一个人，鲜血在屋子里乱淌。一把沾满血的刀，在灯光下闪着诡异的光芒。

"他是谁？"我疑惑地问。

"我也不知道，但肯定与七年前那件事有关。"胡金忠说。

"七年前到底发生了什么事情？"

"你父亲参与刺杀曹操，事情败露，我带你侥幸逃了出来。"

"他们是曹操派来的？"

"也许是，也许不是，我也说不准。"

胡金忠的呼吸越来越粗重，"我估计，他们还会再来。你要……赶紧……离开，今晚就走。"胡金忠的声音渐渐微弱，疲惫地递上一个木盒。

快马疾驰的声音，在静夜里传来，越来越清晰。

我迟疑着。

"快，没时间了！"管家冲我喊，"盒子里有名单。"

我跑过去，"走，我背你一起走。"

马蹄声敲打着黑夜，敲打着管家，也敲打着我。隐隐听到人声的喧哗。管家甩开我的手，说："快走！我，我已经是个……死人了……"

我只好起身，快速冲进了细雨纷纷的夜色里。

此时酒意全醒了。我沿着小路奔跑，马蹄声越来越近，如在耳畔。我赶紧侧身躲进路旁的小树林里。三匹快马踏起泥土，疾驰而过。看着他们消失在路的尽头，我这才返回去，一口气跑出一里多地。

当我再次回头望时，酒馆的方向火光冲天。

那在我耳边一直炸响的马蹄声裹进沉沉的夜色，像轻烟被风吹散，再无半点痕迹。只有来处那一片火光，成为黑夜的主角，那么鲜艳，那么耀眼。狗也狂吠，马也嘶鸣，山川都惊醒了。

细细的雨丝扑打在脸上，凉凉的，涩涩的。那一片火，似乎从我心底开始燃烧，让我有了要爆炸的感觉。

4

雨已经停了，太阳升起来，染红半边天空。昨夜的雨并不大，路面已经半干，一些树叶和落花随意地散在路上，被人和马踩进了泥土里。一夜的风雨，如果不是因为它们的存在，似乎并没有来过。

这条路上，还没有什么人。路上偶尔遗落一串带着鞋底纹路的泥块。走了一阵，我拿袖口擦着汗，疲惫地坐到路边一块平整的石头上。歇了一会儿，小心地取出临走时管家交给我的那个木盒子。

盒子里是几锭银子，银子下面，有一小块丝帛。

上面写着：董承、种辑、吉本、莫由。

是不同的人的笔迹，已经有些陈旧了，然而只有签名，其他什么也没有。这只是一小片丝帛，应该至少还有一半内容遗失了。

父亲为什么会有这么一份名单？这份名单有什么意义？

我现在毫无头绪，但我相信，这份名单一定藏着一个巨大的秘密，也许这就是父亲被害的原因。

我一定要尽快赶到许都，把事情查个水落石出。

我已经找不到我的家了。离开那年我十岁，对许都也没有太深刻的印象。

一位牵着马缓缓走过的中年人见我向他打听吴硕家，立即摆摆手慌忙跨上马离开了。

我又遇见几个年轻人，他们都说不知道。对于发生在几年前的事情，在好多人那里，已经没有多少痕迹可言了。

长时间赶路，我有些饿了，便在路边一家看上去有些破败的小酒馆里坐下来，要了一壶酒，点了一盘牛肉。

比起逍遥酒馆来，这家酒馆的生意相当不错，所以店小二半天也没把酒端上来。我抽出一支筷子在茶水碗里蘸些水，无聊地在桌上写字，偶尔抬头打量窗外来往的行人。

忽然，酒馆里嘈杂起来。一位披头散发的干瘦老头，手里紧紧地抱着一个陶罐，店小二正用鞭子抽他："叫你偷酒，叫你偷酒！"老人的手机械地颤抖着，左右避让，旁边的人群不断起哄，将老人推来推去。一个小伙子甚至脱下草鞋，招摇地用鞋底拍老人的头。

老人举臂护头，陶罐不小心从手中滑落，"啪！"陶罐碎了，酒泼了一地，甜腻腻的香味弥漫开来。老人立即趴下身，狗一般舔食地上的酒液，不时陶醉地咂咂嘴，旁边的人都哈哈大笑。

我分开人群，把我桌上的酒壶递给他。他警惕地看了我一眼，又伏下身去自顾自地吮吸。

店小二冲着老人的屁股踹了一脚，老人一个趔趄摔在硬邦邦的地上，骨头与地面相撞发出一声钝响。

店小二又举起手中的鞭子，我止住他，把几枚铜钱塞到他手上，店小二这才骂骂咧咧地扔了鞭子，一边收拾地上的碎片，一边和我诉苦。

老人在地上瑟瑟发抖。我扶起他，说："你走吧。"

老人看了我一眼，说："年轻人，你会有好报的。"目光却滑到盘子里的牛肉上。趁我不注意，迅速伸手将一块滚烫的牛肉拎起来塞进嘴里，三两下吞下肚，然后拼命压住上涌的嗝，看了我一眼，慢慢走了出去。

我淡淡地一笑。

当我吃饱喝足，走出酒馆门的时候，才发现老人并没有走。他坐在对街街沿，一看见我，立即一瘸一拐地跑过来。难道他还赖上我了？可怜之人必有可恨之处，我脸上露出不悦之色。

老人叫王天一，他赔着笑说："年轻人，你是初次来许都吧？我在这许都几十年了，对城里的一切就像对自己的手掌一样熟，你要有什么需求，尽管告诉我。"

想睡觉就有人递枕头，真是大喜过望。我说："我想去吴宅，你能带我去吗？"

"吴宅？"王天一眼睛骨碌碌地转了几转，"哪个吴宅？"

我把父亲的名字告诉了他。他脸上肌肉抽搐起来，四下张望一阵说："吴宅早就没了，那里只剩一片废墟。七年前，吴家遭遇了一场灾难，吴硕被下了狱。吴家被一场大火烧为灰烬。"

　　"吴家为什么会惨遭灭门？"

　　王天一叹息一声，"几年前，吴硕与国舅董承、长水校尉种辑、偏将军王子服、太医令吉本等人密谋诛杀曹操。建安五年春正月，事情败露，这些人都被处死，并且夷三族。"

　　"老人家，看来你知道不少内幕。"

　　王天一脸上，一丝得意的微笑一闪而过，随即恢复了死灰一样的表情。

　　我问："你认识莫由吗？"

　　"哪个莫由？是许都的吗？"王天一努力地搜索记忆，但似乎没有收获。

　　我摇摇头。

　　"没听说过这人，和董承案有关吗？"王天一觑着眼问。

　　"不敢确定，但很可能有关。"

　　王天一"哦"了一声，缓缓地说："或许有一个人知道。"

　　"谁？！"我有些惊喜地问。

　　"吉本。"他淡淡地说。

　　"吉本？你不是说他被处死，并且被夷了三族吗？"我大感意外。

　　"并不是所有的人都被处死了。"王天一似乎弦外有音。

5

　　吉本应该是解开七年前那桩案件的一把钥匙。他每个月要去城南的寺庙礼佛。当今很多人信奉道教，没想到吉本会信佛。

　　那天，我早早来到城南寺庙，寺庙里并没有什么人，和尚们已经扫完了地，正在诵经，单调的木鱼声，让人内心也变得简单安静。

　　我躲在佛殿里，装作一个香客，故作好奇地打量佛殿墙上的壁画故事。

　　这时，一声马嘶传来。

抬眼望去，吉本在寺庙前下了马车。早已经有和尚在寺庙门口迎候。吉本拱了拱手，提着长袍的下摆进了庙里。

吉本在大殿前停下，从旁边的和尚手里接过三支香，在佛像前的油灯上点燃，双手中指、食指与拇指一起夹着香脚，将香举到齐眉处，又放下至胸前，如是者三次，然后将香插在香炉里。

香炉里长长短短插着许多烧剩的香脚，如同千万支钢针刺向天空，也有一些的尾端剩着一段弯曲的香灰，像是烧焦的猪鬃。

进完香，吉本被和尚引进了旁边一间厢房。不一会儿，一个黑衣人闪了进去，那和尚便出来，轻轻将门掩上。

待和尚去得远了，我从佛殿后转出来，先上了一炷香，然后装作漫不经心的样子，绕到吉本所在的厢房外。

我站在窗下，偷听里面的谈话。

吉本在房间里走动，黑衣人跪在地上，一声不吭。

吉本怒气冲冲地说："真是成事不足败事有余！我再给你一次机会，尽快找到衣带诏，不然我就杀了你！"

"是！"黑衣人答道。

我是立即进去控制住吉本，还是等黑衣人走了再说？正在犹豫的当口，我突然感觉脖子上一凉，一柄长剑架在我脖子上。

"干什么的？"一个冰冷的声音在耳边响起。

"兄弟，误会误会，我是来庙里进香的。"我思考着如何脱身。

"进香？进香怎么跑到这里来了？"

"我刚进完香，觉得口渴，想找师父讨杯水喝……"我继续编造理由。

这时，厢房的门开了，一脸横肉的吉本出现在门口，他看了我一眼，朝我身后的人一挥手。我轻轻摸了摸脖子，指间有淡淡的血迹。

"你是谁？想干什么？"吉本一脸冰霜。

"我是吴硕的儿子。我想知道，你是不是出卖我父亲的人。"

吉本说："我不是你要找的人。"声音里没有半点感情色彩。

"你说不是就不是吗？"我鼓起勇气说，"当初你也参与了暗杀曹操的行动，为什么就你没有被处死？"

刚才那个黑衣人对我怒目而视，再次举起了剑。厢房里的黑衣人，也身手敏捷地站到了我的旁边，抽出了宝剑。

吉本向他们使了一下眼色，两个黑衣人将剑收入剑鞘，垂手立在吉本左右。

"刘备也参与了暗杀事件，但他中途却逃出了许都。我认为，暗杀行动的暴露，与他有关。"吉本有些不耐烦地说。

"就算如此，但是，我听说我父亲死于狱中，这怎么解释？"我向吉本逼近了一步。

两个黑衣人立即挡在吉本的面前。

"你父亲是被狱卒打死的，他不肯招认。"吉本闭上眼睛，仿佛是在回忆当年的情景。

"董承他们就没有被打吗？为什么偏偏是我父亲被打死了？"我盯着吉本的眼睛。

他睁开眼来，说："他们挺过来了，你父亲没挺过来，就这么简单。不过，结果都是死。我不会忘记这个仇的，七年来，我一刻也不曾忘记。"吉本的眼睛里闪出仇恨的光芒。

"你走吧。"吉本往寺庙门口走去，两个提剑的黑衣人，紧跟在他身后。"许都城外有一个易容师，如果你不想戴着你父亲的面具招摇过市的话，你可以去找找他。"吉本给了我一个地址。

我怅然地立在原地，不知何去何从。寺庙里香雾缭绕，单调的木鱼声敲得人心烦意乱。

6

我决定回荆州了。

离开之前，我来到吉本说的那家易容店。我相信，父亲留给我的那张脸，很可能会像吉本所说的那样，给我带来灾难。

"我要换脸。"我直截了当地说。

一位面无表情的长者，指了指墙上的面具，说："男的女的随便挑。"

我的手在一张张冷冰冰的面具上划过。当我戴上为我特制的人皮面具之后，连我都不认识自己了。易容师打量着我，微笑着问："满意吗？"

我愣了半晌，说："真是太神奇了。"

去吴宅的路上，我一直拿手去摸自己的脸。我已不是当初的吴子庸，就像吴宅已不是当年的吴宅。

缺少人烟的地方恰是植物的天堂。一场细雨之后，吴宅的野草兴旺苍翠，把地上的焦土和散落的砖瓦碎片遮没了，掩饰着曾经的伤痛。青青的藤蔓，在地上匍匐一段，准确地沿着斜搭在砖石上的木头，以螺旋的方式往前伸，在木头尽处，昂首往前探出身子，在风中无凭地晃动。

阳光在草叶尖跳动，迸射出晶莹的光芒。

一丛芍药，开放成一个个小太阳，硕大，丰盈，在暮春的熏风里耀人眼目。

这些芍药可是我儿时亲手种植的。小时候，我喜欢花花草草，见玩伴家里那一蓬一蓬芍药特别雍容华贵，便也想在院子里养那么几株。父亲看着我带回来的芍药植株，亲自找来几块乱石，在院子边上砌了一个小小的花坛，又拿了耒，和我一起，小心地把那株芍药种在了松过的土里。那一段时间，我天天早上起来的第一件事，就是去看这株芍药，直到它的叶子变得青葱舒展，茎变得挺拔精神。我知道，这花活了。第二年春天，芍药便开出了一大朵一大朵粉红的花，引得无数蜜蜂和蝴蝶到我家赶集。没过两年，我家便成了一片芍药园。春天里那娇艳的花，让路过的行人无不啧啧称赞。

七年前那一场大火，没有烧绝这一园的芍药。春天到来的时候，它又被春风唤醒了。不管有没有人欣赏，它依旧大大方方地绽放，用自己的方式追忆和报答主人的养育。

站在这一丛花前，想起儿时快乐的种种，又想起避祸襄阳的落寞，想起今后的飘零岁月，内心五味杂陈，泪水盈满了眼眶。

我骑上一匹老马，回望那荒芜了的故园，再一次孤独地告别自己的家，尽管这个家已经不存在，只剩记忆中一个遥远的轮廓。

家在身后越来越远。

7

在通往荆州的官道上，不时有军士打扮的人疾驰而过。

不时可见一些扶老携幼者，衣衫褴褛，面有菜色，艰难地向着南方蹒跚而去。

那天黄昏，我就着路边的凉水泡了些竹筒里的炒面。刚准备吃，突然感觉我的腿被什么抓住了。我大吃一惊，低头一看，从路边冒出一只瘦骨嶙峋的手。

一个蓬头垢面的女子，半卧在一蓬乱草间，哀求说："大人，求您发发善心吧，我、我两天——没吃东西了。"

在她旁边不远，野狗互相争夺路边饿死者的尸体，撕咬声不绝于耳。野狗们把草丛里叫不出名的小黄花踏碎了一地，厚厚的草地像是一头被人扯乱的头发，一些绞成一堆拧挲着，一些倒伏着，露出油亮的头皮。

我把炒面递给她，她有些狼狈地猛咽了几口，噎住了。我又喂了她几口泉水。那女子缓过劲来，挺直身子感激地看了我一眼，有点羞涩地说："谢谢你。"

那女子虽然衣服破旧，精神不振，但面部轮廓好美，鼻子高挺，嘴唇微翘，笑起来两个浅浅的酒窝让人心生怜爱。

那女子名叫杨晚秋，二十三岁，比我年长六岁。她说她父亲上个月染病去世了，现在准备去投靠远嫁荆州的姑妈。因为没有车马，走了许多日，把所带的粮食都吃光了。

"我在这世上也是无依无靠，要是不嫌弃，你就做我的姐姐吧。我叫，我叫李函之。"想到江湖险恶，我给易容后的自己随便取了一个名字。心里却有一种温柔的情愫在蔓延，一种说不清的、甜蜜的空虚不断地升腾跳跃，如同那轮夕阳。

"谢谢函之弟弟！"

晚霞如同一匹巨大的金色丝帛从云端垂下来，铺在漫无边际的原野上。我牵着那匹老马，晚秋坐在马上，我们走在旷野中的小路上，夕阳把我们的侧影织进那金色的丝帛。

在这茫茫的人世间，我终于有了一位亲人。

第二章　千崖万壑一大道

1

天气越来越热。麦子黄了，细细的麦芒与天空对峙着。高粱熟了，带着孕妇般的成熟羞怯地低着头。红红的桃子挂满了枝头，桃叶却病了似的，蔫蔫地蜷缩着。鸟儿们隐藏在桃树丛中争相啄食虫子。

在这收获的季节，我和杨晚秋分手了。如果不是重任在身，我真希望时间在这个初夏永远凝固。

杨晚秋留在襄阳，和她一同留下的，还有我那匹老马。我冒着暑热北上新野——刘备屯兵于此。

刘备的军营一座连着一座。这是一个阴天，天气却有些闷热。蝉在树荫里叫苦，由于长年没有任务，士兵们都比较放松，有三个人在宽敞的草地上比赛喝酒，身后围了一大圈人。三个人身边都摆了十来个陶碗，其中一个想站起来，却一头栽倒在身后的碗中间，额上鲜血直流。另外两人淡然地看了他一眼，又继续对喝。喝了三碗，突然想起另外那个人，于是一人架起他，一人拿酒灌进他的嘴里，围观的人都兴奋地叫着好。那人被迫喝了一碗，又在地上软成一团。另外两人便在起哄声中继续你一碗我一碗地对喝，谁也不认输。

我装扮成一个送面粉的伙计，混进刘备的大营，并偷偷隐藏在一堆草料里。这堆草料的位置较高，站在草料前，对刘备营中的情况可以看个大概。

我没有想到，居然在这里看到了徐元直。

徐元直被一个士兵带进了刘备的军帐。一会儿，身材高大的中年男人刘备，带着温和的笑容，掀开帘子走进军帐。

徐元直来刘备大营做什么？我感到非常好奇，弓身快步移至营房前，缩身躲在一根梁柱之后，偷看房间里的情景。

"徐先生，久闻大名，请坐！"

"刘将军请！"

两人分列坐下后，徐元直说："刘将军，我听说你在招贤纳士，就主动来了，你不会觉得徐某人冒失吧？"

刘备说："怎么会呢？先生与司马徽先生亦师亦友，司马先生的才华我是见识过的，佩服之极。只可惜司马先生志在林泉，不肯参与俗事。不过，他倒是给我推荐了一些人才，我亦在司马先生处得闻徐先生熟读经史。如今徐先生肯主动前来，我求之不得，求之不得呀。"

徐元直说："徐某不才，承蒙刘将军厚爱，心里有几句话，想说与刘将军。"

刘备说："先生请讲。"

徐元直说："徐某以为，这些年，刘将军虽身经百战，但胜者为数不多。将军可曾想过这是什么原因？"

刘备正色道："刘某愿意洗耳恭听。"

徐元直说："曹操之所以胜多败少，所向披靡，不仅因为他有过人的文韬武略，也因为他手下有荀彧、郭嘉之类的谋臣。"

刘备深有感触地说："徐先生说得有理，这二十余年我出生入死，却始终没有安身的寸土之地，我非常需要张良那样'运筹于帷幄之中，决胜于千里之外'的谋士，这也是我多次求教于司马德操先生的原因。不过，徐先生才赡学富，就是我的张良呀。"

徐元直微微颔首，说："不敢当，此间倒是有一个人，可助将军成就王霸之业。"

"谁？！"刘备显出几分兴奋。

"诸葛孔明。"

"哦？此人我倒是听说过，今年二十七岁，在隆中隐居。庞德公称他为'卧龙'，司马先生也对他青眼相加。"

"徐某虽然与他同受教于司马先生，但他的才华比我高出十倍。"徐元直担心刘备因为诸葛亮年轻而轻视他。

刘备若有所思地说道："既然孔明是徐先生的同学，又年轻有为，何不请他一同前来，共创一番事业？"

徐元直略一沉吟，说道："诸葛亮才华过人，但也极其清高，刘表是他妻子黄月英的姨父，但他从来没有通过刘表捞取任何好处；他大姐夫是出身大族的蒯祺、二姐夫是庞德公的儿子，他也没有求他们办过事。他自比'管仲''乐毅'，虽然很多人对此不以为然，但我和崔州平都认为这并不是吹嘘之词。对于这样一位人才，徐某以为，将军宜亲自前往。"

"以前，水镜先生曾经对我说过，'卧龙凤雏，两人得其一，即可安天下。'我明日就去会一会这位卧龙先生。"

2

刘备策马而来。

一轮彩虹出现在雨后的天空，把蓝天衬得更蓝。那天早上，草尖、叶缘还挂着晶晶亮的雨珠，这会儿，草棵上便幻化出七彩的珍珠，在清凉的晨风中熠熠生辉。我躺在这安静的早晨，躺在从新野去隆中的路上。身边斜躺着一个摔缺口的黑陶酒罐，正在一滴一滴地往下滴着酒。

一匹黑马扬起一团一团的湿土，脚下像是有一群飞燕在追逐。就在马蹄即将踏上我的时候，刘备发现了我，立即勒住马。那马人立起来，蹄子落在距我半尺远的地方。

刘备跳下马来，问道："小伙子，你怎么了？"

我心里暗暗高兴，故意打了一个酒嗝没理他。却做好擒拿他的准备。

刘备伸手过来试我的鼻息。我正欲一跃而起。突然，一辆马车飞驰而来。

"主公，主公！等等我们！"说话间，马车已到眼前，快到我几乎无法反应。

马车上端坐着关羽和张飞。关羽说："主公，此去隆中，超过百里，如今兵荒马乱，主公一人独行，我和翼德都不放心，所以特地赶来陪你。"张飞跳下马车，拿马鞭拨了拨躺在地上的我，问："主公，这是怎么回事？"

刘备说："我看他喝醉了酒，躺在地上，便下来看看。"

关羽也下了马车，"主公，如今乱世，千万小心，咱们还是不要多管闲事的好。"说完，一脚将旁边的陶制酒罐踢出老远。

刘备说："见人有难而不救，岂是君子所为？"

张飞怒目说："一个滥酒的小厮，不值得主公为他操心。我看这厮是装醉。"说着举起马鞭想抽我。刘备立即止住他，"翼德，不得无礼。"

张飞悻悻地放下马鞭，求救似的看着关羽。关羽说："这种酒鬼我见多了，主公不必在意。主公要是怕他出事，咱把他往路边上挪一挪，等一会儿酒醒了，他自然会离开。"

刘备摇摇头，"这路上人烟稀少，万一有个三长两短，咱们岂不是害人一命？不必说了，把他抬上马车吧。"

好好的计划被关羽和张飞的突然到来破坏了，我心里恨得牙痒痒，却只好将计就计，继续装醉。

张飞把刘备骑的那匹马也套在马车上。他坐在前面赶马，关羽在车厢里陪着刘备。在路上颠簸了一两个时辰，我才缓缓睁开眼，大惊小怪地嚷嚷起来。刘备如此这般给我解释了一遍，我赶忙下拜道谢。

刘备扶我起来，说："小伙子，以后喝酒可得注意点，小心喝酒误事。"

我说："谢谢提醒，请问先生大名？"

在前面赶马的张飞回过身来，大声道："放肆，我家主公的尊名也是你能问的？"

关羽接过话头，说："我家主公是远近闻名的刘皇叔。"

"原来是刘皇叔，失敬失敬！"我再次拜倒于地。

刘备从怀里取出些铜钱，递给我说："小伙子，我们要去隆中，你自己走吧。"

我说："一直闻听刘皇叔仁义，没想到今日得见，果然如此。我叫李函之，原本无依无靠一孤儿，请刘皇叔让我跟随左右混口饭吃吧。"我继续隐瞒着自己的真实名字。

张飞圆睁双眼，问："混饭吃，可没那么容易，你会干啥？！"

我看了他一眼，忙说："我会、会赶车。"

张飞一乐，"好，主公，我看这小子行。咱就把他留下吧。"说完，把马鞭往我手中一塞，"去，赶马去！"张飞乐得不当马夫。

刘备和关羽见他开心得像个顽童，也都微微一笑。

3

"前面就是隆中，可惜马车进去不了。"我在路边一个山谷口，跳下马车。

张飞掀开帘子，有些狐疑地看着我。

"我以前赶车，来过这里。"我忙解释说。

张飞脸上疑惑的表情舒展开来，弓着身子跳下车，伸胳膊伸腿地活动着肌肉，"马车里真是憋死人了。"

关羽看了看那条小路，问我："你确定没错？"

"应该不会错。"尽管这里我来过好多回，但我不能告诉他们，只好含含糊糊地说。

"咱们听函之的吧，见到人再问问。"刘备下了马车。

我把马车拉到附近一片小树林藏起来，然后卸了车，只把马牵了出来。

"主公，请上马。"刘备翻身上了马，我牵着马走进山谷，关羽和张飞互相谦让了一回，最后张飞骑上了马，并且快速跑到前面探路去了。

我故作不知地问："主公，你这么远跑到隆中来做什么呢？"

刘备说："听说这里有一位自比管仲、乐毅的年轻人，我想去会会他，看是不是真像传说的那么厉害。"

一会儿，传来马蹄声，张飞回来了。他停下来，回转身与刘备并排走，"主公，前面有两条路，不知道该怎么走，我在路口等了半天也不见有人路过。一个人等着无聊透了，只好回来接你们。"

刘备看着张飞憨厚的样子笑了，"车到山前必有路，翼德不必着急。"

太阳越升越高，刘备不住地拿手背擦汗。关羽更是满面通红，衣服都湿透了。张飞见关羽的狼狈样，跳下马来，"云长哥哥，你做人一点不利索，累了就告诉我，死撑着是为什么呢？"

关羽摇摇头笑着说："我头有点晕，都忘记刚才和你商量着一人骑一段的事了。"说完也不客气，爬上了马背。

刘备看了看我，把手伸给我，"函之，你起来，咱们一块儿吧。"

我看了一眼张飞，赶紧摆手，"主公，使不得，使不得。再说，我是个粗人，走路赶车都习惯了，不累。"

前面是一条小河，一个樵夫光着上身坐在河边的树下乘凉，他身后人一样站着两捆干树枝。张飞兴奋地跑上去，"老丈，你可知道诸葛孔明的家怎么走？"

樵夫说："前面有两条路，沿着河边那条往前走，大概两刻钟就到了。"

刘备下马，坐在樵夫旁边和他攀谈起来，顺便歇歇脚。张飞跑到河边，捧了水浇在脸上，不住地说："痛快！痛快！"

"你说卧龙先生我没听说过，不过说诸葛孔明我倒是知道的。"樵夫说。

"听说他学识很广博，上知天文，下知地理……"

"什么，你说什么广博？种庄稼还得老老实实地种，种一颗收一颗，别学孔明，种倒是播得广，就是收成不行。"樵夫撇撇嘴，"上次我教他，他还说什么够吃就行了，这人真是，哎……"

"噗"的一声，张飞嘴里的水喷出老远，大笑起来，"我以为我这个屠夫没知识，没想到，哈哈哈，哈哈哈……大哥以后可不许再打击我了。"

刘备微微一笑，说："那么，这个孔明先生和其他人有没有什么不一样的地方？"

樵夫皱着眉，很认真地想了半天，说："他这人脑子有问题。"

"哦？"刘备表现出好奇的样子。

樵夫来了兴致，说："别人吧，种庄稼就种庄稼，他这人种庄稼还带一堆竹片。有时候，他依着末就掏出那些竹片发呆，一会儿嘿嘿笑，一会儿又眼泪汪汪的。我以为竹片上像演戏一样，有人对他笑呢，结果啥也没有，就是一些黑漆漆的虫子爬在竹片上，还是死的，动也不动。"

这一次，连我也忍不住笑了。

樵夫很严肃地说："你不相信？我发誓，决不骗人，我从来不骗人。"

张飞喝饱了水走过来，有几分鄙夷地看着樵夫，说："主公，咱们还是继续赶路吧。"

樵夫的兴致好像刚被唤起，忙拉着刘备的衣袖，"先生，我还没说完呢。诸葛孔明还有一点很奇怪。经常一个人跑到山上大叫，狼似的。你说，他要不是脑子有问题，学什么狼叫呢？"

我学着诸葛亮的样子，撮着嘴，发出一声长啸，问樵夫，"孔明先生是这样叫的吗？"

樵夫大吃一惊，"你怎么也会学狼叫？"

这真是酒席上的精彩笑话，只可惜我那酒馆被一把火烧掉了。我想象着要是把这个故事讲出来，徐元直、崔州平该是多么开心，诸葛亮该是怎样的丧气。

刘备轻轻地抖了抖衣袖，说："谢谢老丈，我们还有事在身，就不打扰了。"

一行人继续前行。那樵夫也挑了柴担，开开心心地唱着歌走了。高高的柴火把他淹没了。

刘备勒住马，仔细地听那歌声。

> 步出齐城门，遥望荡阴里。
>
> 里中有三坟，累累正相似。
>
> 问是谁家墓，田疆古冶子。
>
> 力能排南山，文能绝地纪。
>
> 一朝被谗言，二桃杀三士。
>
> 谁能为此谋，国相齐晏子。

刘备冲着樵夫的背影叫道："老丈，这歌什么意思你知道吗？"

"什么？你大声点，我耳朵不好使？"樵夫回头道。

"这歌谁教你的？"刘备换了个问题。

"这个呀？"樵夫回头继续赶路，边走边大声回道，"诸葛孔明。"

樵夫的话在山谷间回荡，刘备一拍马屁股，向前疾驰而去。"主公，主公！"张飞跟在后面边跑边叫。

4

路边散落着星星点点的茅草屋，张飞总是跑在前面，站在院子里大声问路。主人见了，朝路的远处指了指，"还要往前走。"

山路顺着河道拐了一个弯。拐过弯，可见一座石砌小桥，平时大概少有人走，桥面铺满了软软的绿苔。一个身穿宽大麻布长衫的人坐在石桥上，双腿垂向河面，正在聚精会神地钓鱼。

看那背影，颇有几分像诸葛亮。

张飞停下脚步，冲着渔翁的背影喊道："喂，钓鱼的，你知道诸葛亮家怎么走吗？"

渔翁回头打量了一下几个人，没有答话，却示意众人不要吭声。果然是诸葛亮。我刚想叫他，突然想到自己易了容，诸葛亮已经认不出了，而且自己现在的身份不宜与他相认，便只好作罢。

这时，河里荡起一片水波，是一条准备上钩的鱼儿跑掉了。渔翁拉起鱼竿，检查了一下鱼钩，重新换了饵料，重重地把鱼钩弹到河中央。大概鱼竿不够长，他身子前倾着，继续盯着河面看。

他专注得好像已经忘记了身后还站着几个人。

关羽跳下马，拱了拱手，问道："这位先生，请问诸葛孔明的家离这儿远吗？"

诸葛亮回过头来，有些茫然地看了看一群人。

性急的张飞走到他身后，提着他的后领，一把将他拎起来，"喂，你是哑巴吗？问你诸葛亮家离这儿还有多远？"从河边的芦苇荡里，钻出一两只受了惊吓的野鸭，扑腾着翅膀，飞到远处去了。

诸葛亮在张飞手下啊啊地叫，边叫边指指自己的嘴巴，又摇头又摆手，表示自己不能说话。张飞这下子乐了，把诸葛亮放下来，"还真是个哑巴。主公，看来问不出什么话来。咱们走吧。"

刘备有些狐疑地看着诸葛亮的背影，问："先生，你认识诸葛孔明吗？"

诸葛亮头也不回，只是摇摇头。

"那，他家是往这个方向走吗？"

诸葛亮还是摇摇头。

关羽说："主公，翼德说得对，咱们还是走吧，别浪费时间了，这天多热呀。"

前面是一片树林，越往里走，树木越茂密，地面几乎见不到阳光。走在林间路上，刚才的暑热消失得无影无踪。只见高大的树干笔挺地伸向天空，一些树干的表面，由于蚂蚁和风雨的剥蚀，已经变成酥脆的泥块，稍一触碰即碎成齑粉。厚厚的青苔，从潮湿的地面，一直长到那些斜卧的树枝上。

路就夹在树木之间，越来越窄，让人疑心是不是走错了。张飞自觉地在前面开路，把伸到路中央的树枝砍掉，以免刘备被刮到或刺伤。

穿过树林，眼前又变得开阔起来。路一直伸向远方，似乎没有尽头。

"快看！前面有通向山坡的石板路，山上肯定有人家！"张飞兴奋起来。

前面果然出现一条岔道，一块一块的石头，像是一个一个的脚印，爬到半山腰去了。路两旁，是一树树绿油油的桑树，地上落了许多紫红的熟透的桑葚，让人见了心疼。抬眼望去，山腰上藏着一处房屋，房子是土夯的，院子被一圈竹篱笆围起来，院子四周栽满了竹子和梅花。

"主公，你先稍歇片刻，我上去看看是不是诸葛亮家。"张飞噜噜噜地往山上跑。

一会儿，听到一个洪亮的声音："主公，快上来，这里就是诸葛孔明的家。"张飞站在山腰一块突出的岩石上，双手合成喇叭状冲山下大声喊。

我把马拴在一棵桑树上，紧随刘备、关羽上山。其实，张飞刚上山，我就已经把马拴好了。因为我知道，这里就是诸葛亮的家，我已经不止一次来过这里。

"主公，诸葛亮出去了，咱们在这里等他回来。"张飞迎下来，搀扶刘备。刘备脸上有一丝失望，"知道他什么时候回来吗？"

"不知道。"张飞摇摇头。

轻轻推开篱笆门，靠台阶的院子里有一口水井，石圈井台上长满青苔，井壁上稀稀拉拉长着些蕨类植物，井圈被汲水的绳子摩擦得很光滑。一个女子正在井台上打水，清纯得像清晨竹尖的一滴露珠。

是黄月英。问明了来意，她一边把我们让进屋，一边问："你们在路上没有碰到我家孔明吗？"

"没有。"张飞说，"一路人鬼都没有一个，除了一个打柴的和一个钓鱼的。"

黄月英微笑着点点头，"那就只好委屈你们等等了。"说完下颌微低，两个嘴角上扬，嘴唇线挑出很好看的弧线。

张飞说："妹子，家里有啥吃的，给我们主公弄点来，这一路上赶路，肚子都饿扁了。"

"是呢，都中午了。各位官爷请稍等，我这就去做饭。"说话的时候，她的眼神、嘴唇配合说话的内容，不断变换表情和动作。说完，她提水进了厨房。刘备站起来看屋子里挂的字画，堂屋有一副对联：宁静以致远，淡泊以明志。

张飞凑过去，看到一幅梅花图，画的应该就是屋侧那一棵。张飞不住地赞叹："这是孔明画的吗？画得真像。字也写得好。"

刘备一边欣赏一边轻轻点头。关羽坐在原地，有一搭没一搭地将自己茂盛得野草一样的胡须，似乎对此并不关心。

我于字画也没什么兴趣，便趁此机会，爬上屋前一丈来高的桑树，采那些成熟得晚的桑葚。桑树的树干很光滑，闲来无事时，诸葛亮就爬上树巅，眺望远方，或者坐在树上看书，或爬上树摘桑葚吃。一次，端坐树上的诸葛亮突然让在树下的我和黄月英张开嘴，我们不知怎么回事，只好照做。这时，诸葛亮从树上摘下两颗紫红色桑葚，轻轻一弹，两颗桑葚，一颗投进黄月英嘴中，一颗投进我嘴中。我先吃完，又张开嘴等着，可诸葛亮却只向黄月英投下一颗桑葚，我一闪身挤过去，张嘴把桑葚接住，把黄月英挤到土沟里去了。三人哈哈大笑。

一会儿就闻到面香。黄月英给每人盛了一碗端上来，嘴唇一咧，说："家里没啥好吃的，各位官爷凑合着吃点面吧，面不够，我再磨一点。"

我看着屋檐下的磨盘，说："嫂子，我来帮你吧。"

黄月英端出一盆麦子，说："我一个人就行了。"我感觉她的嘴唇也在说话，在无声地表达着善意。我执意来到屋檐下，将磨很认真地扫了一遍。黄月英说："石磨挺重，你小心一点。"她嘴巴张合，牵动嘴唇与脸颊肌肉飞动，在她本来并不十分漂亮的脸上显得特别生动好看。

新面粉磨出来后，为了省时，黄月英烙了些面饼给大家吃。吃完饭，张飞靠着门框狠狠地打起了呼噜。关羽拿手肘将他碰醒。张飞擦了擦嘴角的涎水，憨厚地笑着，"我这人，吃完饭就瞌睡，要是没事做，三两下就开始打呼噜。"

关羽站起身，走到院子里，焦急地往外张望。山坡上可以看到小河从脚下流过。几只鸟儿在河面掠过，落到河心一块小洲上梳理羽毛。

河边的小路上，一个人也没有。

"诸葛先生会去哪儿呢？"刘备问靠石磨坐着的黄月英。黄月英看了看已经开始偏西的太阳，捋了捋额前被风吹乱的头发，说："刘将军你先坐会儿，我去找找看。"说着，喜鹊一般一路跳着下了山路。

黄月英是一个人回来的。那个时候，太阳已经快撞上西边的山头了。这个诸葛亮，到底搞什么鬼？难道他不知道今天来的是刘皇叔吗？

黄月英充满歉意地说："刘将军，附近我都找过了，没见着他。也许是进城会朋友去了。他这人，经常和徐元直、崔州平他们喝酒，还有宜城的马氏兄弟，有时候甚至几天几夜不回家。"说完，嘴唇紧闭，向下撇，一副难过的样子。

刘备站起来说："既然如此，我们改日再来吧。"

张飞说："主公，那咱们不是白跑一趟，不如再等等看，要不，咱们就在这里过夜。我不信他诸葛亮今晚不回来。"

"是呀，主公。来一趟不容易。"关羽也劝说着。

刘备看了看黄月英，说："诸葛先生是世外高人，行踪飘忽无定。我们还是先回去吧。再说，我们都不在新野，我还有点担心呢。"

回去的时候，路过拐弯处那块突出的平地，刘备放慢了速度。那个钓鱼的人，已经不知去向，仿佛根本不曾有过这么一个人。

5

世界上没有两片相同的树叶，我却再次与杨晚秋邂逅。

那天晌午时分，我有些怅然地走在襄阳城里，迎面过来一位骑马的红衣女子，像一朵红云飘过。

过了一会儿，那人大约是掉转了马头，后来一直在我旁边并排走。我也没太在意，人海茫茫，有一两个同路人太正常不过了。走了好长一段，马上人笑着叫我："函之，你把眼睛扛着走路？"

我循着声音一抬头，惊喜地叫了一声："姐姐。"忙去给她牵马。杨晚秋笑盈盈地伏在马背上，仿佛打量一个怪物似的盯着我。

"函之，告诉姐姐，是不是有什么心事？"

"没什么，曹操北征，后方空虚。今天我陪刘皇叔赶来襄阳，想说动刘表派兵袭击许都，可是刘表不以为意，还差点听信蔡瑁等人的谗言，要杀刘备。刘备见事情不对，中途逃走了。"

"他把你抛下了，你觉得心里有些不舒服，对吧？"杨晚秋直截了当地说。

我苦笑了一下，心思竟被她完全猜中，"其实，我也知道，刘表不会为难我一个马夫的。刘备也是清楚这一点才同意让我留下来麻痹他们。"

"做大事的人不拘小节。"杨晚秋既像是在为刘备开脱，又像是在安慰开导我。是啊，胸中有大格局，不必计较这些细枝末节。

我话锋一转，问："你找到姑妈了吗？"

杨晚秋的脸色顿时暗淡下来，摇摇头。这一举动让人无端地心生怜意。

原来，由于多年未通音信，杨晚秋的姑妈已经搬走了。她也不知道该往何处去，便在襄阳城里暂住了下来。听说我在新野有了安身之地，便希望搬到新野去。

我当然求之不得。

回新野的路上，经过一个山谷。两岸青山壁立，悬崖上顽强生长的树木已经抖掉身上多余的枝叶，以减少营养的消耗，在瑟瑟秋风中，显得有些落寞。

河谷被夹得又细又弯。一道浅水在谷底绕石而走，有时调皮地带走一片落叶，有时又把一段树枝抛弃在岸边。一块块石头或分散，或集中地嵌在细沙里。闪着黄金色泽的细沙很细腻，但不是水平的，是一层一层，梯田似的，保留了水波的形状，似乎是水波的化石。

河心一片手掌样的红叶，叶面向下，叶背向上，一半浮在泥沙上，一半漂在流水里，一颤一颤的，让人担心它时刻要被冲走。

秋风萧瑟天气凉，草木摇落露为霜。我突然喜欢上了这个秋天，宁静的秋天，有一种不可言说的成熟而慵懒的美。我放慢了脚步，牵着马沿着小河往下游走去。

走了一阵，杨晚秋说："累了吧，你上来骑一会儿。"

我说："哪能让你走路呢！"

杨晚秋笑笑说："谁说我要走路了？"

我怔了一下，以为她在逗我玩。

杨晚秋突然向我伸出一只玉手来，我不明所以地看着她，她是要我帮助她下马吗？她扑哧一笑，红了脸说："我们都不用走路。"

我有些犹豫，盯着清澈的河水，河水却并没有进入我的眼睛。

杨晚秋拍了拍我的肩膀，"上来呀。"

我最终还是爬上了马背。身子挨着杨晚秋，鼻腔里瞬间盈满了一种新奇的舒服的味道，我有些迷醉了。

我似乎是抱着一团棉花，轻飘飘的，在云端做着七彩颜色的梦。

绕过一个山嘴，眼前一亮，远处高天之上，一股股飞流追着赶着，在两岸树木的夹拥下奔泻而出。轰轰的水声，把我从虚幻的梦境里唤醒。

瀑布直跃入深谷，水花乱溅，烟尘四生，恰如一端悬空的白色蜀锦。清冽的瀑布汇入山谷，在谷底形成了一个小潭。

原来瘦瘦的溪水得到了补给，从这里开始变身为小河，拥挤不堪地往前奔去。

来的时候，专心赶马，虽然知道这里有一道瀑布，却没有过多留意。这会儿有了闲情驻足，便被眼前的美景吸引了。那匹老马通人性似的，停了下来。我们不约而同地跳下马，在路边的一块大石头上依偎着坐了下来。

我们都抬头望着，望着。仿佛那瀑布之下，会出现什么惊喜似的。

"啪"，一颗松果滚落在脚边，紧接着，一只猴子从树上跳下来，追着松果跑。追到松果面前，见了我们，开始龇牙咧嘴做怪动作，似乎在向我们示威。

我们搅扰了猴子的世界。这片山谷是他们的，人类只是匆匆的过客。

天色向晚，我们带着不舍的心情，骑上马继续赶路。

6

转眼到了冬天——与杨晚秋在一起的日子过得真快。

在第一场雪到来之际，刘备坐着马车，向隆中而去。这一次，关羽和张飞留在新野训练士兵。

晌午时分，刘备让停车，准备午餐。我在路边点了一堆火，一边烤火，一边热面饼。

刘备伸出手，承接着天上飞絮一样的雪花，意味深长地说："时间过得好快，从第一次去隆中到现在，转眼六七个月过去了。眼看曹操就要挥兵南下，我必须得找一个好帮手。"刘备收回双手拢在长袖里。

"如今天寒地冻，恐怕曹操也不会选择这个时候用兵吧？"我把刚烤热的面饼递给刘备。

"曹操这个人诡谲多变，谁又猜得到呢！"刘备咬了一口面饼，感慨道。

"我听说主公当年与曹操共同参与平定黄巾军，后来也曾被曹操表为左将军。主公为什么要离开许都呢？"那个藏在心底大半年的问题，终于被我水到渠成地问了出来，我用眼角余光瞟了瞟刘备。

"我是迫不得已。"刘备嚼着面饼说。

"为什么呢？"我一边继续为自己准备午餐，一边侧了耳朵，以便风雪中能更加清晰地听到刘备的声音。

"八年前，我曾参与国舅董承密谋诛杀曹操的行动，只可惜走漏了风声……"刘备陷入回忆之中。

我说："谁会出卖你们呢？"

刘备摇摇头，"参与这件事的人都被处死了，除了我和另外两个人。"

"哪两个呢？"我装作漫不经心地问。

"一个是吉本，一个是莫由。"

莫由？我心里一惊，刘备居然知道那份名单上的人。

"莫由是谁？"

"是董承派往江东联络孙策的使者。后来不知所踪。"

"看来吉本和莫由都有嫌疑。莫由以前是做什么的呢？"

"这个我也不清楚。唉，太惨了，董贵人当时已经怀孕，尽管皇帝苦苦哀求，她还是被杀了。别提了，造孽。"刘备望着远处纷纷扬扬的雪摇着头。

<h1 style="text-align:center">7</h1>

梅花盛开在雪中，暗香飘至。悠远的琴声冲破屋顶，在房前屋后袅袅升起，梅花树上的积雪，随着琴声摇落，在空中细细碎碎地飞扬。

刘备加快了步子。

屋子里生着一盆火，身材高大、器宇轩昂的诸葛亮坐在火堆旁弹琴。黄月英在旁边看书。几案上摆着几幅毛笔字，墨迹未干，一看就是诸葛亮的手迹。刘备不忍心破坏这一幅美好的画面，静静地立在雪中，待一曲终了，他才微笑着鼓掌。

黄月英首先站起来，脸上花朵般漾起一片笑意，"刘将军，快请屋里坐，外面冷。"又对诸葛亮说："这就是刘玄德刘将军，我给你说过的。"

诸葛亮也站起来迎接，"失敬失敬，刘将军屋里请。"

刘备拂掉衣服上的雪花，说："孔明先生真是世外高人行踪不定啊，在下前番已经来过两次，一直没有机会向先生讨教。今天，总算是天可怜见，让我与先生得以相识。"

"刘将军，在下不过一介草民，如何敢劳驾刘将军亲自前来？"

"唉，先生乃当今大名士，连庞德公和德操先生都甚为佩服，徐庶徐元直更是多次向刘某推荐先生。"

黄月英温了一壶酒来，"刘将军，喝点酒暖暖身子。"她保持在说"子"时的嘴型和笑容，待斟满酒退下之后才恢复常态。

刘备接过酒杯，"孔明先生不来一杯？"

诸葛亮淡淡一笑，说："如此下雪之日，怎能没有酒？"又看了看我，说："这位小兄弟也坐下来喝一杯？"

刘备说："函之，坐吧。"

"是，主公。"我在刘备旁边坐了。诸葛亮看着我说："这位兄弟好像我的一位故人。"说着神色有些伤感，"可惜他已经在一场大火中没了。"诸葛亮看了一眼墙角，那里立着一块牌匾，上书：高朋有信。

我心里一暖，这必是给我刻的店招，可惜，酒馆已经不复存在。甚至，连吴子庸也不存在了，我现在是李函之。"能有诸葛先生这样的朋友，你那位故人泉下有知，也当是幸福的。"我刻意压抑着嗓子，怕诸葛亮发现什么破绽。

沉默了一阵，诸葛亮说："不知刘将军光临寒舍有何指教？"

刘备说："现在汉朝衰微，群雄混战，朝政控制在权臣手里，我大汉天子却蒙受流亡之苦。在下虽然没有什么才能，但伸张正义、恢复汉室统治，却是我大汉子民应尽的责任。"

诸葛亮微微点头。

刘备继续说："但我才疏德薄，智谋短浅，屡遭失败，至今一事无成、一筹莫展，不过，我光复汉室的心一直是热的。我虽然年届不惑，仍念念不忘当初的志向，希望先生能够出山为刘某出谋划策，共同完成统一大业。"

诸葛亮说："刘将军虽然吃了些败仗，但能不坠青云之志，这很是可贵。而且，在下认为，所有的失败，都会成为成功的阶梯。"

刘备说："先生真会安慰人。"

诸葛亮说："在下其实也一直有重振汉室的想法。只可惜未遇明主。刘将军能够屈尊枉顾，并将心腹之事掬诚相告，在下不胜感谢。"

"当今天下名士，大多为曹操孙权收入囊中，没想到还能遇到先生这样的大才，兴复汉室有望了。"刘备端起杯子敬诸葛亮的酒。

诸葛亮说："自董卓乱国以来，四方群雄并起，跨州连郡割据一方的不在少数。曹操相比袁绍，不仅名望轻微，而且兵力薄弱，但最终能够打败袁绍，由弱变强，这不仅仅是占了天时地利，也靠的是人谋。上下同欲者胜，只要大家团结一心，一定会转败为胜。"

刘备若有所思地点点头。

诸葛亮叫了一声"夫人"，黄月英取来一卷绘在丝帛上的地图，诸葛亮指着地图的北方说："如今曹操已经拥有百万军队，又有'挟天子以令诸侯'的优势，确实是不可以与他争锋。"

诸葛亮的手指滑向东南，继续说："孙权占据江东，已经经历了三位君主的积累，那里有长江天险作为屏障，民众又安心归附，不少贤能的人为他所用，像这样的人，可以作为外援而不可去图谋攻占他。"

刘备点点头，这些他自然也看出来了。

"这里，"诸葛亮指了指中部，说，"荆州这个地区，北方有汉水、沔水，向南可以直达南海郡，东南可以连接吴郡、会稽，向西则可以通往巴蜀，是一个兵家必争之地，可惜荆州牧刘表却无法守住。这是上天给刘将军的一个绝好机会，不知道将军是否有这个打算？"

刘备心中为之一振，这些年蛰伏荆州，要说一点图谋荆州的想法都没有，那是假的，但他不愿意承认心中这个"不义"的想法。

诸葛亮越来越有激情，手指指到益州，说："益州也是险要之地，沃野千里，号称天府之国，当年高祖刘邦就是凭借它完成了帝业。如今，占据益州的刘璋，昏庸无能，北方还有张鲁相威胁。益州虽然有富饶的资源，人民生活也富裕，但刘璋不知道体恤人民，一些有抱负的人，都希望投靠贤明的君主。"

"孔明先生的意思是？"刘备好像有点明白诸葛亮的意思了，却不太敢确信。

诸葛亮说："将军是汉朝皇室后裔，信义在海内都很著名，现在将军收揽英雄，招贤纳士，如果能够占据荆州和益州，据险而守。对西方和南边的少数民族采取安抚政策，对外与孙权结盟，对内修明政治。等待时机，一旦天下形势出现有利变化，就可以命令一名得力将领，带领荆州的军队向宛城和洛阳进攻，将军你则率领益州的军队出秦川进迫长安，兵分两路争夺天下。那时候，老百姓谁不带着好酒好菜来欢迎将军呢！这样，就可以成就统一天下的王霸之业，衰微的汉王朝就能够得到振兴了。"

刘备眼睛一亮，"先生高见，先生高见啊！先生这一番话，让刘某醍醐灌顶豁然开朗。"

此前，刘备的眼睛死死盯着北方，没想到荆州益州才是他真正的出路。他只想到曹操即将挥军南下，哪里想到那么长远的事情？这次诸葛亮为他指点迷津，恰似在千崖万壑中，忽然看到一条光明大道，怎能不为之欢喜？

"有时候，退一步就可以海阔天空。"诸葛亮摇了摇鹅毛扇，平静地说。

"孔明先生如此成竹在胸，怕是反复琢磨过的吧？"

"不瞒刘将军，在下前两次不见将军，便是希望给将军送上一份可以拿得出手的见面礼，经过半年的思考，总算没有太让将军失望。"

刘备说："先生分析精辟，为刘某指明了道路，但要把这个三分天下的图纸变为现实，还有很长的路要走。先生可愿助刘某一臂之力，共同匡扶汉室？"

诸葛亮说："士为知己者死，女为悦己者容，马为策己者驰，神为通己者明。刘将军贵为皇室后裔，又声名远播，却能够三次屈尊纡贵光临寒舍，亮自当殚精竭虑以效鞍前马后之劳。"

刘备大喜，"来，干杯！"

酒罐里的酒已经见底了。诸葛亮起身到里屋取酒，刘备盯着诸葛亮的背影看了半天，待诸葛亮抱了酒罐回来时，说："先生可是一位垂钓的高手啊。"

诸葛亮怔了一怔，脸上浮起一丝笑意，"刘将军好眼力！亮闲来无事时，的确喜欢在门前这条小河里垂钓。"

第三章　黑色的荆州

1

春意渐浓，桃花追着杏花开，一个生机盎然的春天就要到来了。然而，襄阳城却笼罩在一片阴影之中。

建安十三年（208）春天，刘表病重。此时，曹操已在冀州邺城修了玄武池，积极训练水军，时刻准备南征荆州。孙权杀了黄祖，听说曹操即将南下的消息后，虽然暂时停止了继续进攻，但他率大军驻扎在柴桑，伺机而动，这种威胁就像一根刺扎在荆州的心脏。

刘表对于目前的形势，有着较为清醒的认识。自己苦心经营了十几年的荆州，他怎么舍得拱手让人？

但荆州内部分崩离析。虽然有一部分坚决抗曹的将领，但亲曹的人更在多数。刘表已经没有可以依赖的人，最终，他的目光落在了刘备身上，他让刘备去襄阳商量如何迎战曹军。

那天，刘备正用麈尾编结一件小饰物。诸葛亮见了有些失望，说："将军应当有远大的志向才对，如今大战在即，怎么还有闲情做这种编牛尾巴的事？"

刘备随手将麈尾扔到一边，说："我不过是以此解闷而已！"

诸葛亮问："将军以为刘表能胜得了曹操吗？"

刘备摇了摇头，"不行。"

诸葛亮又问："那将军觉得自己如何呢？"

刘备承认说："也不行。"

诸葛亮说："既然将军和刘景升都不是曹操的对手，以现在的情况来看，迎战曹操不是太危险了吗？"

刘备叹息一声，看着闲置一边的麈尾说："我正在为这事发愁。"

"如今，刘景升主动结好将军，不知道将军是否有去襄阳的打算？"在这个问题上，刘备手下的文武官员意见并不统一。一些人认为刘表是设了个陷阱，怕自己百年之后刘琮无法驾驭刘备，想借此先将他除掉。但刘备认为上次的宴会上刘表最终没有下决心杀掉自己，这次也绝不会让自己冒险。

刘备说："我和景升都是汉室后裔。这几年，我在荆州也得到他不少的关照，如今他病重，我怎么能不去看他呢？"说着，眼圈竟然红了。

诸葛亮点点头说："让我陪你前往襄阳。"又让关羽、张飞随后接应，以防不测。

到了襄阳刘表府上，刘备被迅速带至刘表的卧房。刘表让人把自己扶起坐着，他颤抖着手指了指床榻。刘备忙在床榻上坐了下来，拉着刘表的手，以示安慰。

"玄德兄，我的儿子们无能，手下诸将也人心不齐，我死之后，荆州的政事就交给你统摄吧。"刘表意味深长地说。

刘备知道刘表其实心有不甘，想试探自己，便说："公子贤德而有才能，我会竭力辅佐他的，你尽可安心养病。"

"孙权和曹操，一个在东，一个在北，恨不得把荆州撕碎吞了。而我的两个儿子，势同水火，我哪里能够安心呢？此次，襄阳堪忧啊。"刘表一脸的愁苦。

听到这里，刘备建议把自己的军队从新野移防到樊城，这样离襄阳就近了，便于保卫襄阳。刘表采纳了这一建议，"玄德兄这主意不错，襄阳城相当于多了一层保障，我也稍可放心了。"

2

七月里，天空没有一丝云朵，太阳热辣辣地烤在皮肤上，像无数尖利的麦芒扎在颈项间。曹操不顾天气炎热，迫不及待率领十余万大军浩浩荡荡南下。

曹操此次出兵，按照谋士荀彧的建议：一方面大张旗鼓地向宛县、叶县进兵，一方面却派一支精锐部队，抄小路速进，想出其不意掩杀刘表。

得知曹操一路南来，势如破竹，本已病重的刘表在忧愤之中去世。

刘琮被拥立为荆州牧。然而，他名为荆州之主，其实并不能主宰自己的命运。大兵压境，主张降曹的声音，嗡嗡嗡地萦绕在刘琮的耳边，尤其是蔡瑁、蒯越等荆州实力派人物都劝他投降。

刘琮在屋子里走来走去，说："如今，我与各位拥有整个楚地，保住先父的事业，以观望天下局势变化，难道不可以吗？"

蔡瑁说："将军，忠和逆，是由君臣关系决定的。强和弱，要受客观因素的影响。如果以人臣的身份去同以曹公为代表的天子对抗，这就是悖逆，凭借区区荆州之地而与中央朝廷作对，等于自取灭亡。"

"悖逆？！"刘琮很生气蔡瑁把自己与曹操对抗的行为定性为悖逆，更多的是不甘心，自己刚刚成为荆州之主，本想大展一番身手，可惜一腔热血却不能够施展。他大叫一声，"备马！"

话音刚落，下人已经从马棚里牵过来一匹健壮的红马，在屋外抬着蹄子打响鼻，一边轻轻地摇动尾巴。

刘琮飞身上马，一拍马屁股，飞驰而去。路边的鸡鸭惊飞一片，翅膀扇动起无数细细的羽绒。蔡瑁忙命人找来一匹马，追赶刘琮去了。

刘琮坐在马上，抽出佩刀，侧身一路砍伐路边的树枝，仿佛那是一个个曹兵。只见树枝纷纷往下掉。

"将军，将军！"蔡瑁紧跟在刘琮后面，一根细细的树枝迎面飞过来，他一侧身子，险些跌下马来。

刘琮含泪说："想我荆州大将如云，还有刘备可以联合，如果不战而降，将荆州拱手让人，我怎么对得起尸骨未寒的先父？"

蔡瑁说："将军，恕在下直言，此次无论是战还是降，荆州终不为将军所有。"

刘琮勒住马，疑惑地问："蔡将军何出此言？"

蔡瑁停在刘琮旁边，说："与曹操对抗，真正的受益者并非将军，而是刘备。咱们犯不着为了他而与曹操为敌。"

刘琮说："我怎么越听越不明白呢？"说完又要拍马驰去。

蔡瑁大声说："将军自己估计同刘备相比怎样？"

刘琮怔了怔，承认道："我不如他。"

蔡瑁说："如果连刘备也不能抵挡曹公，那么即使拥有整个楚地也难以自保。即使刘备能够抵挡曹公，但是胜利之后他还会久居将军之下吗？姐夫在时，尚对刘备有几分忌惮，如今，刘备更有恃无恐。如若刘备侥幸胜了曹操，那个时候，荆州恐怕就不是将军的荆州了。希望将军不要再犹豫。"

刘琮一拍马，向着远方疾驰而去。蔡瑁也跟了上去。而另一个人，则藏在路旁的树林里。看着两人渐渐远去，理了理衣服走出来，四下里望了望，一声呼啸，一匹枣红马从远处飞奔而来。

从襄阳到樊城的官道上，一匹快马飞驰而过。马蹄扬起滚滚黄尘。那人径直来到刘备在樊城的大营，"我是伊籍，快让我进去，我有急事求见刘皇叔！"

此时，刘备与诸葛亮等人正冒着暑热训练士兵，准备与曹军决一死战。

"先生，什么风把你给吹来了？"诸葛亮从兵车上走下来，看着急匆匆赶来的伊籍问。

伊籍狼狈地抬手拭去脸上的汗水，声音颤抖着说："孔明先生，不得了了，不得了了。"

"伊先生，何事如此惊慌？是不是景升去了？"刘备把指挥用的小旗子交到关羽手中，和伊籍、诸葛亮一起走向大帐。

"刘荆州是去世了。但是，还有比这更糟糕的消息。"伊籍本来对刘表并不寄予希望，故而一直亲近刘备，俨然成了刘备安插在刘表身边的内线。

"荆州内部发生了动乱？"诸葛亮猜测着。

"那倒不是，刘琦没有这样的机会，不过，以后的事也很难说，我听说刘琦正在整兵，准备借奔丧的名义武力夺取荆州。"伊籍艰难地咽了一下冒烟的嗓子。诸葛亮忙命人取来一杯水。

"刘皇叔、孔明先生，刘琮准备投降曹操了。"伊籍咕噜咕噜喝了一大杯水，抹着嘴说。

刘备被这意外的消息震惊了，坐在地上一言不发。

"不会吧？刘琮会甘心把偌大的荆州拱手让人？"诸葛亮拿鹅毛扇的扇柄轻轻地敲着头，有些怀疑。

"作为荆州之主，他当然不甘心，但是不甘心也没用。刘琮得到了蔡瑁的支持才成为荆州之主。蔡瑁和曹操的关系非常密切，如今的荆州，完全操控在蔡瑁等人手中。"伊籍忧心忡忡地说。

"我在这里全力保卫襄阳，他竟然暗中投靠曹操，这未免也太欺负人了。这可是刘琮的荆州，不是我刘备的荆州！"刘备拂袖道。

正说话间，斥候来报，曹操大军已经到达宛城，宛城守将文聘不战而降。曹操很快将继续南下。刘备用蜷曲的食指机械地叩着额头，询问似的看着诸葛亮。

诸葛亮说："如今，曹军将至，而刘琮的态度尚不明朗，如果与刘琮联手，勉强可以与曹操对抗，如果单凭我们这一万多兵力……必败无疑。眼下最重要的是，要知道刘琮的真实想法。"

刘备走到帐外，向靠在一棵小树上跷脚看士兵操练的我招了招手，"函之，你过来一趟。"

3

刘备的军营外一片混乱。

曹军已到宛城的消息，传遍了樊城的大街小巷。曹操会不会像当年攻打徐州一样，把全城的老百姓尽皆杀光？会不会像官渡之战那样，一口气杀掉七八万俘虏？樊城百姓想象着即将降临的灾难，大为惊恐。不少大家族已经匆匆收拾了东西向南逃走，从樊城到襄阳的路上，一直响着马车的辘辘声。一些人则持观望态度，把希望寄托在刘备身上。

听说刘琮的使者已经来向刘备宣布投降的消息，不少百姓纷纷赶来，围坐在大营外，一边传递着从不同渠道得到的各种消息，一边焦急地等待使者带来的结果。

刘琮的使者宋忠是我带回来的。当我来到襄阳告诉刘琮，刘豫州派我来证实降曹的消息是否属实时，他便令宋忠与我一同去樊城，向刘备说明情况。

军帐中有一种剑拔弩张的感觉，宋忠看着一脸严肃的刘备，故作轻松地说："怎么，刘皇叔就这样款待使者吗？"

刘备脸上浮出一丝冰冷的笑，指了指右侧，示意宋忠坐，连一句话也不愿意多说。宋忠坐下来，缓缓地说："刘皇叔，我家主公让我转告你：曹公统一天下是大势所趋，逆潮流而动是不明智的。"

刘备仍是一言不发，诸葛亮摇着扇子，义正词严地说："曹操素来残暴，挟天子以令诸侯，其自立的野心，天下皆知，而我大汉刘皇叔，高举义旗，光复汉室，这才是人心所向。"

"汉朝的气数已尽，代汉者乃涂高也。孔明先生，何必违逆天意负隅顽抗呢？"

刘备的手按在佩刀刀柄上，手攥紧又松开，松开又攥紧。

宋忠毫无惧色，继续道："素闻刘皇叔仁义，应该不会为了与曹操一争短长，而不顾全荆州百姓的死活吧？我家主公审时度势，不忍牺牲那么多人的生命作为割据一方的代价。希望刘皇叔也以天下苍生为念。"

刘备猛地站起来，抽出佩刀，怒道："你们这些人，偷偷做出这等背信弃义的事情，如今大祸临头，才来告诉我，还一派花言巧语，真恨不得把你一刀剁了。"

关羽、张飞立即起身将宋忠一左一右夹围起来，关羽怒视着宋忠，像是要一口把他吞下去。

宋忠哈哈大笑："刘皇叔所谓的仁义，原来也不过如此！宋某算是见识了。"

张飞猛地一拳打在宋忠腰间，"叫你猖狂！"

宋忠高昂着头，看也不看张飞一眼，只盯着刘备的眼睛。刘备脸上的肌肉抽搐着，把佩刀推回刀鞘，低低地说了一声："滚！"

宋忠看了关羽一眼，侧身从他和张飞之间挤过去，快步出了军帐。

"主公，先冷静一下吧。"诸葛亮提醒木然呆立的刘备说。

刘备颓然地坐下来。

"如果继续坚守樊城，很可能会受到曹操和荆州投降派的夹击。"诸葛亮摇着鹅毛扇，分析道，"那我们就只有死路一条。"

张飞说："孔明先生，你不可长他人志气，灭我方威风。若曹操大军来攻，我张飞见一个杀一个，直叫他片甲不留。"

诸葛亮说："在下深知翼德勇武，可是，打仗不能单凭勇气。做人须懂得屈伸。留得青山在，不怕没柴烧。"

"孔明的意思是？"刘备见诸葛亮胸有成竹的样子，问道。

诸葛亮用鹅毛扇指着军帐中的地图，说："与其现在这样腹背受敌，不如退到江夏，与刘琦会合。刘琦与刘琮关系不好，如今刘琮投降曹操，刘琦必然坚决抵抗。"

刘备皱着眉想了想，盯着地图上的江陵，说："去江夏不如去江陵。江陵作为荆州大郡，是长江边上的军事重镇。刘表生前，即在此修筑了坚固的城池，还囤积了大量的军需物资。"

关羽说："我觉得主公说得有理。再说，江陵与江夏郡的夏口距离也不远，又有汉水相连，可以与刘琦互相呼应。"

"江陵虽然有许多优势，但是，曹操同样知晓这一点，如果他先占据江陵，张网以待，那我们就如同瓮中之鳖了。"

关羽一挥手打断诸葛亮，不以为然地说："曹操怎么可能越过我们先到江陵？真是书生之见。"

"……"诸葛亮话到嘴边又被张飞打断，"要撤就赶紧呗，还争论个啥？！"

刘备说："去江陵！云长，你去整顿兵马；翼德，你负责粮草转运。孔明，樊城的百姓是走是留，就看你的了，多贴些告示出去。百姓如果愿意跟我们撤退，要保证他们的安全。"

关羽、张飞领命而去。

刘备对正准备离开的诸葛亮说："孔明，我让人去把月英他们接过来吧。"

诸葛亮感激地看了刘备一眼，"主公，不劳你费心，我自会安排。"

刘备点了点头。

我随诸葛亮出了军营。呼啦啦一大群人围过来，我们立即被包围得水泄不通。

"孔明先生，你们是不是要撤退呀？"

"孔明先生，刘皇叔是不是打不过曹操？"

"孔明先生，我家养了几头猪，其中一头还下了崽，怎么办？"

"孔明先生……"

我挡在诸葛亮身前，大声说道："大家静一静，大家静一静，听孔明先生说吧。"人群渐渐平静下来。

诸葛亮说："各位，今曹兵将至，樊城易攻难守，我家主公决定移军江陵。那里城坚粮足，完全可以自保。各位乡亲，当年曹操攻伐徐州，连下十余城，陶谦退保郯城。曹操久攻不下，迁怒当地百姓，在泗水河边坑杀几万人，一时之间，泗水河为之变作血色，浮尸遍布河上，几乎让河水断了流。我就是那时逃到襄阳来的。请各位好好考虑，愿意同我家主公一起撤退的，请速速回家收拾东西，并互相转告。"

百姓互相议论一阵，纷纷急匆匆地散去。

4

天渐渐开始凉了，一群特殊的候鸟向南迁徙。

也有不少老年人不愿意折腾，宁愿死，也不愿离开生活了几十年的家。死只是一瞬间的事情，长期奔波和提心吊胆，没有家的感觉，才是最让人痛苦的。我看见一位须发皆白的老头，坐在门槛上，与儿子争执。儿子及儿媳都已经收拾好东西，坐在马车上等他。任凭儿子如何劝说，他就是不为所动。

"爹呀，别人都走了，你一个人留在这座空城里，这是等死啊。"儿子跺着脚。

"曹操是人，又不是魔鬼，我看他能把我怎样，大不了就是一死。死有什么可怕的！活着更难熬。"老人一副见惯生死的神情。

儿子显然是对父亲的固执生气了，他说："你走不走？信不信，我一把火把房子烧了！"

老人倚着门框，眼里含泪，"烧死我吧，我宁愿死在自己的家里，也不要饿死在路边上喂了野狗。"

儿子铁青着脸，真的在房子上点着了一把火。秋天里万物萧瑟，柴火干燥得遇火即燃。火势很快伴随着浓烟蔓延开来。坐在马车里的孩子们惊恐地哭起来，儿媳紧紧地搂着孩子，眼里含着泪，"爷呀，咱们还是走吧。他爹，你咋还真烧呀，快救火啊。"

眼看着火已经烧到老人身上，老人还是不走。屋外已经聚了不少看热闹的百姓。

儿子颓然地跑过去，要把父亲从火堆里抱出来。父亲死死地抓住门框，"你让我死吧，我一把老骨头了，跟着你们是一种拖累。"

我陪着诸葛亮沿家做撤退动员工作，从远处看到这里火光冲天，路上挤满了指指点点的百姓，知道出了事，立刻赶过来。诸葛亮见一老一少两个人在火堆前拉锯似的，两个人身上的衣服都着火了。

看见眼前的熊熊大火，我有些恍惚地感觉正站在自己家门口，眼睁睁地看着大火将房顶吞没，母亲在火中挣扎。

诸葛亮赶紧冲上去，拉开儿子，对老人说："老人家，身体发肤，受之父母，咱们可不能这样糟践自己。我从小失去了父母，每每夜晚想起来，痛彻心扉。你要是有个三长两短，你儿子可是要痛苦一辈子呀。"

"爹，是呀。快走吧，再不走，咱们都得葬身火海。"儿子快哭了。

老人的手从门框上松开了，滑落下来。诸葛亮立即弓身把老人背出了火海。老人的儿媳妇也下了车，赶过来把老人身上的火扑灭。看热闹的人中，有人喊："快把火扑灭，不然隔壁都要烧起来了。"于是，大家赶紧拿了锅碗瓢盆坛坛罐罐打水灭火。

老人与儿子坐在院子里的地上对望着，两人身上都留下烟熏火燎的痕迹，老人的白胡须给屋上掉下来的一根燃烧的木料烧焦了。儿子带着哭腔说：

"爹,你的胡子没了……"胡子是父亲最珍视的东西。父亲抚摸着儿子的头,"儿呀,你的头发变黄了。"父子二人抱头痛哭。

火很快扑灭了,诸葛亮朝院子里的群众挥挥手,说:"辛苦大家了,现在大家都回家收拾东西吧。"人群开始散去。

第二天一大早,随着一阵锣鼓声,百姓纷纷从家里走出来,扶老携幼,牵马赶牛,像无数小溪流在刘备的军营前面汇聚成一条大河,随刘备的军队向南撤退。

部队开始撤退了,百姓跟在先头部队后面。还有一队士兵断后。老百姓一步一回头,看着自己熟悉的家,熟悉的城市越来越远。从此告别生活数十年的城市,也许再也不能回来,都有些感伤。小孩子们虽然不明所以,但看到父母和哥哥姐姐们哭哭啼啼,又这么多人闹嚷嚷的,都惊恐地大哭起来。啼哭之声不绝于途。

出了城,大路边上有几亩没有收割的大豆和高粱,几个农夫正在抓紧抢收,看见大队人马向南撤退。问明了原因,农夫丢了刀具不再收割,赶紧回家携了妻儿,追赶大部队来了。

不久,宽阔的汉水横在眼前,士兵们征用了沿岸的渡船,又就地取材,把附近的竹子砍下来,做成一个个竹排。

大家纷纷跳上渡船和竹排。汉水上,蚂蚁一样,黑压压一大片人潮蠕动。

等着过河的百姓,三五成群坐在河边,一些在惋惜今年的秋收还没有完成,一些安慰说命都没了还在乎几百斤高粱大豆?一些则开始争执曹操是不是长三只眼、四条腿。甚至为此面红耳赤,差点打起架来。

我开始感到好笑,但后来一想,老百姓平日里除了关心自己的土地和家人外,并不会抬头看天。天下大事对他们来说,太遥远。只有当战争迫在眉睫的时候,他们才知道除了樊城,还有一个天下,不然,他们还以为樊城就是天下。对于曹操长什么样子,做过什么事情,他想要干什么,更是没有多少了解,也并没有心思去了解。在他们的心目中,曹操现在来攻荆州,曹操就是坏人,坏人都是魔鬼一样的人物,所以,他们要逃跑,要跟着刘皇叔去过太平的日子。

还有一些人,见这么大一群人拖家带口往南去,便也跟着混进了队伍,他们并不知道这群人为何要离开，也不知道是要到哪里去。他们想得很简单，这么多人都去的地方，总归不会错。

每一只船筏上，由两名士兵负责划船和维持秩序。一位农夫和士兵争执起来。农夫五短身材，左嘴角上长了一颗豆大的黑痣，痣上生出三根黑毛。农夫准备把一头牛牵上竹筏，士兵劝说他不要带牛了，并开玩笑说把牛杀了犒劳大家。农夫生气地说，咱们农夫就算到了天涯海角，也只是种田的命，没有牛还怎么种？士兵哑口无言，但还是不让他上船。

农夫坚持要上，并且指着河中间的人说，他们带那么多东西都可以上船，我就带一头牛，为啥不可以上？士兵说，他们带的是家具，不是牲口。农夫说，牲口就是我的家具。看热闹的百姓越来越多，大家纷纷感到好笑。

诸葛亮走过来，止住士兵。他能够理解农夫对牛的感情，便说，让老人家上渡船吧，渡船的承载力大些。可是，到了渡船处，大家都不愿跟一头牛同乘一船。

农夫一怒，骑着牛下了河。那牛摇头摆尾，缓缓地向河心游去，哞哞的叫声搅动着河水，也搅动着秋日的残阳。

5

过了汉水，便来到襄阳城下。刘备把马停下来，心中百感交集。在荆州七八年，与刘表之间虽有些隔阂，但总体还能和平相处。因为刘表的收留，他才度过了一生中最闲适平静的几年。可如今，刘表却先他而去。按诸葛亮的谋划，本来应该以荆州为据点，再取益州，最终与曹操并争天下。如今，荆州却即将易手曹操，不久前被诸葛亮点燃的兴复汉室的梦想，又变得缥缈起来。

良久，他抬头望着城楼，大声呼叫："刘琮贤侄，刘琮贤侄……"

站在城楼观望的刘琮，听得刘备呼叫，不敢应声。

诸葛亮上前两步，与刘备并排着望着襄阳城楼，轻声说："主公，咱们既已至襄阳城下，不如一举攻破襄阳，得其民众，这样，说不定就可以统一荆州，与曹操抗衡了。"

刘备怔了怔，说："我不忍心这样做啊。这些年，景升待我不薄，想来，孔明自徐州来襄阳，也受到了景升不少关照吧？"他盯着诸葛亮，似乎诸葛亮作为刘表的外甥女婿，不应该提出这种不仁不义的建议。

诸葛亮似乎猜中了刘备的心思，脸红到耳根，有些沮丧地辩解说："我劝主公夺取襄阳，不是因为个人恩怨，而是想要天下安定。"

刘备说："前些日子，景升病重时还托孤于我，让我帮助他的儿子保卫荆州，其殷殷之情，如在昨日。如今，他尸骨未寒，我怎么能够背信弃义，反而夺了他的荆州呢？以后，我以什么面目去见他？"

徐庶说："主公此言差矣。孟子说：'天下者天下人之天下，非一人之天下，唯有德者居之。'如今的荆州落入一帮小人之手，这是荆州百姓的不幸，荆州应该归属于主公这样仁德的人。"

刘备淡淡地笑了一下，"退据江陵，也可以卷土重来。何况，得荆州未必就限于得荆州地盘，如果人心没有归附，得到的也只是一座空城。"

"可是，没有根据地，如何问鼎天下？"诸葛亮还想据理力争。

张飞这时凑过来，冲诸葛亮怒道："我家主公说不取襄阳就是不取襄阳，你啰唆什么？！"

"孔明还是不了解我呀。"刘备向前骑了几步，把诸葛亮和徐庶晾在身后，对城楼上的刘琮说："贤侄，我无意于夺取襄阳，只是路过此地，顺便与你道个别。襄阳百姓的性命，可都掌握在你手上啊，你好自为之吧。"

诸葛亮怔在原地，望着刘备的背影，轻轻叹了一口气。

"开门，快开城门！我们要跟着刘皇叔！"此时，襄阳城里一片喧哗之声。听说刘备率军队向南撤退，不少百姓纷纷驮上家产拥向城门，准备冲出城来，追随刘备。

守城的士兵不敢开城门，既担心刘备的军队趁乱进攻，也承担不了擅自放走百姓的罪责。一个士兵劝道："以前刘将军在时，让各位安居乐业，如今，荆州遇到点困难，你们拍拍屁股就想走人，你们对得起死去的刘将军吗？"

"困难都交给我们，那还要你们这些当官差、吃官饭的人做什么？"一位百姓说。

"养条狗还知道向主人摇尾巴，你们太自私了！"这位士兵气得浑身发抖，指着对方骂道。那人怒道："你敢骂我是狗？！"又冲身后的百姓们喊："他骂我们是狗！"

百姓纷纷喊："打死他，打死他！"双方发生了激烈冲突。一些百姓开始向那位士兵吐唾沫，扔石头，甚至冲上去推搡他。旁边的士兵过来帮忙。双方厮打在一处，场面极为混乱。

蔡瑁急调一支军队前来支援。明盔亮甲的士兵举着盾牌、刀剑，迈着整齐的步伐迅速赶来。到了城门处，士兵们分成三排，第一排手持盾牌作掩护，一个个把百姓隔开，第二、第三排士兵举着钢刀，随时准备近距离格斗。

一场流血冲突眼看就要发生。

刘琮突然站起来，大声道："都给我退下！"士兵们犹豫了一下，纷纷往后撤。推搡的群众也住了手。刘琮无力地挥了挥手，让士兵打开城门，"愿意离开的，自便吧。"说完，让人搀扶着离开了城楼。

老百姓像决堤的水，涌出了城门。几个守城的士兵，也悄悄脱掉兵服，混进了逃难的队伍之中。我注意到，诸葛亮看到如此多的百姓拥出城来，脸上出现意外的表情。也许，此时他心里会涌现出一句话：攻城为下，攻心为上。

刘备得了不少襄阳百姓，继续向南撤退。这支队伍变得非常庞大，并且，一路上，还有不少百姓像小溪汇入大河一样加入队伍。

一路上，诸葛亮没有主动说话，回答别人的问话时，也有些漫不经心的样子。我劝他说："主公不取襄阳，恐怕是觉得时机还不成熟。事情已经过去，就不必再想它了。"

诸葛亮没有应声。

我继续说："襄阳城中降曹势力庞大，如果蔡瑁、蒯越、张允等人拼死抵抗，两军一旦胶着，说不定我们连撤退的机会也会失去。再说，曹操大军压境，即使攻下襄阳，恐怕也守不住，何苦空耗兵力。"

诸葛亮望了望见不到尽头的百姓长龙，说："也许主公是对的，但我现在担心的是，十多万人，扶老携幼，恐怕很快就会被曹军追上，那时候，我们这一万士兵，如何能够应付？"我突然有种以小人之心度君子之腹的尴尬和羞愧，不再言语。

"我也在担心这个问题。"徐元直这时骑马走了过来，"孔明兄，我们现在一天才走十多里路，而曹操的骑兵至少日行百里，这如何是好？"

"咱们去找主公商议一下吧。"诸葛亮说。

"孔明、元直，你们来得正好，我想去城东景升的墓前看看。你们陪我走一趟，如何？"刘备见诸葛亮、徐庶和我追上他，说道。

诸葛亮脸上露出为难之色。

徐元直说："主公，我们现在本来行军速度就慢，如果再绕道城东去刘表墓地，那不更耽误时间吗？"

"刘景升和我，同为汉室宗亲，我在荆州七八年，也得到了他不少的资助。如今他去世了，我理当前去祭奠。"刘备顿了顿，接着有些感伤地说："此次离开襄阳，也不知道什么时候才能再来。"

诸葛亮看看天色，说："主公，我们快去快回。"

大家各怀心事，不快不慢地走着。

徐元直寻了个机会对刘备说："主公，我们现在每天只走十多里路，而曹操的军队已经到了宛城，他们的骑兵随时都会追来。我们很快就会陷入被动，不但救不了这些荆州百姓，而且会搭上我们的士兵。"

刘备回头问："元直有何高见？"

徐元直说："我看不如让军队轻装前进，先行赶往江陵，百姓随后赶到。"

刘备说："成就大事，必须以人为本。现在这些荆州百姓因为信任我而跟随我，我怎么忍心抛弃他们呢？"

正说话间，几人已经来到刘表墓前。

秋风瑟瑟，飘零的落叶，如同纸钱一样在地上打着旋儿。刘备见着那光秃秃的新坟，几片纸钱被风雨紧紧地贴在坟头，不禁伏在坟前痛哭起来。

6

曹操亲自率领五千精锐骑兵，星夜兼程追赶刘备的队伍。

在襄阳南下江陵的官道上，万马嘶鸣，尘土冲天，奔马带起的劲风，卷起无数落叶，甚至连路边的光秃秃的树木都跟着颤动起来。银白的铠甲在朝阳下闪动亮晃晃的光芒。原本静谧的秋天，被搅得地动山摇。

当斥候向刘备报告曹操亲率骑兵追赶这一消息之后，刘备才真正意识到问题的严重性。他带着关羽、张飞、诸葛亮、徐元直和我，来到一座小山顶上，远望蚂蚁一样蠕动的队伍，排成长长的一队，在山谷间缓缓流动。

徐庶焦急地说："主公，照现在的情形，不出两天，曹操的骑兵就会追上我们。虽然我们有一万多士兵，但是，要保护这十余万百姓，还是力不从心。我以为，曹操的目标是军队，应该不会太为难百姓，不如放弃百姓快速南撤。"

刘备不语。

这时，徐庶说："主公宅心仁厚，不忍舍弃百姓。不如这样，让关将军带领水军先赶往江陵，骑兵和步兵继续按原计划前进，然后在江陵会合。这样既可保存部分实力，又可以接应后军。"

诸葛亮却有些担心，"关将军的确是万人之英，如果他带精兵万人先走，确实可以保存实力，但是，主力部队一旦撤走，剩下的军兵更将不敌曹兵。主公，这一着棋着实有几分险。"

张飞说："孔明先生，你咋老是长他人志气，灭自己威风呢？想我主公，南征北战，打了无数恶仗，难道还怕曹操不成？"

刘备沉吟一阵，说："做人要正，用兵需奇。有时候，看似险招其实最安全。"又示意关羽说："云长，你先去江陵，做好接应，不得有误。"关羽领命退了下去。

刘备、诸葛亮、徐庶带领百姓继续前进，赵云护送刘备、诸葛亮等人的家眷走在队伍中间，后面是襄樊两地的百姓，张飞率骑兵断后。

因为曹兵追来，队伍的行进速度加快了，一些年老体衰的百姓受不了如此长途奔波，纷纷坐在路边上休息。张飞走过去，拉起他们，催促他们快走。可是，没走两步，又有人倒在了路边。张飞生气地扬起马鞭，怒道："叫你快走，你故意磨蹭，是想投靠曹操吗？"

"将军，你自己走吧，我实在是走不动了。"过汉水时骑牛的那位嘴角长黑毛的老人说道，只是如今牛却不知去向。

"你还嘴硬？"张飞狠狠地在老人的腿上抽了一鞭子。

"翼德，住手！"

诸葛亮策马过来，连忙跳下马，蹲下来看了看老人的伤口，往伤口上敷了些草药，然后将瘦骨嶙峋的他扶上马。老人拉着诸葛亮的手，流着泪说："谢谢你，谢谢你。"

诸葛亮说："老人家，如果你不想跟我们一起走，我们也不勉强。"

老人无奈地说："我还能去哪里呢？曹操这人既阴险狡诈又心狠手辣，我不是不想逃，实在是腿有病。"

我一怔，心底藏着的那个情结，又开始蠢蠢欲动，便凑上去和他搭讪："老人家，你说得对，曹操心狠手辣出了名的，我听说当年车骑将军董承谋杀曹操事败，董承的女儿董贵妃身怀六甲，也被曹操杀死了。"

"可不是，我对这事再清楚不过了。"老人得意地说，腿似乎也不疼了，要跳下马来和我一起走，把马还给诸葛亮。诸葛亮推辞说："借给你骑的，等你的腿好些了，再还我。"说完快步跟上队伍，劝说老百姓加快步伐。

我心下窃喜，这个人，看起来比我想象的要知道得多。父亲的死，很可能从他身上能寻到些蛛丝马迹。那件已经为许多人所遗忘的暗杀事件，或许有重见天日的一天。

待诸葛亮去得远了，我靠近老人，小声问："你亲眼看见董贵妃被杀了？"

老人看了看左右，低声说："那倒没有，我是后来听说的。但是……我、我亲自参与了暗杀行动！"说罢，脸上洋溢着得意的光彩，似乎害怕我不信，又说，"我不骗你，我还见过陛下的衣带诏。"

我按捺住心下的喜悦，做出不相信的表情，说："不会吧？我听说凡是参与刺杀曹操的人，都被杀了，还夷了三族呢。"我伸出三根指头。

老人刚才的得意一扫而空，脸上现出悲戚的神色，说："他们都死了，只有我还在苟延残喘，苟延残喘而已……"

也不知道他所说的"他们"是指参与董承刺杀曹操计划的人，还是他的家人。老人不知道是想起了悲伤的往事，还是觉得今天抖搂得太多，便闭口不言了。

我也不便多问，甚至连他的姓名也不敢问，担心他生疑。

他会是衣带诏名单上的人吗？他是谁？

7

分兵虽然可以保存一部分实力，但对继续沿原路线撤退的队伍来说，则是一种灾难。他们根本没有想到，曹操的骑兵来得这么快，简直是从天而降。

才到当阳长坂，曹操的骑兵便追上了刘备的大部队。

曹操的五千骑兵在刘备的队伍里左冲右突，像是虎豹进了羊群。士兵们见如此凶悍的骑兵闪电般冲杀过来，慌乱之中，也自乱了阵脚，个个只求自保，纷纷溃逃。手无寸铁的百姓就更别说了，哭爹喊娘拖儿带女地四下奔逃。

一路尽是呼爹喊娘声，以及惊马的嘶鸣，马背上锅碗瓢盆撞击的叮当声。原野上，人流向着不同的方向乱窜，岩浆似的奔涌开去。

不少人马被俘，装满粮食的车辆也被抢走，十万人马，很快便做鸟兽散。

刘备见身后杀声震天，一片混乱，也顾不上妻儿，带着诸葛亮、徐庶及几十骑护卫朝着东南方向仓皇逃跑。

一队曹兵冲开刘备的士兵，追赶过来。曹兵中有人认得刘备的，大声喊叫："快，刘备在这里。"曹兵不断向刘备拥来。诸葛亮对我说："你快去助主公一臂之力，我去找援军。"说完拨马回去寻找张飞。

刘备带着十来名随身护卫与曹兵力战。他将一把剑舞得风车般迅疾，迎面冲来的曹兵，不是被斩杀便是被逼得后退。但曹兵很快像韭菜一样长出来，将刘备等人团团围住。刘备不敢恋战，杀出一条路迅速撤退。骑马跑出两里地，回身一看，只剩几名护卫汗淋淋地跟随左右，刘备倒吸一口冷气。这时，远处一支冷箭，"嗖"的一声射向他的面门。

"主公小心！"我大声喊道，一名护卫想过来挡在刘备面前，可惜已经迟了。刘备身子一偏，那支箭射在了左肩上。刘备身子晃了晃，滚落马下。

"刘备被射死了，刘备被射死了！"远处，一阵大呼小叫，又一拨曹兵冲杀过来。

我赶紧扶起刘备，驰马疾走。其他几名护卫，则拦在路中间，严阵以待。

我一口气跑出两里地，跨过一座木桥，在汉水边一片树林里停下来，将刘备扶下马，安坐在路边。我从身上撕下一块布，捆扎好他的上臂，说："主公，你忍着点。"

说完，握住箭尾猛地一用力，拔出箭来，血立即涌出来，湿透了衣衫。我赶紧从路边扯了把青草，嚼碎了敷在伤口上，又撕下一块布，给刘备包扎好。

刘备忍着疼，说："函之，我嗓子冒烟了，去给我取点水来吧。"说着舔了舔干裂的嘴唇。我有些为难地看着他。

刘备苦笑了一下，"没事，曹兵还没那么快到。就算来了，我也不怕。"我看了看四周，把刘备扶到路边一座坟墓后藏起来。

"主公，你多加小心。"说完，便骑马去找水去了。

当我找到水往回赶时，一匹快马疾驰而来。

难道曹兵追上来了？定睛看时，却是头戴葛巾的诸葛亮。他身后，坐着一个女子，是黄月英。刘备大军南撤前一天，诸葛亮让我去隆中接黄月英和他弟弟诸葛均。诸葛均不愿意离开隆中，黄月英到樊城后，与甘夫人、糜夫人随大军南撤，只是不见了两位夫人。

正疑惑间，突然见到一个黑衣人正悄悄朝刘备藏身处走去。我大吃一惊，迅速骑马赶去。那人趁刘备不注意，高高举起长剑。我边赶，边大声斥道："休要伤害我家主公！"

那人蒙着脸，抬头见了我，又见诸葛亮也骑马过来。犹豫了一下，拖了剑飞快地钻进茂密的树林。

我跳下马，三两步跑到刘备身边，见他安然无恙地靠在土堆上休息，便提了剑去追那人。在密林里扒开树枝找寻了一阵，哪里还有人影，心里担心刘备安危，怕那人调虎离山，便回到刘备身边。

原来，诸葛亮从张飞那里调了些骑兵过来支援，路上遇到黄月英和一些被冲散的士兵，便集结在一起，赶回来救刘备。当他们杀退曹兵之后，又听护卫说刘备和我已经先行撤退，诸葛亮便急急赶了来，其他骑兵断后。

既然如此，曹操的追兵都被诸葛亮搬来的救兵挡住了，那刚才的黑衣人会是谁？如果他是曹兵，为什么要蒙着脸？如果不是曹兵，又会是谁？为什么要杀刘备？我脑子里一团糨糊。

8

秋风阵阵，树叶沙沙作响，如同此起彼伏的呜咽。

几百名残兵，散落在一片小树林里，全都浑身血迹，衣衫不整。一些人躺在地上呻吟，一些人依靠大树休息，士气低落。普通百姓，要么做了俘虏，要么逃走了，只剩下几十人还继续跟着刘备。我没有见着那位嘴角长黑毛的老人，挨个找了三遍，还是没有找到。

至于两位夫人，听刚带着阿斗冲破曹军包围赶上大部队的赵云说，一位死了，一位下落不明。赵云把救阿斗的事详细说了一遍，"幸好有翼德殿后，才把曹军挡在长坂桥。"

刘备看着沉默寡言的士兵，想到前途未卜，不禁感慨良多，泪如雨下。

"主公，胜负是兵家常事，何况我们的大部分兵力已经从汉水撤离了，此次虽然溃败，其实损失并不是太大。"徐元直扶刘备坐下来，安慰他说。

"是啊，主公，'飘风不终朝，骤雨不终日。'天地尚不能久，而况一人乎？狂风刮不了一早晨，暴雨下不了一整天，人又怎么可能总打胜仗呢？现在不是感伤的时候，张将军虽然把曹兵暂时吓退，但曹操精明过人，很快就会回过神卷土重来的。"诸葛亮说。

"那怎么办？"刘备随手拾了根树枝，在沙地上划拉，漫不经心地问道。

诸葛亮走到刘备身边蹲下来，见刘备在地上画的是荆州地图，便拿鹅毛扇指着地图的东边，说："我们得改变计划。"

刘备停住手，抬头充满期待地望着他。

"我们现在要快速向东，在汉水边截住关将军，一同乘船前往江夏。这是我们唯一的出路。"诸葛亮用鹅毛扇把在刘备画的地图东边，添了一个圈，代表江夏郡。

"我们此行不是去江陵吗？怎么会突然要去江夏？江夏那破地方有什么好？还有东吴在旁虎视眈眈的。"张飞坐在一根被雷劈倒的树桩上，不解地问道。

诸葛亮说："曹操的五千精兵，恐怕除了追击我们，更重要的就是先取江陵，以便守株待兔，张网以待。"诸葛亮分析，如果继续向江陵撤退，肯定会被曹操追上，到时一场恶战，恐怕会损兵折将。如今我方兵微将寡，只能避其锋芒，舍江陵而趋江夏。

刘备不时点头。

诸葛亮接着分析江夏的意义，"江夏虽然战略地位不如江陵，但它是荆州的东大门。东吴虽然盯着江夏盯着荆州，但此一时彼一时，现在的环境不同了。"

"有何不同？"张飞解开盔甲，捡了片落叶扇风。

"张将军，你认为曹操此次南下，为的是什么？"诸葛亮起身走到张飞面前，拿自己的鹅毛扇给他扇风。

张飞伸手抓过扇子，说："不就是想荡平南方，并吞天下吗？"

"张将军果然有眼力。曹操既然是想一统天下，那孙权在江东能自安吗？"

张飞"哦"了一声，好像明白了，又好像什么都没明白。

"当初，荆州和江东势如水火，但在同一个敌人面前，他们也有可能唇齿相依，化干戈为玉帛。"

张飞赌气把扇子还给诸葛亮，"孔明先生，你早就知道会有这个结果，是不是？那你为何不劝说主公一开始就去江夏，害得我们死了这么多人。"

诸葛亮愕然，"当初我也建议合兵江夏，但大家意见不统一。后来，我也就没有再坚持。我想，给曹操扔一块瓜皮，他果然踩上了。"

张飞跳将起来，"可是我们自己倒先踩上，你为何不坚持？！你是不是为了证明你的聪明，宁肯牺牲大家的性命？！"

刘备扔掉手中的树枝，起身说道："翼德不许无礼！"

张飞孩子似的赌气坐了下去，却拿背对着大家。

诸葛亮脸色由红变白，由白变红。刘备走到诸葛亮面前，拉着他的手，说："翼德就是急性子，脾气发完就没事了，孔明不要介意才好。"

诸葛亮说："翼德的心事都写在脸上，这样好，省得让人琢磨不透，琢磨人可是一件累心的事儿。"

刘备放开诸葛亮的手，问："当初你不坚持去江夏，难道另有原因？"

诸葛亮说："我们与曹操之间，必有一战，但是，这一战是在去江陵的路上，还是在去江夏的路上，结果会很不一样。"

张飞终于按捺不住，回过头大声说："有什么不一样，快说快说，别兜圈子了，你们这些人，就是说话绕来绕去一点不痛快。"

坐在张飞旁边的赵云，伸手拍拍张飞的肩，笑着说："张将军别着急，让我来猜测孔明先生的想法。"

诸葛亮就近找了块石头坐下来，说："好，赵将军，请说！"

"孔明先生之所以没有坚持劝说主公，是想让曹操深信我们要夺取江陵。这样，曹操就不会防备我们去江夏，否则，如果曹操再派一路人马截断我们去江夏的路，那我们可是一点退路都没了。"

"子龙真是了解我啊！"

我坐在稍远的地方，一直有事没事往不远处一棵空心大树的树洞里投松果。赵云说话间，我正好把手中最后一粒松果投进那黑黝黝的洞里。

9

"主公，孔明运策帷幄，有了他，何愁不能兴复汉室？徐某也可以安心去了。"一直沉默不语的徐元直，这时开口了。

刘备一怔，"元直为何这样说呢？"

徐元直低着头说："我母亲被曹兵掳走了……"

刘备叹息一声。不知道是想起了两位夫人，还是替徐元直担忧。

徐元直拿手指着心口说："徐庶本来想与将军一起共图王霸之业的，就是这一片方寸之地，失去了老母亲，方寸已乱，再不能做有益于将军的事情了，请与将军从此告别。"

刘备心有不舍，但徐元直说得情深意切，也不好拒绝他的请求。

诸葛亮紧紧地握着徐元直的手，感叹道："想不到你会去北方，公威要是知道你将和他做伴，他一定会很开心的。可是，我身边又少了一位朋友。"

那天，我与诸葛亮、黄月英一起，把徐元直送出好远，走了一湾又一湾。

徐元直停下脚步，哽咽着说："孔明兄，我真的很愿意与你一起干一番事情。哪怕什么事情也不干，就像以前那样，可以经常在一起喝酒，谈谈天下事，也是愉快的。然而，我母亲在曹操手上，我真的没法拒绝。"

诸葛亮沉重地点点头，"我理解，如果换了是我，我也会这样做的，只可惜我父母早离开人世了，没有给我这样的机会。"

徐元直反过来安慰诸葛亮，"孔明兄，过去的事都过去了，就不要再去想它，生活总是向前的，一切都会好起来。"

诸葛亮说："生活总是充满变化，没有想过我们会各为其主，但希望我们的友谊不会褪色。"徐元直抱着诸葛亮的肩膀，轻轻地拍打着，虽然什么话也没说。

夕阳被远山衔了半个在嘴里，剩下半个，将波浪一样的光芒铺展得满山遍野。山体呈深黛色，边沿闪着锈色的光辉，仿佛一堆五色矿石，有一种苍凉的美。

诸葛亮终于说："元直，天晚了，赶路要当心，你去吧。"

徐元直放开诸葛亮，抱了抱拳，向我们告别，然后一步三回头地向西而去。诸葛亮看着徐元直单薄的身子，仿佛要被秋风吹跑似的，眼泪就下来了。黄月英默默地给他把眼泪擦干。

我们目送徐元直远去。诸葛亮轻轻地对着太阳落下的地方挥手，直到已经看不见徐元直的影子，他的手还在挥着。天空拉下了黑色的帷幕，他的手还在挥着。

第四章　这是一个天才的想法

1

送徐元直回去的路上，我们意外发现了甘夫人和杨晚秋，此外还抓到一名斥候。

此人体貌魁伟，看上去倒不像是斥候。不过，斥候总不至于把自己的身份写在脸上。如今正是非常时期，对每一个不明身份的人，我们都有理由怀疑，也必须保持高度警惕。

那人独自一人骑马而行。我和诸葛亮发现身后有人，悄悄藏在路边，拿一棵枯树横在路上，将那人的马绊倒。

那人趴在地上还没有回过神来，一把剑已经架在了他的脖子上。诸葛亮找来几束藤条，准备将来人绑了带回去问话。

那人直起身子，连声说："误会，误会。我是东吴的鲁肃，特地来求见刘豫州。"听其口音，倒也不像是北方来的。不过，谁说斥候就一定要来自北方，曹操也可以把江东的人发展为斥候。再说，东吴就没有斥候吗？

"别动！"我把剑向下一用力，鲁肃被迫弯下腰跪在地上，双手支撑着身体。

"鲁子敬？"诸葛亮捋着藤条，有些意外。

"正是在下。"那人抬头看着诸葛亮。

诸葛亮问："子敬乃江东名士，不在柴桑辅佐吴主，来荆州做什么？"

"实不相瞒，我本来是想借吊唁刘表的机会，了解荆州在对待曹操这件事情上的态度。这既关系到荆州的安危，也关系到我江东的安危。可是，我刚到南郡，就听说刘琮已经投降曹操，刘豫州带兵向南撤退了，所以，就星夜兼程赶了来。"

诸葛亮问："不知子敬先生找我家主公有何事情？"

鲁肃说："当今天下，可称英雄者，除了曹操和我家主公，恐怕就只剩下一个刘豫州了。也只有刘豫州才能与我家主公结盟，从而改变曹操并吞天下的趋势。"

诸葛亮一听，孙刘联合抗曹，正是他在隆中时给刘备指出的兴复汉室的必然之路。没想到，在东吴也有和他心思相同的人，不禁对鲁肃心生好感。

"函之，快扶子敬兄起来。"诸葛亮扔掉手中的藤条，吩咐我说。

"是，孔明先生。"我收起剑。

鲁肃站起来，高兴地说："你就是孔明？我和你哥哥子瑜是好朋友。我经常听他说起你，他对你的才华可是赞不绝口啊，说你们三兄弟，数你聪明博学。"

诸葛亮陷入了回忆，"自从我离开故乡徐州，至今已经十三年。十三年来，我一直没有见过我哥哥。当年，为了照顾继母，他留在了老家，我和弟弟，还有两位姐姐随叔父去了豫章，后来辗转到了襄阳。这些年，虽然通过一些信，但信终归是信，未必可靠。我在信上就从来只说开心事。"

鲁肃说："子瑜挺好的，很受主公宠爱，现在已经是长史了。"

诸葛亮点点头，"哥哥在东吴受到吴主厚爱，我也就放心了。既然子敬是哥哥的朋友，那就是我的朋友！走，我们去见刘皇叔。"

"刘皇叔，请问你下一步有什么打算呢？"这是诸葛亮把鲁肃介绍给刘备以后，鲁肃问的第一句话。鲁肃这人性格比较直爽，说话从不绕圈子。

刘备犹豫了一下，说："我与苍梧太守吴巨有些旧交情，我打算南下投奔他去。"

鲁肃一听，信以为真，他着急地摇着头说："吴巨这个人很平庸，苍梧又地处偏僻，早晚要被人吞并，刘皇叔怎么能把那里作为托身之地呢？"

我想，刘备心大志广，怎么可能满足于找片地方安身立命呢？他不过是想试探一下鲁肃而已。

刘备看了看自己胳膊上的伤口，血已经渗透出来，将布条染红了。诸葛亮赶紧从身上撕下一片布，给刘备的伤口重新进行包扎。

刘备听任诸葛亮的摆布，一边问道："子敬有何良策？"

鲁肃说："刘皇叔何不试试与我家主公联合呢？我家主公聪明仁惠，礼贤下士，江东英雄，无不真心归附于他。现在，我家主公已经据有江东六郡的地盘，兵多地广，足以成就一番大事。不如派一名心腹，与我家主公相结，共同完成抗曹大业。"

"唉！"刘备叹息一声。

鲁肃红了脸问："难道刘皇叔不相信我所说的话？"

刘备微微一笑，"那倒不是。我是遗憾八年前曾经与江东有过一次合作，可惜计划还没有展开，就失败了。"

"刘皇叔是指孙策将军作为外援，参与董承刺杀曹操一事？"鲁肃有些不确定地说。

"正是。当年，我也参与了暗杀计划。可惜了孙将军，正雄心勃勃准备做一番事业，结果死于非命。"

我的心怦怦直跳，屏住呼吸，生怕漏听了一个字。

"我听说董承的确派人来与孙策将军联系。当时，曹操正与袁绍在官渡相持不下。孙将军答应作为董承的外援，发兵攻打许都。可是，董承的使者在酒后不慎泄露了计划。那年四月，孙将军便被人刺杀，重伤身亡。"鲁肃轻轻地叹息着。

诸葛亮已经替刘备包扎好了，这时他接过话头，说："可我听说孙将军是被仇人的门客所杀。"

鲁肃说："这只是一种说法。再说，当今之世，要收买几名刺客那还不容易？"

刘备说："当时孙将军身在丹徒，距离许都非常遥远，恐怕他未必真心与董承合作。有人说，他只是以袭击许都为幌子，借机消灭陈登。一来是为前一次攻打陈登失败进行复仇；二来也想彻底消除心腹之患。"

"孙将军的心思，我不敢妄加揣测。但孙将军争夺中原的梦想，从来没有改变过。"鲁肃说。

"就怕我真心待你家主公，而你家主公却别有打算。"刘备做出心有余悸的样子。

"刘皇叔请放心，我家主公仁厚而讲信义，一定会全力以赴共抗曹操。"鲁肃拍着胸口说。

"此事还须从长计议。子敬远道而来，不如早些歇息，明天一早还要赶路呢。"刘备把话题轻轻地绕开，谁也猜不出他真实的想法。

2

汉水向东南方向流去，亘古不变。不管人世间是欢乐还是悲辛，它都毫不关心。

在这个名为汉津的汉水上的古渡口，刘备与关羽所率精兵相会。丢盔弃甲的士兵们，见到关羽阵容整齐的士兵，都欢呼奔跑起来。

关羽见刘备十万人的队伍，如今只剩不足千人，深感人生之无常！他跳下大船奔向刘备，紧紧抱住刘备失声痛哭，"主公，都是我的错，我不该带兵离开你们。"

刘备说："云长，你不要自责，这与你无关。"

"徐元直呢？"关羽抬头四望，"徐元直呢？！"

张飞有些生气地说："投曹操去了。"

"什么？！他出了这么个馊主意，害得我们的人马死伤多半，他竟然一拍屁股投曹操去了。"关羽一生气，一张脸像是着了火，立即红透了。

诸葛亮说："关将军，元直不是这种人，他是因为母亲被曹操捉去了，才迫不得已去了北方。再说，如果当初不分兵与你，可能损失更大。你率兵走水路，至少保住了主力部队，还有能力东山再起。"

"东山再起？说得轻巧。"关羽嘟嚷道。

"云长，事已至此，别想那么多了。"刘备说，"大家都上船吧，边走边休息，我们要尽快赶到夏口。"

一队人马鼓帆向汉水下游而去。

刘琦本来想奔丧时攻夺襄阳，但得知曹操带兵南下，便想坐山观虎斗。不过，同父异母的弟弟刘琮竟然毫不抵抗就主动投降了，刘备也被迫南逃。此时，听说刘备来江夏郡投奔他，便点兵沿汉水上行，将刘备军队接至夏口。

刘琦在夏口为刘备、诸葛亮一行接风洗尘。刘琦到府外迎接，边走边说："刘皇叔，曹操大兵压境，而东吴又伺机而动，我一直很担心，现在刘皇叔和孔明先生来了，我心里有底气多了。"

刘备苦笑了一下。江夏弹丸之地，仅凭现在这点兵力，是决然不能立足的。刘琦又怎能理解刘备这悲怆的心情呢？

这时，鲁肃说："我打算说服我家主公孙讨虏将军联合刘皇叔抗击曹操，刘将军不必担心。"刘琦这才注意到刘备一行中还有一个身长八尺的陌生大汉。

刘备指了指鲁肃对刘琦说："贤侄，这是江东名士鲁肃鲁子敬。"

"久仰，久仰！"刘琦抱拳施礼。

"失敬，失敬！"鲁肃还礼道。

众人围坐一圈，开始推杯换盏。刘琦还找了几位歌伎前来助兴。

这歌舞升平的景象，仿佛是虚幻的。即便真实，又能持续多久呢？刘备神情伤悲，独自饮了一大杯酒。诸葛亮说："主公，现在不是喝酒的时候啊。如今曹操屯兵江陵，我可听说，程昱建议曹操乘胜追击，要火速赶来攻夏口。到时我们无路可退呀。"

刘备却又给自己倒了一杯，猛地喝了下去。

诸葛亮还想劝他，鲁肃连忙拉了拉他的衣角。诸葛亮便悻悻地看那一群歌伎在眼前翩飞，但觉眼前一片人影，其实什么也没有看进去。

刘琦冲舞台中央摆摆手，一群红红蓝蓝的女子便低着头退了下去。屋子里顿时安静得呼吸声都能听出来。

沉默一阵，诸葛亮侧身对刘备说："主公，现在危机迫在眉睫，请让我明日起程去柴桑求救于孙将军，以便联合抗曹。"

"只怕孙仲谋不肯借兵与我呀。"刘备长叹一声。

诸葛亮说:"他必须借兵与主公,这是我们,也是孙讨虏将军唯一的机会,如果这次让曹操占据荆州,进而夺取江东,天下便为曹操所掌控。以后再想要克复中原,只怕是痴人说梦了。"

"不管是对刘皇叔还是对我家主公,这一次都是生死存亡之战。"鲁肃补充说,"我建议刘皇叔带兵去樊口,这样,更靠近我家主公,便于商议军事。"

刘备点了点头,俯在诸葛亮耳边轻声说:"孔明,此次去东吴,你一定得多加小心。孙权不肯与我联手倒也罢了,我担心他和刘琮一样投降曹操,说不定会抓你献给曹操来表示他的诚意。"

东吴并吞荆州之心由来已久。从孙权的父亲孙坚时代,就与刘表手下大将黄祖激战于樊城、邓县之间,黄祖虽然败逃,后来却在伏击中射死了孙坚。其后,孙策也多次袭击黄祖,但未获成功。直到孙权继位,才在荆州降将甘宁的帮助下杀死了黄祖。十多年来,孙家兄弟与刘表父子的仇恨可谓越来越深。要联合多年的宿敌,这是一个天才的想法,也是一个冒险的想法。

诸葛亮说:"我自追随主公以来,便将生死置之度外了。"

刘备又向我招手,说:"函之,孔明先生要说服孙权联合抗曹,你陪着去江东,一定要让孔明先生安全回来。"

3

深秋的早上,天地间透出浓浓的凉意。一辆马车停在诸葛亮宅子门口。

赶到渡口时,鲁肃已经坐在船上等我们了。船夫见我们到来,开始起锚准备出发。

这时,刘备带着关羽、张飞骑马而来,他们来向诸葛亮和鲁肃告别。一会儿,他们也将出发去樊口。

一行人在渡口寒暄话别。

"子敬多保重!"

"刘皇叔多保重！"鲁肃下了船，迎向刘备等人。

刘备与鲁肃客套了一番。鲁肃便回到了船上。

刘备走到诸葛亮身旁，拍着他的肩膀，说："孔明，多保重！"关羽、张飞也都拱手道："孔明先生，多多保重。"

"谢谢主公，谢谢关将军、张将军，你们不必担心。"平日里，关羽和张飞对诸葛亮虽然也彬彬有礼，但骨子里有一种瞧不起，诸葛亮敏感地注意到了这一点。估计他没有想到，刘备会带着两人来给他送行，眼里闪动着泪花儿。

坐在船头的船夫，手里握着桨，盯着这一群依依不舍的人，大概觉得有些奇怪，男人之间，哪里来这么多儿女情长。

而我，突然有一种荆轲去秦国时的错觉。"风萧萧兮易水寒，壮士一去兮不复还！"这句话在脑海中一闪现，鼻子便开始发酸，眼前也迷蒙起来。

刘备对诸葛亮挥了挥手，说："去吧，一路上多加小心！"

诸葛亮向刘备等人拱了拱手，踏上了跳板，我跟着上了船。船夫麻利地把跳板收回，放进船舱。

船离开河岸，向河心移动。刘备等人目送我们离去。

诸葛亮一直站在船头，望着渡口越来越远。

小船顺着汉水东去。

刘备等人已经离开，空空的渡口，横着三两只无人的小船，在水波上一漾一漾地动，让人怀疑那里是否有人来过。

渡口处，突然出现一匹快马。船离得太远，看不清马上的人。

那人在渡口处勒住了马，朝这边望过来。一会儿，又沿着汉水追来。然而，前面出现一座大山，河边已经没有了路。如果要继续追赶小船，则需要从旁边的路绕过这座山。那人催马登上了高高的山冈。

明艳的朝霞投射下来，给人和马都镀上了一层金。

我走出船舱，望着山巅那人和马的剪影。

鲁肃也走出船舱，搭讪说："这两岸山色多美，难怪孔明不肯进船舱了。"

安静的早晨结束了。船转了一个弯，两岸出现陡峭的悬崖，把视野束缚成头顶一线天。诸葛亮淡淡地说："外面果真好冷。"便进了船舱。

鲁肃大概觉出了一丝异样，便自以为理解地笑着，跟在诸葛亮身后安慰他："孔明兄，你大可放心，这次去柴桑见我家主公，是谈联盟的事情，又不是赴鸿门宴。"

"有子敬兄在，我怕什么？"诸葛亮的嘴角向上扬了扬，做出笑的样子，很快又恢复了冷淡。他的眼圈黑黑的，眼神中透着倦意，遮蔽了他一贯的意气风发。

"我听子瑜兄说，孔明兄十四岁时就随叔父离开了徐州。"鲁肃已经开始扮演主人的角色，生怕冷淡了自己的客人。

"那简直是一场噩梦。"诸葛亮脸上的肌肉抽搐着。我早就听诸葛亮说过他在徐州的老家。当时，各路军阀竞相争夺地盘，外界狼烟四起，徐州却拥有难得的安宁。百姓过着富足而平静的日子。很多流民都到此避乱，包括曹操的父亲曹嵩。

初平四年（193），曹操领兖州牧后，打算把父亲接到兖州，并派人前去迎接。徐州刺史陶谦见曹嵩离去，好心派都尉张闿率兵护送。结果张闿见财起意，杀了曹嵩，引出祸端。这成为曹操攻打徐州的理由。当然，也有人说曹操攻夺徐州，并不是，至少不单纯是为了报仇，而是他并吞天下的一个步骤。

不管出于怎样的目的，曹操在连下十余城后，兵临彭城。陶谦退守郯县。曹操久攻不下，迁怒于百姓，在泗水边，杀害徐州男女数万人，据说泗水都被拥塞断流了。刘备受陶谦邀请，率数千兵马前去救援。

第二年夏天，曹操再攻徐州。曹军所过之处，见人就杀，鸡犬殆尽，十室九空。那一年秋冬之际，诸葛亮带着巨大的恐惧，随叔父离开了故乡。那种恐惧，成为诸葛亮一生的痛，也成为他后来选择刘备的一个间接原因。

本想活跃一下气氛，结果反而勾起了诸葛亮的伤心事。鲁肃有些歉意，见诸葛亮后腰上插着一把鹅毛扇，想把谈话引向轻松的话题上，便问："孔明兄为何秋天还随身带把扇子？"

诸葛亮说："为了让自己随时保持清醒。"

鲁肃说："恐怕这把扇子有什么特别的意义吧？是不是某个女子送的？"说完，看着诸葛亮坏笑，一副心照不宣的样子。

诸葛亮的脸红了，如同山巅那朝阳下的剪影。

4

这已经是到柴桑的第三天了，孙权还没有接见诸葛亮。

我有些沉不住气，问："孙权是不是也准备投降曹操呢？"

诸葛亮正在练字。自从崔州平质疑他的字以来，他无论到哪里，都让我带上纸笔，一有空闲，便坐下来练字。这些日子，他的字又有不少进步。诸葛亮停住手，沉吟不语。他只有在看书和写字的时候，才能忘掉一切。看书写字成为他对付烦恼的法宝。

鲁肃为什么也不露面？

诸葛亮见我没有停止的意思，便将目光从书移到我的身上，说道："这不仅关系到一个人的荣辱，也关系到一方百姓的安危，这样一个决定，是很难做的。对于做决定的人来说，每一刻都是煎熬，对于等待决定的人来说，每一刻也是煎熬。"

"他们这样不理不睬的，也太没有礼节了，在这里空耗时日，还不如回去，做点有益的事情。"我建议说。

"小不忍则乱大谋，别着急……不如咱们出去透透空气？"诸葛亮放下手中的笔。其实，写字也好，闲逛也好，不过是转移注意力的一种方法罢了，总比待在馆驿里瞎想要强得多。

刚准备出门，鲁肃急匆匆地赶来了。诸葛亮见他神情严肃，便知道准没有好事。原本充满期待的眼睛里，光芒暗淡了下来。

鲁肃似乎已经把诸葛亮当成老朋友了，毫不客气地在几案前坐了下来，看了几案上诸葛亮练字时手抄的兵书一眼，说："你还有闲心看书写字吗？这两天我可愁死了。我家主公听说曹操陈兵江陵，又闻刘豫州败走夏口，对能否联手战胜曹操心里没有把握，正犹豫不决呢。"

"如果孙将军下不了决心，我们愁也是白愁。与其自寻烦恼，不如超然事外。"诸葛亮故作轻松地说。

"孔明兄，此言差矣。天上不会自动掉馅饼，任何事情都是主动争取的结果，只有我们尽全力去争取，事情才可能沿着我们所期望的方向发展。即便失败了，我们也没有遗憾，但如果听其自然，我们就会更加被动。"

诸葛亮摇着鹅毛扇，"不错，子敬兄的话有理。只不过，很多时候欲速则不达，如果我表现出太强烈的与孙将军结盟的意愿，孙将军或许会认为我有求于他，反而轻看了我。世间上的事，并不一定黑白分明，山未必不是山，山也未必就是山。有时候，消极也是一种积极。"

鲁肃点了点头。

诸葛亮又说："子敬兄，请帮兄弟一个忙，只要能让孙将军接见我，我想我有信心说服他与刘皇叔结盟。"

鲁肃有些不以为然地看着诸葛亮。

鲁肃的怀疑是有原因的。在前两天的议事会上，大臣张昭就表明了降曹的主张。他认为，曹操以天子之名义，统一天下，已得三分之二的土地，统一中国已经指日可待。

曹操拥兵百万，以江东区区几万人马，如何与之抗衡？其他不少文臣武将都有这种担心，纷纷附和张昭的意见，认为不可与曹操交锋。

孙权越发摇摆不定，鲁肃当时一言不发，待孙权回后宫更衣时，鲁肃才追上他，拉了他一下。孙权回头看了鲁肃一眼，没好气地问道："你还有什么话要说，也是想劝我投降吗？"

鲁肃一怔，说："将军，刚才大家的话都是误害将军，这些人不值得和他们探讨国家大事。"

孙权的脸色缓和了一点，说："刚才大家谈自己的看法时，你一句话也不说，现在却说他们是误害我，这是为什么呢？"

"我觉得，我们都可以投降，独独将军不能。"鲁肃说。

孙权突然来了兴趣，问："为什么你们可以投降我就不能投降呢？"

鲁肃说："拿我来说吧，如果投降了曹操，他会让我回到家乡，按照我的声名以及之前的职位给我安排官职，最不济也可以担任州府中的下曹从事，外出可以乘牛车，还可以带几个随从，与士大夫们交游往还。如果表现好，还可能当上刺史、郡守一类的大官。"

孙权问："然后呢？"

鲁肃继续说："将军就不一样啊，如果你投降了曹操，还有安身立命之地吗？还能像现在这样称孤道寡当一方的王吗？"

　　孙权沉默着。

　　鲁肃停了停，说："所以，希望将军早点定下抗曹大计，不要再受那些投降派的蛊惑了。"

　　孙权脸上露出一丝笑容，"张昭他们的话，让我大失所望，而你现在说的国家大计，正与我的想法相同。"

　　"当时，我家主公已经决心抗击曹操了，我以为他很快就会接见孔明兄，可过去两天了，一直不见他召见你。恐怕又有人从中劝说，主公反悔了。"鲁肃表现出忧心忡忡的样子。

　　"谋事在人，成事在天。只要各自尽了本分，也就没有什么遗憾和后悔了。站在孙将军的角度想一想，他的压力难道会比你我小？"

　　鲁肃若有所思地摇摇头。

　　"虽然看上去只是做一个决定，但这是关系亡国灭种的事情，孙将军不能不慎重，我们要给他充足的时间思考。不经过思考的决定是草率的，对自己和他人都是不负责的。"诸葛亮说，"怎么样，陪我们出去走走？到了你的地盘，也不介绍介绍这里的风土人情。"

　　鲁肃笑了，"是呀，都忘了带你们看看江东的繁华。"正要转身出门，诸葛亮却说："等一等。"回身从字纸堆里找出一幅"前程远大"的字来递给鲁肃，"专门为你写的。"

　　鲁肃摆摆手，"我对书法可不感兴趣。"

　　诸葛亮执意把那幅字塞给鲁肃，说："字可以不要，前程不能丢啊。"

　　鲁肃哈哈大笑，把字收好。我说："孔明先生，什么时候，你也送我一个'前程'？"

　　诸葛亮指着几案上的字，"待会儿随便你选。"有人主动索要他的书法，这让他非常高兴。

5

孙权的犹豫，源自一封书信。

信是曹操派人送来的。信上说：近来我奉皇帝之命讨伐有罪的人，军旗指向南方，刘琮闻风投降。现在我治八十万水军，准备与将军在吴国一起打猎。

这封信在江东群臣中引起了轩然大波。大家举棋不定，最后，都把目光集中在老臣张昭身上。

张昭是孙策时代的谋臣，孙策曾托孤于他：现今天下大乱，凭借吴、越之地的兵力和地理优势，虽然不一定能够一统天下，但也足够观成败。你们要好好地辅佐我弟弟保守江东。如果仲谋不能堪当大任，你就取而代之。假使战事不顺利，那么逐步归顺西面的朝廷，也不必有什么顾虑。

张昭认为，曹操兵多将广，与其拿鸡蛋碰石头，造成生灵涂炭，不如顺应天时，归附曹操，以防兵祸。

当日的议事厅上，不少大臣以为，江东不过是化外之地，曹操不一定真正有兴趣，只要把刘备献给曹操示好，履行名义上的君臣关系，说不定就能保全江东。毕竟孙权与刘备不同，曹操在刘备落难时收留了他，刘备却背叛甚至参与了暗杀曹操的行动。此次，刘备没有退路可言。而孙权和曹操之间，并没有太大的嫌隙，未必不能相容。于是纷纷对张昭的主张点头称是，尽管他们的想法可能与张昭的本心相去甚远。而一心要联刘抗曹的鲁肃，听张昭这么一说，便立刻像热锅上的蚂蚁一般焦躁起来。

孙权以为鲁肃是急于反驳，便想听听他的意见。于是问道："子敬，何故满头大汗、坐立不安？"鲁肃灵机一动，说前一天吃坏了肚子，想上茅房又不敢开口。孙权失望地靠在椅背上，不悦地朝他挥挥手。

群臣都笑将起来。

鲁肃快步出了议事厅，悄悄向旁边的一名士兵招手，对他一阵耳语。那人连连点头，骑马飞奔而去。

这一天，诸葛亮带着我去张昭府上——既然孙权暂时还不想召见诸葛亮，我们也不能坐以待毙，总得主动做点什么。

张昭是东吴重臣，也是主和派的代表人物，诸葛亮想与他做一番深谈，劝他改变主意。毕竟他们之间还有一层特殊关系：张昭与诸葛亮一样，都为徐州人。

为了不惹人耳目，我们雇了一辆马车。马车缓缓驶过柴桑的街道。

柴桑城里，市声鼎沸，有卖菜蔬瓜果的，有卖针头线脑的，人们像往常一样怡然自得，丝毫没有山雨欲来风满楼的紧张氛围。这些老百姓，大难临头还浑然不觉，也许几天之后，这里的繁华将变成一片焦土，而这里的人，或许蝼蚁一样地死去，或许背井离乡做难民……

马车在一处有些年月的建筑面前停下来。建筑有些古老，但还保持着几分气派，应是以前的大家贵族留下来的，只是主人如今衰败，遂易了人手。偌大的张府，却只剩下两三个仆人。原来，和其他东吴大臣一样，张昭已经打发一家老小回老家去了。

等了好一阵也不见张昭回来，只好原路返回馆驿。

鲁肃已经在馆驿里等我们了。他坐在馆驿小亭里，随意地依着栏杆，不时向水池里浮出水面的鱼儿投一粒饵料。鱼儿摆动尾巴，争相夺食，搅得一池波光粼粼。见诸葛亮下了马车，鲁肃赶紧拍拍手，迎了上来。

"孔明兄哪里去了？今天在议事厅上，我家主公出示了一封曹操的来信。大臣们看了这封隐讳的恐吓信，无不主张尽快迎降曹操。我急派人寻你，却不知去向。险些铸成大错。"鲁肃脸色阴得快要滴下水来。

"成天待在屋子里闷，出去走了走，谁知道子敬兄会突然召见呢……"诸葛亮想了想说，"最近，孙将军可有什么活动，让我能够'遇见'他？"

鲁肃脸上露出一丝笑意，说："我家主公特别爱打猎，明天他要去东郊的猎田打猎。"

6

孙权率一队士兵向东门而来。几只猎狗"汪汪汪"地叫着，像才出笼子的鸟儿，兴奋地跟在马后一路狂奔。引得路人纷纷避让，躲在路边观望和议论。

诸葛亮端坐马上，挡在城门口。孙权停下马，举起马鞭，瞪着一双翡翠一样的眼睛，怒道："前面是何人，为何阻挡孤王去路？"

诸葛亮抱拳施礼说："在下乃东方下士诸葛亮，特意从荆州来拜见孙将军。"

"原来是孔明先生，失敬失敬。我听子瑜说起过先生，也知道先生已经等了几日，奈何这几日事务繁忙，怠慢了先生，还望见谅。"

诸葛亮说："孙将军总理一国之政，自然难得有闲暇。我等无名小卒，多等两日也无妨。"

孙权哈哈一笑，"我知道孔明先生是刘豫州三顾茅庐才请出山的'卧龙'，孙某并非有意怠慢，实为事出有因。待我今天打猎回来，即在府中设宴款待先生，你看如何？"

诸葛亮说："不必劳烦孙将军，如果将军不介意，在下倒也想到孙将军的猎场凑凑热闹。"

孙权有些犹豫。鲁肃忙上前，在孙权耳边低语道："主公，不妨让他见识见识我江东健儿的英姿。"

孙权微微一笑，说："好。"

诸葛亮拨马让到路边，说道："孙将军请！"

孙权挥鞭昂首出了城门。诸葛亮拍马随后跟上。这匹马是鲁肃特意给诸葛亮挑选的，脚力既好，性情也温顺。尽管如此，很少骑马的诸葛亮还是有几分怯意。

诸葛亮问："孙将军年轻有为，坐拥吴越富庶之地，想必孙将军无时不想挥师中原。"

孙权沉下脸来，说："孔明先生，今天天气凉爽，我们正好打猎，不谈这些扫兴的事。"

诸葛亮如梦方醒的样子，说："好，就依孙将军，今天只管打猎，不谈国事。"

孙权见诸葛亮在马上有些坐立不稳，突然童心大发，一挥马鞭，抽在诸葛亮的马屁股上。诸葛亮的坐骑"咴咴"嘶鸣着，箭一般向前冲去。诸葛亮双手紧紧抓住缰绳，脸色发青，却一声不吭。鲁肃忙拍马跟上，随时准备救急。

还好，诸葛亮低伏在马背上，安然无恙。

这是一片野生猎场。孙权指了指猎场的前方，说："孔明先生，看到对面那棵大树没有？咱们来一次比赛，以这里作为原点，分别从左右两条道路前进，在那棵大树下相会。到时，看谁先到，并且打的猎物多，谁就胜利。"

诸葛亮看了半天，才找见远处淡淡的一个黑影，直线距离至少有五里。

见诸葛亮有些犹豫，孙权轻蔑地说："孔明先生，你会射箭吧？要是不会，我可以让手下的士兵帮助你。"

诸葛亮冷笑着说："在我们隆中，几岁的小孩都会打猎。将军的士兵还是自己留着吧，我只需函之跟着就行。"诸葛亮看了我一眼，我微微点了点头。

孙权有些不悦，说："孔明先生不曾带武器，我把我的弓箭借与你吧。"说罢从随从手上接过自己的弓箭，突然向诸葛亮抛过来，嘴里喊着："接招。"诸葛亮大吃一惊，猛地一挫身，双手从空中接住弓箭。弓非常沉，诸葛亮险些坠下马来。

孙权哈哈大笑，说："我这把弓可是特制的，比一般的弓要沉，但也射得远，射得准，孔明可不要辜负了这样一把好弓啊。"说着，把箭囊也抛给了诸葛亮。

"一定，一定！"诸葛亮一手举着弓，一手拿着箭，抱拳说。

"为了显示公平，我就带一只猎狗。其他的人原地休息。一会儿我和孔明先生汇合以后再回到这里。"孙权自负地说。

鲁肃皱着眉头，说："主公，这里随时有猛虎出入，开不得玩笑。"

孙权一挥手，"我久在沙场，身经百战，就算有老虎，又有什么可怕的？孔明，你怕吗？"

诸葛亮耸耸肩，说："我有帮手。"

"好，比赛开始。"孙权说完，一声呼哨，一只黑斑猎狗"嗖"地向前蹿出去。其余几只猎狗不甘心地"呜呜"叫着。孙权一扬马鞭，从左侧的路进入猎场。

诸葛亮拨转马头，向右边那条小路驰去。我赶紧跟在他身后。

没骑多远，路边几只受惊的锦鸡扑腾着翅膀逃进树林。诸葛亮停下马，弯弓搭箭，瞄准最大的那一只，"嗖"的一箭射去，可惜偏了，那只锦鸡拖着鲜亮的羽毛消失在树丛中，其他的锦鸡也逃得无影无踪。

落叶把原本就狭窄的路都遮蔽了。越往前走，越冷寂。一些小鸟站在枝头寂寞地叫着，听得马蹄声，便轻盈地飞走了；小野兔们警惕地从草丛里抬头张望，闪电般奔突而去。甚至来不及举起弓箭。

到了那棵指定的大树下，诸葛亮和我仅仅射到一只锦鸡，一只灰雀。孙权还没有到。我看了看箭囊里最后一支箭，说："孔明先生，你把弓箭给我，我再去碰碰运气，说不定能收获一头小鹿呢。"

诸葛亮说："咱们对地形不熟，别为了一两只猎物把命搭上。"

诸葛亮和我靠在树上休息，马在旁边吃草。等了好一阵，仍不见孙权到来。忽听得猎狗狂吠的声音，伴着老虎的咆哮。诸葛亮警惕地站起来，说："莫非出事了？"

我们跨上马，向左边的小路急驰而去。一路上，我走在前面，尽管我用剑扫除了部分障碍，但仍不时有缠绕的枯藤和倒垂的树枝划过面门，脸上火辣辣地疼。有时，也有一些树木被大风吹倒斜卧在路上。

猎狗的叫声越来越近。

远远看见孙权坐在马上，和一只高大的猛虎对峙着，额上滚出颗颗豆大的汗珠，精神高度集中。突然，老虎向孙权猛扑过去，孙权的马受了惊，高高抬起前腿，人立起来，老虎趁机向上一纵，跳起来咬住了马脖子，那匹马挣扎了几下，重重摔倒在地。孙权机敏地在地上滚了两圈，翻身起来，双戟横在胸前，微微蹲着身子，做好搏斗的准备。

诸葛亮大吃一惊，立即从箭囊里掏出最后一支箭，慢慢地张弓瞄准。

还没等完全瞄准，老虎转向孙权，再一次向他发起攻击。孙权举起双戟准备迎接暴风雨到来，几乎同一瞬间，诸葛亮猛地一松手，箭带着风声直直地飞了过去。

然而，箭只射中了老虎的左耳朵，箭尖下垂，箭尾的羽毛还穿在虎耳上。老虎怒吼着，用力地摇头，将箭杆甩出老远，鲜血也四溅开来。它向箭飞来的方向张望一阵，突然掉转身，朝诸葛亮猛扑过来。

待老虎奔到诸葛亮身前，我赶紧举起佩剑向老虎的咽喉刺去。孙权也跟上来，抡起双戟直刺老虎的屁股。老虎尾部受伤，鲜血乱溅，咆哮着逃走了。孙权紧追几步，用力掷出右手中的铁戟，再次击中老虎屁股。老虎顿时慢下来，跌跌撞撞地走了两步，像是失去了重心，终于后腿一软，跌坐在地。

孙权小心地走上去，将左手中的铁戟交到右手，猛戳老虎的头部。诸葛亮也抡起铁弓击打老虎的背部。老虎试图站起来逃走，但它已经没有力气，还没有完全站起，又很快跌倒。几声哀号后，老虎蹬了蹬腿，倒在地上不动了。

孙权把双戟插在地上，疲惫地一屁股坐在老虎身上喘着粗气，抬手看了看自己发红的虎口，在虎皮上擦了擦手上的血迹。

7

"久闻孔明先生谋略过人。如今刘豫州败走夏口，我江东也陷入困境，不知先生有何高见？"坐在死老虎身上的孙权侧身看了看诸葛亮，问道。

来江东这几日，诸葛亮与孙权虽未谋面，却已经对他的内心颇有了解。于是摇着鹅毛扇分析道："当今天下大乱，孙将军乘机起兵，已经据有了江东六郡，刘豫州也在汉水以南招兵买马，准备和曹操并争天下。曹操逐步吞灭对手，基本平定北方，于是挥兵南下攻破荆州，扬名于海内，致使英雄没有了用武之地，刘豫州也南逃到此。"

孙权看着地上的双戟，点了点头，但心思似乎在别处。

诸葛亮放下鹅毛扇，继续说："将军应当权衡自己的实力，采取相应对策。如果吴越之地的实力能够与曹操抗衡，那就应当尽快与他断绝关系；如果没有力量抵抗曹操，那还不如放下武器、收起盔甲，停止抵抗，早日屈膝称臣。"

孙权圆睁碧眼，手扶双戟，隐而未发。我在旁边一边逗一只蛐蛐，一边密切关注他的举动，防止他有过激之举时便于采取相应行动。

诸葛亮看了看孙权，继续激将他说："现在将军表面上服从曹操，内心却犹豫不决。在这个紧急关头，如果将军还不当机立断，大祸很快就要降临了。"

孙权脸色发青，如同头顶灰色的天空，快要拧出水来了。我心里着实为诸葛亮捏了一把汗。

孙权手握铁戟木柄，反唇相讥说："你劝我投降，那刘豫州为什么不投降呢？"

诸葛亮又举起鹅毛扇，正色道："孙将军知道田横吧，他不过是齐国的一名壮士，尚且能做到舍生取义宁死不辱，何况我家主公刘豫州是汉室后裔，英才盖世，许多贤能的人士都仰慕归顺他，就像江河汇入大海一样。如果不能成就大事，那也只是天意，怎么能甘为曹操之下呢？"

孙权拔起一只铁戟，投掷向身边一棵大树，那棵树浑身颤动，一片片发黄的树叶像金色的蝴蝶，你追我赶地从枝头飞落下来。

孙权怒道："我不能拥有整个东吴的土地和十万兵将，还受制于别人！"

诸葛亮说："之前听说孙将军雄姿英发，年轻有为，我还有些怀疑。今天一见，孙将军果然豪气干云。"

孙权淡淡一笑，说："孔明不必多说，我的主意已经定了。"

诸葛亮说："将军不担心曹操来此一起打猎了？"

孙权呵呵一笑，"当今之世，除了刘豫州，恐怕没有人能抵挡曹操了。但是，刘豫州刚刚吃了败仗，他怎么能够应对这次危机呢？"

"刘豫州虽然在长坂遭遇失败，但现在集合归队的士兵和关羽水军加起来有一万精兵。刘琦统领的江夏士兵也不下万人。如果再有将军相助，那就不可小看了。"

"就算你们有两万人，又怎么跟二十万曹兵对阵？……"孙权言语中流露出几分傲慢之气。

"曹操的军队经过长途跋涉，必定已经疲惫不堪。听说曹操骑兵为追赶刘豫州，一天一晚飞奔了三百多里，这就叫'强弓射出的箭，到了尽头时，连一层薄薄的绢也射不穿了'。这在兵法上是很忌讳的，说是'必定损失上将军'。"

孙权面露喜色，"有道理。不过，曹操已经在江陵休整士兵。"

诸葛亮继续说："曹兵多为北方人。北方人不习惯水上作战，这也是他们的劣势。还有，荆州的民众并非真心归顺，而是迫于形势的不得已之举。"

孙权点了点头。

诸葛亮说："我再给将军讲一个故事吧。当年，齐国担心树立强敌，当秦国消灭其他国家时，齐国一直不肯出手相助，最后，只剩下齐国独自面对秦国，失去了帮手，也只能重蹈其他各国灭亡的覆辙。"

孙权沉吟不语。

"现在，如果将军能够诚心派出猛将带领几万士兵，与刘豫州同心协力，一定能够攻破曹操。曹操失败后，必然退还北方。这样一来，荆州和东吴的势力就会壮大，形成与曹操三足鼎立的局面。成败的关键，就在今天了。"诸葛亮激动地站了起来。

"说得好。"树林里传来鲁肃的声音。

原来，鲁肃迟迟不见孙权等人返回，便循着孙权的足迹找来了。

8

周瑜回到柴桑那天晚上，鲁肃带诸葛亮去周府拜访他。远远看见一个身长八尺、相貌堂堂的人正和几个人在府门口拱手告别。府中的灯光，将几个人的影子投到黑夜茫茫的远处，越远越夸张的大，也越来越模糊。

大约是发现了鲁肃和诸葛亮，几个人凑到一起窃窃私语一阵，随后低头急匆匆离开了，他们的影子在地上晃动了一阵，迅速缩短，消失了。

府门口只剩一人，正欲转身返回府中。

鲁肃忙快走几步，上前拱手叫道："周将军，周将军！"

周瑜回过头来，满脸堆笑，"哟，子敬兄啊，什么风把你给吹来了？莫非你也来劝我说服主公投降曹操？"

鲁肃怔了一下，突然笑起来，说："才不是呢，我给你介绍一位朋友，荆州才俊，人称'卧龙'。"

周瑜侧眼看了诸葛亮一眼，有些不以为然。

鲁肃见周瑜很冷淡的样子，便又说："他是诸葛子瑜的弟弟诸葛孔明。"

周瑜"哦"了一声，脸上挤出一丝笑容，说："是子瑜的弟弟啊？子瑜倒是一个忠厚仁义的人。"

鲁肃说："公瑾莫非不欢迎我们？"

"那倒没有。不过，我这才回来，还没有来得及跟夫人好好叙叙话，就不断有人来登门。他们这些人也就罢了，子敬兄你也不让我消停。"周瑜故作生气的样子。

鲁肃知他是开玩笑，便笑着说："我说公瑾贤弟，我可不是来讨粮食的，别哭丧着一张脸。"当初，周瑜还是袁术任命的居巢长，也就是居巢这个地方的县令，有一次打仗，因缺少粮草，便跑去找鲁肃。出身士族家庭的鲁肃，性格豪爽仗义疏财，当即将一仓三千斛粮食慷慨"借"给了周瑜。从此两人成为好友。

"子敬兄，又找我翻旧账来了，早知道我把粮食还给你，省得你念叨。"

"不让你还，我就要你欠我一辈子，哈哈哈。"

周瑜也笑了，"子敬兄，外面凉，快请里面坐。"说着做了一个"请"的动作。

"小乔，子敬兄来了，快去泡壶茶来。"周瑜冲内屋叫道。

少顷，一位高挑的绿衣女子款款走了出来，裙裾带起一股香风，仿佛一株盛开的茉莉花。她的脸像蛋壳一样光洁白净。肉肉的双手，一手拎着茶壶把，一手托着茶壶底，手指根部现出一个个圆圆的可爱的凹坑。她先给鲁肃倒了一杯茶，温柔地说道："鲁大哥，请用茶。"随后，又给诸葛亮也倒了一杯茶。女子略一施礼退到后堂。

周瑜起身来到窗下。那里摆放着一张琴。月光被树枝切割后，穿过窗纸投下来，在琴弦上摇曳。琴桌上燃着一支檀香，宝蓝色的轻烟，细细地扶摇直上，越往上，越婀娜轻盈。衣袂带起的风，让丝丝缕缕的烟变得更加灵动漾泅。

周瑜坐在琴凳上，拨了一下琴弦，说："刚才还没有弹完，现在接着弹一曲，算是给子敬和孔明助兴。"

低回的琴音，像淙淙的流水倾泻出来，立刻萦绕于房间里。周瑜的手指，灵巧地在琴弦上游走，身子也随着手的运动而像风中的柳枝拂动。一曲终了，余音悠远，像那些烟一样无形而缥缈。

周瑜闭着眼睛，沉浸在音乐的世界里。绿衣女子听得入了迷，不知何时已悄悄地倚在了门边，深情地望着英俊的周瑜。鲁肃陶醉其间，净剩下一脸的笑容，像一尊弥勒佛塑像。屋子里混沌初开一样的静谧。

终于，周瑜睁开眼，回到几案前，恢复了刚才的冷峻。诸葛亮说："此前听说周将军精通音律，如今亲见，果然名不虚传！"

周瑜略微一笑，似乎对于这样的称赞已经习以为常。不过，因为这句话，他对诸葛亮的态度倒是好了起来，"子瑜是子敬和我的朋友，既然你是子瑜的弟弟，也就当是我们的朋友了，有什么事不必拐弯抹角。"

诸葛亮摇了摇鹅毛扇，说："周将军果然爽快。我此次来贵地，是想说服孙将军与我家主公联手对抗曹操。公瑾兄深得孙将军器重，说话有分量。因此，听说公瑾兄回了柴桑，不揣冒昧，特地前来拜见。"

周瑜点燃一支檀香，换下香炉里只剩一弯老鼠尾巴似的香烬，背对着诸葛亮说："刘玄德不过是一个贩卖草鞋的人，怎么能和我家主公相提并论呢？"

诸葛亮说："刘豫州乃中山靖王之后，生逢乱世，家道中落。但我家主公有兴复汉室的远大志向，二十多年来，其英雄的事迹和仁义的美名传遍了中国，未必不能成就一番大事。"

周瑜冷哼说："可我听说，刘玄德兵败当阳，损兵折将，如今兵不过万，将不足千，还谈什么光复汉室？"

鲁肃想缓和一下紧张的气氛，忙打断周瑜说："公瑾贤弟，胜败乃兵家常事。我倒是觉得，刘豫州有关羽、张飞这样万人之英的猛将，又有愿意死命为他效劳的士兵，其力量不可小看。"

周瑜沉吟不语。

诸葛亮说："刘豫州几千仁义之师，怎么能够对付曹操几十万残暴之众？如今退守樊口，也只是权宜之计，我们会等待时机，东山再起。"

周瑜不动声色地反驳说："曹操已占有三分之二的天下，四方都有心归顺他，他取代汉朝是大势所趋。刘玄德不识时务，负隅顽抗，这无疑以卵击石，又怎能不败呢！"

鲁肃紧皱着眉头，一会儿看周瑜，一会儿看诸葛亮，不知如何是好。

诸葛亮说："曹操托身汉朝的丞相，实际上是乱汉的贼子，公瑾身为汉臣，怎么能说这种无君无父，无羞无耻的话呢？"

周瑜突然举起手来，在琴弦上猛地一扫，一阵激越的声音直冲云霄，四壁弹射着"嗡嗡嗡"的回音。

诸葛亮面不改色地缓缓说道："曹操平定北方，并非因为势力他多么强大，而是钻了群雄之间相互猜忌和攻讦的空子。袁绍和袁术兄弟分离，袁谭和袁尚手足相残，韩遂和马超互相猜疑，刘表虽结好袁绍，却在袁绍与曹操的战争中作壁上观。如今，只剩下孙将军和刘豫州了，如果他们再各怀心思，汉朝的天下被曹操窃取就是眼前的事了。"

"那又如何？"周瑜问。

"成王败寇，到时，我们都成了曹操的俘虏。当年，曹操和我家主公围吕布于下邳，因见吕布手下秦宜禄之妻生得漂亮，便纳为己有；曹操攻打宛城时，也强行霸占了守将张绣的婶娘；在邺城大破袁绍时，袁绍的儿媳甄氏倒是没有被曹操霸占，却成了他的长媳……我听说江东有大乔、小乔两位美女……"

"孔明！"鲁肃慌忙制止诸葛亮。但诸葛亮却视而未见，继续说："不知道曹操攻破江东之后，是否会将她们占为己有？"

"岂有此理！"周瑜下意识地抬头看了一眼仍然倚在门边的小乔一眼，勃然大怒。鲁肃怒其不争地盯着诸葛亮，一副后悔不迭又无可奈何的样子。

"夜深了，公瑾早些休息吧，我们告辞了。"鲁肃拉了拉诸葛亮的衣袖，悻悻地说。诸葛亮站起身，与周瑜拜别。

北风呼呼地刮，把地上吹得干干净净，连行人也都吹得一个不剩。不管明天是风是雨，是战争还是和平，人总是需要休息的。

9

早上起来，天空飘起疏落的雪花，雪花在风里翻滚，被枯树枝或者行进的马车一挡，一些附在上面，一些立即跌落在地，粉碎成一线水痕。冬天郑重其事地来了。像柴桑这种南方城市，能够见到雪花，并不是常有的事情。不知忧愁的小孩子们欢快地跑出家门，在大街上奔走相告，他们抬高双臂，仰头望天，用手、用脸去承接软绵绵的雪花。

孙权坐在朝堂上，文武大臣还在为是战是降争论不休。文臣多主降，武将中，程普等人是主战的，但在张昭等人面前显得资历稍浅。

孙权看着周瑜说："公瑾，依你之见呢？"

"我主孙将军神武雄才，又兼仗父兄所开创的雄厚基业，如今割据江东，有方圆数千里广袤土地和足够的人力物资。英雄都乐意为国效力，正应当纵横天下，替汉朝除残去暴。何况曹操是自己送上门来找死，怎么还能屈膝迎降呢？"周瑜提高声音，义正词严地说道。整个朝堂上都为之安静下来。

孙权微微点头，示意周瑜讲下去。

周瑜自信地说："曹兵此来必败。"

群臣愕然，孙权好奇地问："公瑾为什么这么说？"

"将军，依我看来，曹操此番南下，犯了四个兵家大忌。"

"继续说。"孙权身子前倾，表示出极大的兴趣。

"第一，曹操北方并不安定。如果北方安定，曹操没有内忧，能旷日持久地与我们争夺疆场，那还有一线希望。如今北方未定，而马超、韩遂在关西地区，也是伺机而动，这给他造成了极大的威胁，成为曹操的后患。"

"第二呢？"孙权捏了捏下巴，问道。

"第二，曹操弃长取短。北方骑兵长于野战，而我方士兵则长于水战。如今曹操南来，虽号称八十万大军，实则不过二十来万，且这些北方士兵发挥不出骑兵的优势，而操起并不熟悉的舟船同我们较量，等于拿自己的短处去攻别人的长处。"

孙权点头同意。

"第三，曹操给养不足。如今是冬季，天气寒冷，正是粮草缺乏的时候，曹军的战马必然缺少草料。而且，骑兵难以在冰天雪地的江、湖之间作战。"

周瑜环视四周，接着说："第四，曹军远来疲惫。曹操驱使中原壮士长途跋涉于南方水乡，水土不服，必然会生病。"

"公瑾分析得有理。"孙权拈须微笑道。

周瑜说："总而言之，以上四点都是用兵者所忌讳的，曹操作为一名久经沙场的老将，却冒险行动，将军如果想活捉曹操的话，现在机会来了。我请求将军给我五万精兵，让我进驻夏口，一定能够为将军大破曹军。"

朝堂上出现一些嗡嗡的议论声。

孙权止住众声，说道："曹操老贼废掉汉帝自立已经蓄谋已久，只不过还有些忌惮袁绍、袁术、吕布、刘表和孤。现在，二袁、吕布已被消灭，刘表病死，他的儿子刘琮已投降，只剩下孤王。公瑾啊，你主张抗击曹操，与孤的想法不谋而合。这真是上天特意把你送给孤呀。"

说到这里，他猛地抽出佩剑，削去奏案一角，然后将宝剑"噌"地插入剑鞘，大声说道："以后，谁再敢说投降曹操，结局就和这奏案一样！"说罢，将剑赐予周瑜，说："公瑾，如果文武百官有谁不听调遣，可以用这把剑先斩后奏。"

"张昭当时脸都吓白了，浑身一哆嗦。"鲁肃说完，对着旁边的诸葛亮哈哈大笑。诸葛亮轻轻拨了下火炉里的炭火，红红的炭灰带着火星飞扬起来，瞬间熄灭而变成灰黑色。

"孙将军毕竟年少英勇，没有张昭这等老臣那么多顾虑。"诸葛亮把拨火用的木棍斜依在火炉壁上，说道。

"孙将军已经任命周公瑾为左都督，程普为右都督，我为赞军校尉，参赞军机。"鲁肃看着诸葛亮说。

"恭喜子敬兄。"诸葛亮道。

"谢谢。你此行也算圆满完成任务，该去见见子瑜了。"鲁肃说。

诸葛亮叹息一声，"是啊，我和他已经十四年没有见过面了。"说完，怅然若失地望着窗外飘飞的雪花。他的眼睛里，也已飞满了晶莹的雪花。

"作为长兄，他的付出比我们多得多。都说我哥哥脾气好，他在江东的人缘最好，其实这是成长的环境造就的，也是他一个人漂泊异乡的处境决定了的。我觉得我哥哥并不是一个喜欢笑的人，但他却对每个人都笑。"

"子瑜的笑，是从内而外的，应该缘于一种修养。"鲁肃纠正诸葛亮说。

正说着，诸葛瑾冒雪来访，他在廊檐下小心抖掉身上的雪花后，轻轻地敲门，细细的敲门声显得小心谨慎。鲁肃听到敲门，便起身告辞了。

10

诸葛瑾脸上永远带着微笑，无论对谁，哪怕是对一头牛，对一朵花，他脸上都充满了笑意。

诸葛亮看到他的时候，先有一些犹豫，然后是吃惊，随即高兴地站起来，向着他急急走去，诸葛瑾也加快了脚步。但是，他们在距离几尺远的时候，都停住了，互相打量起来，像陌生人一样。

"要是在路上相遇，都不敢相认了。"诸葛瑾感叹说，他上前跑了两步，猛地抱住了诸葛亮。

……

那天，他们抢着说了好多分别后的事情。

诸葛瑾说："你们跟随叔父走后，我一直在家照顾继母和家里的田地，直到六年后，徐州再一次陷入混战，我才说服她离开家乡。我们曾经到豫章找过你们，但你们已经离开了。"

"叔父那个豫章太守是袁术任命的，不久，朝廷另外派了朱皓来担任豫章太守，叔父便带着我们投奔了在荆州的刘表。"诸葛亮喝了一口水，接着说，"当初，我给你的信，看来是没有收到的。"

诸葛瑾摇摇头，"乱世之中，连人的生死都没有人关心，谁还关心一封信是否送达呢？"

诸葛亮点点头。

诸葛瑾突然说："你到了柴桑，为什么不来找我？"

"这不有要事在身吗？刚把事情办完，正说来找你，你就先来了。"诸葛亮的心中，作为臣子，当是家国为重，先公后私，这是他做人的准则。

"在这里还习惯吧？"诸葛瑾打量了一下四周。

"挺好的。"诸葛亮点点头。对于物质上的需求，诸葛亮向来是没有多少兴趣的，只要能够有吃有穿，其他都无所谓。所以人心欲望纷纷之际，他却能够在隆中清心寡欲高卧十年。

"想在这里多待几日吗？"诸葛瑾话中有话。

"其实我真想留下来多陪陪你们的，可是那不行，我明天就要赶回樊口见我家主公，这么多天没有消息，他该要着急了。"

"……"诸葛瑾欲言又止。

"现在，孙刘两家建立了联盟，以后我们会经常见面的，也不急在这一时。"诸葛亮摇了摇手中的鹅毛扇，故作轻松地说。

"……"诸葛瑾张了张嘴，话到嘴边又咽下去了。

"今天晚上，我陪哥哥好好地吃一盅。"诸葛亮示意我去准备酒菜。

"不必，我得走了，孙将军等着我给他回话呢。"诸葛瑾有点依依不舍地站了起来。

"回什么话？"

诸葛瑾支支吾吾地，似乎想逃避这个话题。诸葛亮见他要走，便起身相送。两人在雪地中慢慢地走着，留下两串长长的脚印。诸葛瑾突然停下来，打量着诸葛亮，问："你愿意留在江东吗？"

"什么意思？"诸葛亮皱眉问。

"张昭想必已经来找过你了。"诸葛瑾轻声说。

"哦，这个呀，他的确来了，表达了孙将军希望我留在江东辅佐他的意思。"

"那你什么态度呢？"

"孙将军算是人主，然而，据我所观察，以他的度量虽然能够对我尽贤任能，但还不能够完全发挥我的才能和理想。"诸葛亮淡淡地说。

"我就知道会是这个结果。"诸葛瑾说，"你辅佐刘豫州，忠义没有二心，你不愿意留在东吴，就像我不愿意背弃孙将军去投靠刘豫州一样。"

"希望你把这句话告诉孙将军。"诸葛亮说。

"我会的。你明天就走，不去看看她？"

诸葛亮知道他指的是继母，说："我明天一早就来看你们。"

"那我就先走了。"诸葛瑾迈动步子，留下一个匆匆的背影。

11

第二天一早，我独自拜访了张昭，诸葛亮去诸葛瑾家告别去了。

张昭听说我去找他，以为是诸葛亮回心转意，同意留在江东，非常热情地把我迎到客堂。"怎样，孔明准备留下来享受家庭团圆之乐？"张昭落座后，有几分自得地笑着，似乎早就知道诸葛亮禁不住他的劝说。

我歉意地笑笑，说："我不是来说诸葛亮的事情。"

张昭有些意外地一怔，狐疑地看着我。

我说："子布公是江东的元老了。当初跟随孙策将军争夺天下，后来又受孙将军托孤辅佐讨虏将军。这些年发生在江东的事，可以说都藏在你的脑子里了。"

大抵人都是爱听阿谀之词的，至少不排斥。张昭有些惭愧地笑了笑。当初他的确被孙策看重，但孙权继位以来，似乎对他不那么器重了，他不知道是自己招惹了孙权，还是孙权本能地拒绝孙策时代的辅臣。若说前者，自己好像并没有做错什么事，若是后者，周瑜同为孙策时代人物，何以受到孙权重用？人世间的事情，又怎么分得出是与非，说得清原与委呢？

见张昭并没有拒人于千里之外的意思，我便开门见山地说："几年前，许都发生了一场刺杀曹操的秘密行动，想必子布公是知道的。"

张昭点点头。

我接着说："可惜那一次的行动暴露了，很多人为此被夷了三族。"

张昭拿好奇而警惕的眼神打量着我。

我说："我父亲也是受难者之一，我当时侥幸逃脱。现在，我只想了解一下当年的真相，以告慰家父的在天之灵。"

"事情都过去了，真相是什么还重要吗？就算知道真相又有什么用呢？"张昭淡淡地说。

"对于一个旁观者来说的确如此，但对于受害者的家人，却并不如此。同一件事情，在不同的人那里，会有不同的认识。"

与那些把话说得天花乱坠实际并无见识的人不同，张昭是一个实在的人，他不愿意给我太高的期望，然后又让我跌进冰窖，而是实事求是地告诉我，"这件事情我了解得不多。"

"对于你很随意的一件事情，对于我，或许是重要的线索。我所了解的角度越广，对事件的掌握越全面。"溺水的人不愿意放弃哪怕一根稻草。

"好吧。"张昭陷入了回忆，"我记得大概是冬天，国舅董承派了个叫莫由的人来江东，说他联络了朝中几名大臣，想暗中刺杀曹操，希望伯符将军带兵作为外援。"

莫由？衣带诏上那个莫由，果真是董承派往江东的一名使者，看来刘备并没有说谎。"莫由是个什么样子的人呢？"我好奇地问。

"当时大概有四十来岁吧，个子矮矮的，有点胖，皮肤比较白，像一个大冬瓜。"

我有点想笑，因见张昭一本正经的样子，便止住了。但如果拿他说的这个标准去找人，单是柴桑，恐怕就能找到几百上千人，于是问："你再想想，他还有什么明显的特征没有？"

张昭低了头，右手手指揉着额，想了一会儿，突然说："这个人脸上有一颗黑痣，痣的周围长了几根黑毛。"我眼前一亮，突然想起南逃路上遇到的那个骑牛老人，那人的长相和张昭的描述基本一致。而且他当时也承认自己参与了暗杀曹操的行动。

张昭见我有些失神，便说："这个人特别爱喝酒，有一次，酒后不小心把事情泄露了出去。不久，这个人就失踪了，不知道是不是被曹操暗杀了。"

"看来，喝酒误事啊。"我喃喃地说。

"不久，董承等人就被曹操诛杀了。孙伯符将军本来已经治好了兵马，准备攻打许都，听到这个消息也只好作罢。让人痛心的是，孙将军也意外被人刺杀了。"张昭一声叹息。

如此说来，刘备并没有出卖我父亲他们，是那个叫莫由的使者泄了密。从张昭府上出来，我的头脑里一直浮现着"莫由"这两个字。莫由为什么幸免于难呢？他真是无意中泄露了秘密，还是被曹操收买了？

回到馆驿的时候，诸葛瑾正在和诸葛亮道别。不是诸葛亮去看诸葛瑾吗？怎么反倒成了诸葛瑾送诸葛亮？看起来，诸葛瑾舍不得离别，又把诸葛亮送回来了。

"刘玄德、关云长、张翼德都是万人之勇的将军，你和他们交往，千万得注意克制自己，退一步海阔天空。我在江东能有一片立锥之地，全靠一个忍字。"

"我知道了。"诸葛亮有些不以为然，但又觉得还有几分道理。

"家庭和睦最重要，什么事情多让着弟妹一点，跟女人计较不完的。"诸葛瑾似乎想把自己这么多年积累的人生经验一股脑全部教给诸葛亮。在他的眼里，诸葛亮还是那个十三四岁的少年。

"我知道了。"诸葛亮说。

"你在荆州，也不用担心我们，我会照顾好老夫人的。"

"我知道，这么多年，全靠你了。"诸葛亮有些歉意。

诸葛瑾从长袖里拿出一件衣服，递给诸葛亮说："听说你今天要走，老夫人昨天晚上连夜赶制的。"

诸葛亮觉得两颊一阵酥麻，眼眶湿润了，"她年龄大了，眼睛又不好，唉！"这次入吴，诸葛亮才知道继母的眼睛瞎了一只，据说是想念诸葛亮兄妹四人，天天流泪，哭瞎的。

"虽然累，可是老人家高兴。前几天，听说你来了，一连几天睡不着觉，半夜起来把最好的衣服找出来，试了一套又试一套，说是要给你留下一个好印象。"

诸葛亮双手捧着那件沉甸甸的衣服。衣服上还带着哥哥的体温，那或许是继母手上的余温。他有些伤感地说："眼看才见面，却又要分离。"

第五章　扭转时局的关键人物

1

天气越来越寒冷，突然刮起了狂风。北风怒吼着，像一只发疯的耕牛，在江面上犁出一道道深深的浪涛。一只小船颠簸在移动的犁沟里，像大海上一片落叶，艰难地随波逐流。

天也阴沉起来，不断翻滚膨胀的乌云像巨大的铅块遮没了天空，天空难以承受它的重力，被拉得只有山顶那么高，似乎只要一抬头，就会被撞得头破血流。前面只在两山之间透出一线光影，身后起伏的山像墙一样堵住了退路。

诸葛亮走出船舱提醒船夫，这样的天气应该靠岸歇息。但船夫急于回樊口，便说："我撑了这么多年船，什么阵仗没见过？这点小风浪还难不倒我。"尽管如此，他还是非常小心，吃力地划着船。

船实在太小，经不起风浪，一个巨浪打来，船身一侧。站在船头的诸葛亮最先掉进冰冷刺骨的江水中，继续说服船夫的话说了一半，剩下一半混着江水灌回了肚子里。

船底朝天的小船，连同被大风吹断的枯树枝，纷纷向下游漂去。船一会儿沉下水去，一会儿露出水面，一会儿打着旋。我冲着船夫大喊，快把船抓住。船夫却没听见似的，只管扶着桨往岸边游去。诸葛亮一只手抱着他的包袱，一只手吃力地划着水。

"快把包袱扔了,保命要紧。"我省略了礼节,用最简洁的话劝说诸葛亮,并向他游了过去。一个一个的浪头,做出各种狰狞的面目冲到面前恐吓和挑衅我。

　　被水浸泡后的包袱,变得异常沉重,诸葛亮支撑不住了,却仍不肯放开包袱。我好不容易游到他身边,把他手中的包袱夺过去扔了,包袱往水底沉去,"留得青山在,不怕没柴烧,钱财都是身外之物。"

　　诸葛亮却钻进了水底。只见眼前出现一个漩涡,却不见了人。

　　"孔明先生,孔明先生。"我着急地大喊。我的声音,在风浪声中,既显得微不足道,又显得失真可笑。

　　我密切地注意着那个漩涡。长吸了一口气也沉到水底,但我什么也没有摸到。我浮出水面喘息一阵,准备再次沉到水里去,这时,诸葛亮擦着我的脚尖从水底钻出来,哆嗦着抖了抖头发上的水珠。手里托着那个沉重的包袱。

　　"你不要命了吗?"我有些生气地说。

　　诸葛亮喘着粗气,用微弱的声音说:"衣服,衣服。"我瞬间明白过来,忙过去帮他解开包袱,把老夫人为他亲手缝制的衣服找出来。然后,拉着他游向岸边。

　　突然,一个巨浪打来,我被卷进了翻腾的浪涛中……不幸的是,我的腿开始抽筋。我看见诸葛亮渐渐离我远了,他无力地冲我招手。他的手,就像是大海上的一杆飘摇的旗子。世界在我的眼里大起来,放眼一片荒荒的江水,在低沉的天空下显得阴森可怖。我不停地挣扎,但终不能与洪水抗衡。耳边如同万马嘶鸣,千军呐喊,一瞬间里,呼隆隆齐齐奔过来,涌过来,碾过来……却又像被一层膜过滤了,闷闷地传到耳鼓里。我不能死,不能死!我在心里呼喊。"孔明——"然而,未等我开口说话,河水便再一次吞没了我。

　　岸边那一丛丛黑黝黝的芦苇,无声地在风里起起伏伏,向我发出召唤。我要自己游上岸去,游到芦苇那里去。头脑里凸现出这个念头,随着其他念头的渐渐淡去,这个念头变得越来越清晰,越来越强烈。

　　我也许完了……死倒无所谓,只是衣带诏的真相恐怕又要被尘封起来了。真相将来也许会被揭示出来,但我是不可能知道了。我要死了,我要死了。即使我以如此平常的心情来面对死亡,但也决不放过任何一线希望。

世界变得小了，除了声音，什么也没有，渐渐地，马嘶远了，军兵退了，世界变得飘忽了，我的意识模糊了……我几乎支持不住，想喊，却张不开嘴……但我实实在在听到自己喊了，也许这只是我的意识。我的意识开始空白起来，一切都在消失，一切都在隐退，就像混沌初开，就像天地伊始。

我的手僵了，身子僵了，头脑也僵了，就像躺在云里，全身舒展，像坐在摇篮里，母亲哼着歌，拍着我的头、我的脸、我的全身……

这时，杨晚秋披着长发出现了。带着浅浅的酒窝朝我微笑……我贪婪地咽了一口江水。

"快，拉住竹竿！"一声巨大的喊声把我从半梦半醒的迷离中惊醒。原来，船夫已经爬上了岸，这会儿找了根竹竿伸给我。我借助竹竿的力量，好不容易爬上了岸。

"孔明先生呢？"我微弱地问。

船夫摇了摇头。我大吃一惊，他没有爬上来？抬头看江中，只见波浪翻滚，那只小船已经漂得只剩一个影子。

2

到底来了一只船，但不是周瑜的船队。这是一只孤单出现的商船，船上装满了货物。看到江中艰难上行的船，我和船夫高兴得心都快蹦出来了。随即又担心他不肯停船，早早地折了一根带叶的树枝，向那船不停地挥，两人同时大声呼救。船经过我们面前时，并没有停下。只是从船舱里走出一个人来，简单地问了问我们的情况。

我和船夫有些着急地跟着船上行，边跑边求告，希望船老大给我们一条生路。船主大约考虑到这两天风浪大，正需要苦力，便同意捎上我们。

我们的船夫到了船上，算是有了用武之地。而我，因为从来没有划过船，既没有足够的臂力，又缺乏划桨的技巧，成为划桨众人中踩不到节奏的一个。

船行了几天，江岸人烟渐渐稠了起来。虽然双臂酸疼得似乎不再属于我，腰也像要断了似的直不起来，但看着越来越近的城市和村庄，心中便升腾起无限的希望，身上神奇般恢复了力量。

船到樊口码头，船老大指挥着船工搬运货物。老船夫也加进了搬运货物的队伍之中，他已经决定在这船上做一名船工了。我忍着浑身的伤痛高兴地跑下船，轻身飞到了岸边。没想到此次南行竟然九死一生，如今终于平安归来，我的眼泪便滚了下来。

我趴在地上，长久地享受着泥土的气息，潮湿而温暖的味道。当我抬起头来的时候，发现了一位女子正直直地看着我。是杨晚秋。我高兴地爬起来，一把抱住她："姐姐……"

杨晚秋轻轻地推开了我，眼睛往货船上看。我提醒她说："姐姐，这些都是江东运过来的货物，什么米呀之类的，有什么好看的？"杨晚秋红了脸，收回目光。

刘备骑马过来了。原来，刘备不见诸葛亮回来，也没有消息，这些天，天天派人到这码头上来探听消息。刚才听说我回来了，却不见诸葛亮，急忙来询问情况。

"孔明是不是被留在江东了？"刘备问。

我摇摇头，把在路上遇到风浪的事情说了，连向刘备道歉，表示没有照顾好诸葛亮。

刘备倒没有把天灾算到我的头上，只是有些懊悔地对身边的关羽和张飞说，"早知道我派艘大船去接他们！如今孔明下落不明，生死未卜，而曹操即将来攻樊口，唉……"

刘备又关心起此次与孙权结盟的事情。我告诉他，孙权已经同意联合抗曹，周瑜都督很快就会带兵前来。

刘备说："荆州之危可以解除了。只可惜，孔明怕是看不到他努力的结果了……"说完，拨转了马头，怅然离去。离开之前，刘备说："函之，你先回去休整几日，以后还来给我赶马吧。"

刘备等人走后，我不断地说着这次旅途上的惊险，仿佛一个受了委屈的孩子，突然见到母亲，想对她倾诉一般。杨晚秋只是轻轻地点头，或者小声地"嗯"一声。

我无趣地停止了诉说。过了半晌，她突然问："你说完了？"

3

曹操率二十万人马，分水、陆两路从江陵出发，浩浩荡荡地杀奔樊口而来。马蹄的声音响彻山谷。刘备得知消息，心急如焚。天天派人往下游打探消息，都不见周瑜的船队到来。

刘备在帐中徘徊，万一孙权只是表面答应，却并不发兵呢？当年曹操与袁绍相拒于官渡，袁绍向刘表求助，刘表答应支援他，却迟迟不发兵。最终，袁绍被曹操所灭。他现在的处境已是万分危急，而且无从选择：战必不克，这些年，刘备与曹操多次交锋，每次都大败，何况这次自己以两万人对抗二十万人；退无可退，既然孙权不愿意派兵增援，也一定不愿意为了刘备而与曹操作对；降也无门，曹操还能容得下一个背叛者吗？

想到自己半生戎马纵横天下，最终竟落得如此下场，不禁悲从中来。刘备命人摆了一桌酒席，把关羽、张飞招来。关羽、张飞见刘备如此急召，以为是有重要的计划要实施，结果却是请他们共饮苦酒。

刘备举起酒杯说："你我三人，同桌共饮，同床共寝，一起出生入死。可如今的局势，恐怕难逃一劫。不如大家喝了这顿酒，各自散了吧。唉……"言语中多有不甘，眼圈也红了。

张飞一仰脖子，将一杯酒倒进张开的大嘴中，随即把杯子顿于食案上，说："主公，切不可说这样的丧气话。就算他曹操有三头六臂，我张飞也要拼尽最后一滴血，杀他个鱼死网破。"

"是啊，主公，我们虽然兵微将寡，但个个都英勇善战，同仇敌忾，随时准备为了生存而战，曹操决不会铤而走险。"关羽分析说。

"好，有了兄弟这句话，我就放心了。刘备虽然愚鲁，但愿意与众兄弟誓死保卫荆州兴复汉室，哪怕马革裹尸埋骨荒草。你我三人，恩同兄弟，虽不能同年同月同日生，但求同年同月同日死。"

"虽不能同年同月同日生，但求同年同月同日死。"

关羽、张飞纷纷举起酒杯，异口同声地说道，胸中视死如归的豪情顿生。

恰在此时，斥候来报，说远远见汉江上旌旗招展，船队遮天蔽日而来。刘备手持酒杯，久久未语。

张飞疑惑地说："想来是周瑜带大军来支援我们了。主公为何面无喜色？"关羽也有些疑惑地看着刘备。

刘备缓缓地说："孙权这人绝非等闲之辈，是个有大野心的人。孙氏家族对荆州垂涎已久，就怕他此次打着结盟的幌子，暗中联结曹操进而瓜分荆州啊。"

关羽沉思良久，捋着长长的胡须说："大敌当前，孙权应该分得清孰重孰轻吧？一旦荆州被破，我等皆灭，他孙权就直接暴露在曹操的铁蹄之下，他不会做这等损人不利己的事吧。就算他有二心，恐怕也是在打败曹操之后。"

"主公，云长兄讲得有道理。孙权年轻气盛，断不会甘心做曹操的爪牙。他愿意出兵，倒不一定是帮助我们，但他一定会考虑自身的安危。"张飞说道。

"谁说我们翼德只是一介武夫，他也有勇有谋。"张飞听到刘备的夸奖，有些羞涩地红了脸。刘备继续说："既然周公瑾带兵来与我们联合，我们总得尽一下地主之谊。"立即派人带酒食前往慰劳江东士兵，并请周瑜来帐中相会。但周瑜却回话说，他有军务在身，不能擅离职守。如果刘备能够屈尊前往，那是大家所期望的。

刘备等人便乘了小船，去见周瑜。

周瑜在船舱中设宴款待刘备，甚至乘着酒兴，给刘备弹了一首曲子。

酒过三巡，周瑜哈哈一笑说："刘将军，我们现在既然结为同盟，就当坦诚相待。此次抗击曹兵，荆州有多少兵马呀？"言语中颇有一些轻蔑。

刘备说："我有精兵万人，熟悉水战，还有当阳兵败后逐渐归队的步骑兵，加上江夏刘琦一万余兵马，合在一起有两万余人。"

周瑜点了点头，表示认同刘备这个数字。

刘备问："周都督，不知此次带了多少人马来？"

周瑜微微一笑，竖了三根手指头。

江东之兵，在七八万之数，"莫非三万？"刘备试探着问。

"不错，刘豫州果然一猜就中。"

刘备有些失望，脸上便有一丝不悦，喃喃地说："太少了，太少了！"

周瑜却说："已经够用了。"

刘备认真地打量了一下眼前这位年轻人，既不相信他有这般能力，也不觉得他在说谎。刘备倒吸一口冷气，说："曹操二十万兵马，我等之兵加起来不过区区五万人，如何能抵挡他的进攻？"

"五万太多了，你只需派两三千人马配合我在陆地作战就成了。"周瑜胸有成竹地说。

这时，一只小船疾驶过来，在靠近周瑜的大船时，放缓了速度，与大船并排一起，船帮紧靠着大船。小船上走出两人，在大船上士兵的帮助下，跳上了大船甲板。

却是鲁肃和诸葛亮。

诸葛亮也发现了站在船舱外的我。他的眼睛一亮，快速上来紧紧地抓着我的手，不停地摇着。这是只有我们两个人才懂得的一种情感交流。相信在我们的内心，彼此都已经死过一回了。诸葛亮什么话也没有说，我也是，我们的眼睛都已经潮湿了，我感到一股暖流瞬间澎湃了我的全身。

4

曹操的二十万大军，在赤壁与刘备、孙权的五万联军相遇。

如果可能重来，曹操一定不会再轻视任何一个人，一些貌似不起眼的人物，往往成为扭转时局的关键人物。当年刘备在曹操手下做降将的时候，曹操想过刘备可能东山再起，与他三分天下吗？今天的无名小卒，谁知道会不会成为明天的一方诸侯？

呼啸的北风在大江上卷起阵阵波涛。曹操的战船在风浪中摇摆不定。双方的弓箭手拼命地向对方射击，但并不能阻止彼此的前进。双方的船只越驶越近。周瑜率领水军乘着小舟在曹操的船队间左冲右突，曹操的战船很快被冲得七零八落。

孙刘联军越战越勇，北方士兵在移动的船上晕头转向，一些人甚至呕吐不止。不少惊慌失措的士兵滚落寒冷的江水中，成为孙刘联军手中待宰的羔羊。

曹操初战失利，只好退到江北的乌林休整。

江涛阵阵，在身后远远地传来。诸葛亮带着我登上南岸一处高地。"知己知彼，百战不殆。"诸葛亮走在前面，回头对我说。战前认真查看地形，了解敌方情况。这个习惯诸葛亮保持了一生。

两人气喘吁吁地爬上山顶，向江北望去。远山层叠，在一片迷蒙之中，仿若仙境。江面上舟楫林立，密密麻麻连成一片。沿江扎下一大片营寨。营寨里人影绰绰，士兵们有条不紊地忙碌着。

"够呛。"我长吁了一口气，叹道。

诸葛亮在山顶徘徊着，一会儿看看江面上的船只，一会儿又看看岸边的大营。他突然指着那些船只问我，"你看，那是什么？"

我一怔，"不是船吗？还能有什么？"

诸葛亮拿鹅毛扇指着江面，"你再仔细看看，船与船之间有什么不一样？"

"好像用铁索连在一起了，这样就不怕风浪了，就像在平地一样。"

"问题就在这里。"诸葛亮转身下山。

"什么问题？"我疑惑地问。

"待会儿你就知道了。"诸葛亮头也不回。我赶紧追上去。

下得山来，诸葛亮却找了一艘小船，朝下游驶去。

"孔明先生，你不回大营吗？"我一边捂紧被风吹歪的帽子，转身把掉出来被风吹开的一封没有发出的信匆匆叠好放回帽子，一边问。

"随我去见周都督。"

诸葛亮到来时，周瑜正在弹琴。黄盖坐在一旁。琴声轻松、欢快的旋律中透出难以抑制的兴奋和自信。

一曲终了，诸葛亮低头掀帘走进船舱，微笑着拍起掌来。

周瑜站起来，说："孔明，来，坐。这么冷的风，也能把你给吹来，不容易呀。"

诸葛亮坐下来，说："再冷也挡不住周都督的庆功酒的魅力呀。黄将军能喝，我就不能讨一杯？"

周瑜看了一眼黄盖，有些莫名其妙，"庆功酒？前次与曹操交兵，小胜一场，这也值得喝酒庆贺？"

诸葛亮说："我指的不是这一次。"

黄盖也有些纳闷，问："孔明是指哪一次？"

诸葛亮说："下一次。喝庆功酒的日子不会太久了。"

"下一次？"周瑜故作吃惊地说，"现在曹操把战船锁到一起，铁桶般稳固，我的水军发挥不出优势来，现在正一筹莫展，都急出病来了，你不会是在开玩笑吧？"

"都督的病，一药可解。"诸葛亮说。

"哦？哪味药？"周瑜好奇地问。

"都督不是已经拿到这药了吗？"诸葛亮反问道。

周瑜说："孔明，你把话说明白点，我拿到什么药了？"

诸葛亮把周瑜的手拿过来，在他手心写了一个"火"字，说道："都督，这药可否治你的病？"

周瑜微笑着点了点头。

诸葛亮说："刚才都督的琴声告诉我，你已经拿到了这味药。是黄将军送来的吧？"诸葛亮转向黄盖问。

三人相视一笑，周瑜说："拿酒来。"

诸葛亮玩弄着酒杯，突然说："周都督，这酒倒是备好了，可是，现在还不能喝。"

周瑜把酒斟满，问："这药也有了，病也好了，怎么就不能喝了？"

诸葛亮说："请周都督随我来。"说着，起身走到船舱外。周瑜和黄盖都跟了出来。风把衣服的下摆吹得高高扬起，黄盖把手藏在袖子里，缩着脖子，瓮声瓮气地说："孔明，这么冷的天……把我们弄到甲板上吹冷风吗？"他的声音像是从水缸里发出来的，说到"天"时，被风猛灌了一口，他噎了一下，赶紧把头往后侧去，才把剩下的半句话说完整了。

寒风自北面而来，推着咆哮的浪涛，一阵一阵涌向船头，撞击出高高的水花。船身在轰隆之声中，一漾一漾地往南面退着。

"这就对了，就是想请周都督和黄将军吹吹风。"诸葛亮说。

周瑜看着北岸曹操的战船若有所思，神情变得有些严肃起来，"这风……"

诸葛亮说："周都督，咱们还是进去吧，这风可是不能多吹呀。"

黄盖问："你们打什么哑谜呀，这是？"

周瑜止住他，说："黄将军，这风要是继续这样吹，你的计划怕是要泡汤啊。"

"哦，这风向，是个问题，现在刮的是北风，说不定把自己给烧着了。"黄盖喃喃地说。

"别着急，咱们进去说。"诸葛亮淡淡地说。

周瑜转向诸葛亮问："看样子，孔明先生已经想到办法了？"

诸葛亮说："我在荆州生活了十多年，对这里的气候还是有一些了解。不出七天，就会刮东南风，到时用火攻，曹操必败无疑。"

左侧的江面上，夕阳把金黄的花瓣摇落一地，一派星河灿烂。

5

一连下了好几天的雨。雨停后，萧瑟的天空出现了斑斓的云彩。团团晶莹剔透的白云边缘，镶上了金色褶子。更多的金色火焰，从云缝处源源不断地喷射出来，燃烧了大半个天空。

这天傍晚，刮起了东南风。披着嫣红外衣的树梢你推我搡，发出沙沙的争吵。

江面上，展开一片匀称的蓝色绸缎，随风有节奏地起伏飘摇。一颗颗星星，羞羞怯怯升起于深邃的江面，在淡淡的烟雾下躲躲闪闪地眨眼。

月光像牛奶一样流泻了一地，把一切大地深处的躁动都抚平了。月光下，山川影影绰绰，却安安静静。曹操的船只上，灯火通明，点点灯光与天上的星星混在一起。柔和的空气中，弥漫着夜雾的甜爽。

数十艘冲锋舟趁着月色向江北岸快速驶去，这些船都用布盖起来，上面竖起斗大的一个"黄"字帅旗。冲锋舟后面，跟着几十只快船，船上站满了士兵。

东南风"呼啦啦"将帆绷得紧紧的，冲锋舟箭一般射向江北。船到江心，数百名士兵齐声大喊："投降喽，投降喽。"

黄盖站在船头，举着一面旗子朝江北不停地挥动。江北的曹军听得江上动静，先还以为周瑜发动夜袭，纷纷做好了战斗准备，这时都松懈下来，拥到甲板上看热闹。

一些士兵站在船头指指点点，纷纷笑着说："瞧，黄盖投降来了。"

"看来，战争快要结束了。"一个士兵高兴得在船上跳起了舞。

另一名士兵指着他笑着说："这小子，肯定是想老婆了……"

跳舞的士兵咯咯笑着，反问："你不想吗？"说着，跳得更欢了，在船头不停地转圈，一不小心，滚落到江水中去了。士兵们笑得前仰后合。

另外那个士兵，觉得自己的话引发了这场灾难，赶紧走到船舷边，歉意地把手伸给在水中挣扎的士兵。

岸上大营里的士兵，也都纷纷走出营寨，看黄盖投降来了。

风虽然还是那样的冷，但气氛却暖融融的。每个人的脸上都洋溢着战争即将结束的幸福。战争的确很快就要结束了，但战争的结果，却是他们始料未及的。

船过了江心，加快速度向江北驶来。突然，黄盖所在的船上，冒起了火光。随即，几十艘冲锋舟上，纷纷都燃起了大火。一只只火船向着曹军的战船冲了过来。

江中的曹军傻眼了，还没明白怎么回事，火船已经到了跟前。

"快，快解开铁索！"曹操跑出船舱，看着远处江面上快速驶来的火船，大声传令。

"解开铁索！"曹兵们传递着曹操的命令。

士兵们手忙脚乱地砍掉连接船只之间的铁索。

满载柴火、油脂的火船已经冲进了曹军的船队，来不及解开的战船，被火船引燃了。风助火势，瞬间，船只淹没在一片火海之中。江面上浓烟滚滚，大半个天空都被烧成了一块烙铁。

这时，满载江东士兵的战船也驶过来了。在巨大的锣鼓声中，士兵们纷纷跳上曹军的战船，把曹军杀得纷纷逃向岸边。一些来不及逃跑的士兵，便纵身跳进了刺骨的江水中。不少士兵浑身着火，在船上狼狈地跳来跳去，最终也跳进了江水之中。

大火还在蔓延，江上的船只大都着了火，火海在东南风的催动下，向着江北延伸，那火仿佛是从南向北飞过去的，很快把江岸的营寨也给烧起来了。

　　"快来人呀，帐篷着火了……"

　　"不好啦，马厩着火了……"

　　这时，岸上传来震天动地的喊杀声。原来，刘备带领一支部队从天而降般，开始进攻曹操在陆地上的营寨了。慌乱中，曹操的士兵不堪一击。船上的人往岸上拥，岸上的人四散逃跑，一些晕头转向的人竟然跑向江上着火的船只。被大火烧着后在地上打滚的，为了逃跑互相踩踏的，因为拥挤不小心掉进江水的，不计其数。

　　曹营在噼噼啪啪继续燃烧，火势渐渐变小，但仍不时有木梁带着火苗轰然倒地，砸中某个倒霉的士兵。周瑜的几员大将带着士兵纷纷登陆，与刘备形成呼应。

　　孙刘联军越聚越多，蚕吃桑叶般将曹兵分割消灭。曹操见大势已去，命人将剩下的船只和营寨放火烧了，向江陵撤退。

　　周瑜和刘备带领数千骑兵乘胜追击。万马奔腾，地动山摇，马蹄声响彻云霄。

6

　　庆功宴上诸葛亮大醉，过了两天，刘备带着关羽、张飞来看诸葛亮。

　　诸葛亮下意识地摸了摸额角，宴会上磕破之处已经开始结痂，准备留刘备在家里吃饭，便让黄月英去做饭。黄月英坐在那儿没动。

　　刘备看了看黄月英，又看了看诸葛亮，站起来说："啊，不用了，孔明你还是好好养病吧。我们先走了。"

　　诸葛亮说："主公，关将军、张将军，感谢你们来看我。就在舍下随便吃点什么吧。我还有正事儿要给主公说呢。"

　　刘备坐了下来，"那，就随便弄两个菜，跟平时一样，别太麻烦了。"

　　黄月英这才磨磨蹭蹭地站起来去了厨房。

诸葛亮开了一坛酒，那架势是不醉不罢休。黄月英把菜重重地往桌子上一顿，说："你还喝呀，大夫不是说不能喝了吗？"她的嘴咧成杧果状，一个角尖细，一个角圆润。

　　话虽然刺耳，但毕竟是一种关心。诸葛亮便笑着说："少喝点，少喝点，主公来了，总不能这么干坐着。"

　　刘备说："那，既然大夫不让喝酒，就不喝了呗。"

　　诸葛亮说："那不成，谁让你提了一壶好酒来看我呢！"说着，给几个人都倒上了。

　　张飞说："喝就喝呗，酒就是水嘛，有什么大不了的。"率先干了一杯。

　　"爽快！主公、关将军，来，咱们一起喝。"诸葛亮举起杯子，张飞赶紧给自己再倒了一杯，"别落下我呀。"四个人同饮了一杯。

　　关羽喝完，把酒杯拿在手里把玩。张飞咂了咂嘴，说："孔明，你刚才说有什么事儿要给主公说？"

　　"是是是。"诸葛亮给大家斟上了酒，说，"现在曹操退到襄阳了，但是夷陵和江陵都让孙权给占去了。我们一点好处没得到。关键是，江夏我们也不能待。"

　　"为什么呀？"张飞怒目圆睁，拍了一下桌子。

　　诸葛亮说："主公你看，夷陵和江陵，作为长江边上重要的城市，都被孙权给占了，他的意思很明显，就是要占有长江沿线的城市，打通与西边益州的联系。这夏口在江陵下游，柴桑上游，那等于是扼住了孙权的喉咙啊，他能安心吗？"

　　"那怎么办呀？"张飞性急，眼睛一眨不眨地盯着诸葛亮。

　　"关将军，你看，如果我们放弃夏口，还有哪些地方可以去？"诸葛亮见关羽一直不吭声，便主动示好。

　　"我哪儿知道呀！没了夏口咱还能往哪儿去？往北，去跟曹操争地盘，不可能，往西，往东，都是孙权的势力范围，往南……江南四郡太守愿意吗？"

　　"关将军，还是你厉害，我们就是要往南发展。武陵、长沙、桂阳、零陵这江南四郡虽然是相对落后，也正是因为这样，孙权可能看不上眼，我们可以在这里发展。"

刘备缓缓地点了点头，独自饮了一杯："可是，江南四郡太守要是联合起来抵抗咱们怎么办？"

诸葛亮说："我们先上表汉帝奏请封刘琦为荆州刺史，然后率军南下，这样，我们就出师有名。而主公你这样的雄主，又有关将军，有张将军这样的猛将，而且刚刚大败曹操，这几个小小的太守，自然不敢跟我们作对。"

果然如诸葛亮所料，听说刘备军队南下，江南四郡太守纷纷投降。长沙太守韩玄手下的大将黄忠，以及义阳人魏延归降了刘备。曹操叛将雷绪，也率三万私人武装投降刘备。

建安十四年（209）十二月，刘琦病死，诸葛亮及其他文武大臣拥戴刘备为荆州牧。孙权也上表朝廷予以承认，还命周瑜将属于南郡、在江南的油口分给刘备，刘备改其名为公安，作为荆州的治所。

至此，刘备终于在荆州有了一片真正属于自己的地盘，开始沿着当初诸葛亮设计的道路往前走，与曹操、孙权并争天下。

第六章　命运并不掌握在我手中

1

十丈高台撑起一轮月色，数仞红墙锁不住阵阵笙歌。建安十五年（210）冬，曹操在邺城西北，以墙为基建铜雀台，台高十丈，共三台，各相距六十步。铜雀台位于三台中间，南为金虎台，北为冰井台，中间由浮桥连接。曹操又命人凿渠引水，从铜雀台下流过。

这个明晃晃的夜晚，曹操与曹丕、曹植、陈琳等人在铜雀台上把酒吟诗，庆贺铜雀台的建成。铜雀台四周，一树树梅花开得正烈，香气裹在河风里，轻轻送过来。优美的琴声和歌声，让人心生欢悦，忘记战争的残酷，忘记人世的苦痛。

"丞相，这真是一个好地方，今后你可得常召集我们聚会啊！"陈琳说。

"对酒当歌，人生几何。美酒和歌舞，是很多人的向往和追求，但也不能沉溺于此，应该在短短的人生中有所作为。"曹操捋着胡须。

"周公吐辅，天下归心。丞相唯才是举，身边人才汇聚，如今已统一北方，迟早将天下收入囊中。"陈琳说。

"哈哈哈，孔璋兄还是不了解我啊。我刚举孝廉的时候，很年轻，怕被世人轻视，就想做一郡太守。因得罪权贵，辞官隐居。但又被征召为都尉，升任典军校尉，便改变主意想为国讨贼立功，希望能够封侯，做征西将军，死后在墓道前的神道碑上刻'汉故征西将军曹侯之墓'。遇上天下大乱，我讨董卓，剿黄巾，除袁术，灭袁绍，定刘表，平了天下。我身为丞相，作为人臣，地位已经达到顶点，超过我的愿望了。不过，话说回来，如果没有我，不知道会有多少人称帝，多少人称王。"

曹操停下来，扫视了一眼那群歌伎。曹操有固定的歌伎，但因为铜雀台的完工，这次他又进行了补充。杨晚秋就是在这样的情况下进入曹操视线的。我则成了一名鼓手。那天晚上，我的心一直怦怦直跳，暗中紧张地盯着曹操，寻找接近他的机会。

"从我祖父到我，都在朝廷担任重要的职务，可以算是被信用的人了。到了子桓兄弟，已经超过了三代。我不只对你们这样说，也常对侍妾们说，让她们深刻了解我的心意。我告诉她们：'我死后你们都应该出嫁，以传达我的这种心意，让别人都知道。'这些都是我的肺腑之言。"

说到子桓的时候，曹操指了指曹丕。

觥筹交错。一片称赞声。

"然而，想让我放弃所统领的军队，回到武平侯国，那也不行。我确实怕放弃了兵权，会被人谋害。这既是为子孙作打算，也是因为如果我失败了国家就要面临存亡的危机，所以，不能追求虚名而遭受实祸。"

"丞相英明。"陈琳恭身敬酒说。

"冲静得自然，荣华何足为。"曹操放下酒杯说，"其实，荣华富贵有什么值得追求的呢？人的一生，于事业上要轰轰烈烈，于生活上，却要宁静自然。"

曹丕率先点了点头，做出沉思的样子。在父亲面前，他很少说话，一则言多必失；二则他要表现出长子的沉稳。

"今天还是不要说这么沉重的话题，既然是来登铜雀台，大家不妨用诗歌来表达一下自己的心情。"说完，曹操扫视了两个儿子一眼。曹植忙说："父亲说得极是。"他早就想一展才华了。

又饮了一回酒，酝酿一下情感，曹操看着曹丕说："你先来？"

曹丕微微一笑，说道："那我就在父亲面前献丑了。"说完，站起身来，缓缓吟道：

登高台以骋望，好灵雀之丽娴。

飞阁崛其特起，层楼俨以承天。

……

曹丕吟完，有些忐忑不安地望向曹操，想从他脸上找到对自己诗歌的评价。

"好！子桓诗歌又有不少长进啊。"曹操脸上露出微笑，拍手称赞。陈琳等一干人也都突然回过神来似的，纷纷叫好。那边曹植有些不以为然，一副跃跃欲试的样子。曹操笑了，说："子建，看样子你是构思好了？"

曹植起身道："回父亲，早就构思好了。"

曹操说："说来听听。"

曹植便摇头晃脑地吟起来：

从明后而嬉游兮，登层台以娱情。

见太府之广开兮，观圣德之所营。

建高门之嵯峨兮，浮双阙乎太清。

立中天之华观兮，连飞阁乎西城。

临漳水之长流兮，望园果之滋荣。

仰春风之和穆兮，听百鸟之悲鸣。

天云垣其既立兮，家愿得而获逞。

扬仁化于宇内兮，尽肃恭于上京。

惟桓文之为盛兮，岂足方乎圣明！

休矣美矣！惠泽远扬。

翼佐我皇家兮，宁彼四方。

同天地之规量兮，齐日月之晖光。

永贵尊而无极兮，等年寿于东王。

曹植一口气吟完，志得意满地坐回几案前，等待父亲的称赞。曹操却沉默不语。曹植有些着急了，以为自己歌功颂德让父亲不高兴了。

曹操沉吟良久，终于点了点头，当即封曹植为平原侯，勉励他说："我以前做顿丘县令时，正当二十多岁，回想当年的所作所为，至今无悔亦无愧。现在你已经长大了，可以不努力吗？！"

曹植大悦，"谨记父亲教诲！"

曹丕冷冷地看着曹植，一副不甘心的样子。

曹操却没有留意两个儿子之间微妙的表情变化，他的目光转向了舞池，再一次盯着一身红衣的杨晚秋打量。过了一会儿，他向旁边一名侍卫招手，在他耳边低声说着什么。

难道他发现了杨晚秋的异常？难道他怀疑有人会利用这次宴会刺杀他？如果他真的做好了安排，那我们的计划便功亏一篑。

我几乎是不假思索，立即冲到曹操面前，举起手中的鼓槌朝他抡过去。曹植大惊，身子一矮，缩到几案旁边去了。陈琳也一声尖叫，不知所措地站在那里。

曹操毕竟久经沙场，毫无惧色，只轻轻一侧身便躲过了鼓槌。这时，曹丕已经拔剑上前，我还没来得及第二次向曹操发起进攻，一把剑已经架在了我的脖子上。

杨晚秋只是怔了一怔，便什么事也没发生般，继续跳舞。直到曹操朝她们挥手，杨晚秋才混在歌伎舞女中，悄悄退出去了，看也没有往这边看上一眼。

2

歌声停止了，喧哗停止了，铜雀台上安静下来，漳河的水泛着银光从脚下闪闪而过。

曹丕举着剑，一脚踢在我的腘窝处，我重重地跪在曹操面前。

曹操捋着胡须，坐下来，说："是谁派你来的？刘备还是孙权？"

我不吭声，现在说什么都没有用。

"你竟会为一点区区小利来杀掉一个国家重臣吗？"曹操厉声问道。

我已将生死置之度外，便说道："十年前，你杀了我父亲母亲，还屠灭我三族，连仆人也都被你一把火烧死了。三年前，你又派人追杀我，杀死我家管家，你我有不共戴天之仇。"

"年轻人，我何曾派人追杀过你，我连你是谁都不屑知道！再说了，也不是每一个人，都值得我派人暗杀。"曹操冷笑着说。

我一直以为当年追到襄阳杀死管家胡金忠的人是曹操派来的。难道另有其人？我脑子里突然间一片乱麻。我说："至少我家那把火是你放的吧？"

曹操皱着眉问："我不记得自己派人放火烧过别人的家，倒是在赤壁之战中，我放火烧了自己的营寨和船只。"曹操有些自嘲地笑了笑。

"我是吴硕的儿子，我叫吴子庸，你敢说不是你害得我们家破人亡？"说完，把脸上的人皮面具摘下来。我以为曹操会因为我和父亲长相相同而一眼认出我来，但曹操并没有认出我来，大约，他已经不记得我父亲当年的样子了吧。

"我不否认，你父亲的死与我有关，至于你家那把火，谁知道是谁放的。"曹操顿了顿，补充说，"你父亲参与谋杀我，罪该万死！"

如果那把火不是曹操放的，那又会是谁？是那个派人追杀我的人，还是说，母亲在得到父亲被抓的消息后自己放了一把火？我已经没有精力来理清这些问题了。

"父亲，别听他啰唆，既然是吴硕的儿子，他已经多活了十年，现在，让我一剑杀了他。"曹丕把剑往我脖子上一压，我感觉黏糊糊的东西蚂蚁一样爬过我的皮肤，鼻腔里充溢着铁的腥味儿。

"我父亲的确罪有应得，我也没打算活着离开。"我抬头看了曹丕一眼，接着又转向曹操，"不过，临死之前我有个请求，我想知道当年的真相。为什么吉本参与了密谋，他却活得好好的？他是不是那个向你告密的人？"

曹操笑了，"当初，有一个人，他奉命去联络孙策作为起事的外援，结果酒后泄露了计划，被我的斥候截获了消息。"

"那个人叫莫由。"我插话道。

"但他知道得并不多。主谋是董承、种辑、王子服和你父亲，你父亲得知消息，便主动找到我，交代了事情的经过……"

"诬蔑，这一定是诬蔑！"我听到自己的声音冲口而出，几乎不像是自己的声音了。

"放肆！混账东西！"曹植已经缓过劲来，这时走过来，指着我气焰嚣张地骂道。

曹操抬手止住他，说："我最恨出卖朋友的人，所以，我下令将你父亲下狱。结果，他在狱中死了。我也就没再多追究。"

"那吉本呢，你是需要他的医术而让他免受处罚吗？"我疑惑地问。

"不错，我需要吉本，但并不是他的医术。"

"那是什么？"我有些疑惑。

"年轻人，考虑问题得从大局出发，我为什么不杀吉本？以后你会明白的。对于吉本来说，活着的滋味并不比死了好。"曹操意味深长地笑着。我也听说过，吉本现在毫无安全感，经常一天夜里要换好几个地方，他担心被曹操暗杀。

"我还是不明白你为什么不杀吉本。"

"够了，今天遇上我心情好，否则，我早就让子桓一剑把你杀了。来人，把他押下去。"两名士兵应声跑向我，将我双手反绑，随后丢进了大牢。牢门关上那一刻，脑海里突然冒出一个念头：杨晚秋怎样了呢？

这次来邺城之前，我去找到她，向她说了我去邺城的目的。我想在了解事情的原委以后，杀掉曹操。没想到她非常有兴趣，答应跟我一同前往。到了邺城，打听到曹操因为铜雀台建成，大宴群臣，正在全城选拔歌舞伎和鼓乐手，于是，我们双双报名。

我们的计划是，听我的鼓声为号，同时向曹操发动进攻。遗憾的是，我以为杨晚秋暴露了，便提前动手，结果反而被扣留。

3

牢房一排十来间，每一间都用坚硬的石头砌成。开门那一面墙，则用手腕粗的木头钉成，栅栏上开有一扇小门，供囚徒进出。牢房外的走廊上，有狱卒巡逻。牢房里光线昏暗，地面潮湿，一堆干草便是睡觉的地方。

在牢里关了两天，一直没有什么动静。曹操不可能把我关一辈子吧。这么想着，突然，走廊里传来沉重的脚步声，牢房门被打开了。我的心一紧，该来的还是来了。我腾地从地上坐起，那一刻，脑子里只一片舞动的红影。

一阵"哗啦"开门声之后，"进去！"狱卒用力一端，一个瘦弱的身子扑了进来。我还没反应过来，牢门"砰"的一声关上了。

新来一个狱友。

我躺回干草上，头枕着双臂看屋顶瓦缝间透下的一柱光。光在凹凸不平的地上烙下一个不太规则的椭圆。无数的尘埃在光柱里上下扑腾。我眼前白亮亮一片，一切都虚幻起来。

那人有些怯意地看我一眼，犹犹豫豫地走到干草堆前，在我身边坐了下来。我仍旧盯着那一根光柱看，翻腾的尘埃只要离开了光，便再也看不见了，但光柱里永远有那么多尘埃在舞动。

我们不就是一粒尘埃吗？

"兄弟，你是怎么进来的呀？"那人开始跟我套近乎。

我看他的样子不像本地人，便淡淡地说："杀人。"随即以手为刀，做了一个切脖子的动作。

那人一哆嗦，悄悄地挪动屁股，想离我远一点。我不禁一声冷笑。那人尴尬地赔着笑，"我、我没犯什么事儿。我家主公会来救我的。"

"谁是你家主公？"我向他侧了侧身。

那人看了看门外，拿手罩在嘴边，小声说："孙讨虏，我家主公是孙讨虏孙将军。"

我打量了他一眼，有些怀疑地看着他。他说："你不相信是吧？我告诉你，我是孙将军派来的使者。我家主公准备和曹孟德修复关系，可是这个曹阿瞒，不接见我也就罢了，还把我丢进大牢里，太没有礼节了。"

我心里暗暗吃惊，坐了起来，问："孙仲谋不是和刘玄德结盟，还把妹妹嫁给刘玄德了吗？"

"这你就不知道了吧？孙将军把妹妹嫁给刘玄德，固然是想加强他们的联盟关系，但更主要的，还是想利用他妹妹暗中监视刘玄德。"那人见我有了兴趣，便有些得意起来。

"孙仲谋原来还有这一手。"

"这也怨不得我家主公，只怪刘玄德太贪心了，得了江南四郡，我家主公把油口又割让给他，结果他还嫌不够，亲自到镇江找我家主公要地盘。"

"有这事儿？"我离开荆州有些时日了，只知道刘备改油口为公安，把荆州的治所搬到那里去了。

"可不是，刘玄德说周瑜给他的地太少，容纳不了他剧增的人口，想进驻江陵、领有南郡，'都督荆州'，还说是为了减轻我家主公在荆襄方面的防务，让孙将军集中精力稳固内部、应付曹操在东线的兵力。"那人撇撇嘴。我知道，要实现诸葛亮两路进伐中原的计划，就必须占据江陵，因为江陵是刘备西取益州、北图襄樊的重要基地。

"孙将军同意了吗？"

"同意啦！"

"这么容易就同意了？"

"孙将军也是不情愿的。当初他就说要和周公瑾商量一下，毕竟江陵是周公瑾以惨重的代价拿下来的，现在又是南郡的太守。"

我打断他说："周公瑾怎么说？"

"周公瑾当然不同意了。他给孙将军上疏说刘备是一代枭雄，希望把刘备留在东吴，多用美女玩好来消磨他的意志。让刘备和关羽、张飞各在一方，这样，挟持刘备让关羽、张飞听命于吴，再由像他一样的大将率领军队攻打巴蜀的刘璋和北方的曹操，就可以成就帝王大业。"

"周公瑾不愧是人杰，这主意不错。不过……"我笑了笑接着说，"当年吕布投奔刘备，刘备投奔曹操，为什么刘备和曹操明知可能养虎为患，还是没有把对方杀掉？因为他们都有兵有马的，或许可以利用他们。曹操就曾利用刘备对抗袁术。再说，杀掉了他们，忠于他们的将军不可能不起兵反对。如果真若软禁刘备，以关羽、张飞等人的性格，怕是不肯听从于周瑜的，要是打起来，岂不是两败俱伤？甚至，还可能把关羽等人推向曹操阵营里去。"

"嘻，孙将军大概也是这么想的，所以，就依了鲁肃之言。"

"鲁肃是一个忠厚而识大体的人，他的话，应该不差。"

"鲁肃说，曹操在东线屯兵合肥，在西线有襄阳，如果孙将军与刘备闹翻了，单独对抗曹操，那压力是很大的。而且东吴刚刚拿下荆州，还没有树立恩德与威信，根基不稳固。不像刘备在荆州经营了十来年，深得人心。不如把地借给刘备，安抚他，让曹操多一个敌人。"

"也有道理。相比之下，我觉得鲁子敬看得更长远，至少更符合现在的形势。"

"我家主公也是这样认为，曹操在北方虎视眈眈，应该结交天下英雄，而且刘备也不好控制，所以就没采纳周瑜的建议。不过，紧接着发生了一件事，周瑜专程回去见孙将军，给他出了一个主意……"

"什么主意？"

"攻取益州。"

这一招可谓一箭双雕，既提出东吴西征巴蜀扩充领地的方略，又因为这一谋划须以江陵为依托，因而将南郡借与刘备的承诺便无从兑现。益州土地肥沃，四塞险固，素有"天府之国"的美称，无疑可以作为称王的一个重要凭借，夺取益州符合孙权建立王霸之业的理想。于是，孙权决定采纳周瑜的主意，并让周瑜立即回江陵整顿兵马。

也就是在这样的背景下，孙权派出使者来到邺城面见曹操，目的是希望曹操不要插手益州的事情。但曹操在此前得到的消息是，孙权割地求全，与刘备联手。如今孙权非但不割地，还想抢先于刘备攻占益州。"曹操对我并不信任。"孙雍说。几天接触下来，东吴狱友把名字、家里的情况也告诉我了。

如果让孙权抢先占了益州，那刘备受困于荆州南面，恐怕再也没有机会实现"兴复汉室"的理想了。我必须把这个消息尽快告诉刘备和诸葛亮。

4

对于益州，刘备其实早就盯上了。这就是诸葛亮《隆中对》的一个步骤而已，攻取益州，是迟早的事。后来，庞统也极力劝说刘备攻打益州。

庞统与诸葛亮早年即相熟，两人还有亲戚关系，诸葛亮的姐姐嫁给了庞统的堂兄庞山民。后来，庞统出任刘表南郡功曹。诸葛亮看不起刘表，不肯在荆州为官，直到后来遇见了刘备。赤壁之战后，周瑜做了南郡太守，庞统继续留任功曹。刘备领荆州牧后，他又归顺刘备。刘备先是让他做了耒阳县令。结果庞统认为自己怀才不遇，消极怠工，被免了官。多亏诸葛亮和鲁肃极力推荐，刘备才请他谈论时事，并深为他的才智折服，重新委以重任。

庞统告诉刘备，荆州由于长年战乱，土地荒芜，人力财力都已经很匮乏了。东边有孙权，北面有曹操，想形成三足鼎立的局面，恐怕是很难的。现在，益州却国富民强，有上百万户百姓，郡中兵马富足，不用向其他地方求助。可以暂时借这块宝地，成就大事。

刘备有些犹豫，说："当今和我水火不容的是曹操，他统治严厉，我则宽容；他对百姓残暴，我却仁爱；他为人狡诈，我讲究忠诚。常和曹操反其道而为之，才能成就大事。现在要让我因为一点小事在天下人面前失去信义，我认为不可取。"

庞统却认为，要根据实际情况来灵活行事，不能固守成规。兼并小国，攻伐昏主，从前春秋五霸就是这么做的。逆取顺守，以仁义作为回报，事成之后再把它封为大国，又怎么会叫失信呢？现在你不取益州，将来恐怕也要被别人得到。

这时，恰好孙权给刘备来信说：现在五斗米教的张鲁割据巴郡、汉中，成为曹操的耳目，意欲谋取益州。益州牧刘璋昏聩无能，不能自保。如果让曹操得到益州，那么荆州就处在风口浪尖上了。现在，我打算先攻打刘璋，再进讨张鲁，你我形成首尾相连的良好局面，统一吴、楚大地。到时，就算有十个曹操，也没什么可以担心的了。

周瑜在踌躇满志回江陵的途中暴病而死，但他夺取益州的想法在孙权心里扎下了根，却又忌惮刘备，所以来信探听虚实。

刘备和手下的人商量，不少人认为等攻下益州之后，孙权不可能跨过我方地盘去占有益州，益州便是刘皇叔的了，因此主张与孙权联手。

庞统却说："我们联合孙权攻益州，一定会成为前锋。如果拿不下益州，退回来，难保孙权的人不截断我们的后路，那么就把统一天下的大业给葬送了。不如同意他攻益州，但以刚刚占取南方四郡不便兴师动众为由，不予派兵支援。"

这样一来，刘备就占据主动权，东吴不敢贸然经过刘备的地盘孤军攻取蜀地了。

于是，刘备给孙权写了一封回信，说："益州民富国强，地势险要，刘璋虽然软弱，也足以自守了。张鲁是个虚伪小人，未必完全忠于曹操。现在以不义之师征伐蜀地，转战万里，想攻无不克，战无不胜，这是吴起和孙武也做不到的事。现在曹操占领了天下三分之二的土地，准备东征沧海，陈兵吴国，而我们同盟之间却无故自相攻伐，只会给曹操以可乘之机，这不是一个好计策。"

孙权不以为然，派孙瑜率水军进到夏口，仍准备西征益州。刘备也没闲着，派关羽屯江陵，张飞屯秭归，诸葛亮据南郡，自己屯驻屏陵，等于是把东吴西征的路给截断了。双方剑拔弩张。

这一次，孙权终于没有动兵。

两家的矛盾却因此埋下了。

5

衣带诏的事儿再一次被提及，是在邺城的大牢里。

那天晚上，孙雍突然伏在我的耳边说："子庸，当初那件衣带诏，董承把它分成两部分，一部分有诏书内容和几个签名的他自己掌握，全是名单的那一部分则交给你父亲了。这么重要的东西，你父亲一定交给你了吧？"

"我不知道你说什么，什么衣带诏？"我很奇怪，一个东吴的使者，怎么会突然对这件事情感起兴趣来了。

"子庸，只要你交出那东西，我保证让你安全离开邺城……"

我借着昏暗的灯光看了看他深不可测的眼睛，问："你是谁？"到底是谁对这件衣带诏感兴趣呢？

"不是说过了吗，我叫孙雍，从江东来，我是带着与曹操和解的使命来的。"

"怕是曹操派你来的吧？"除了曹操的人，谁这么容易在邺城的大牢里想

109

来就来，想走就走？

"曹操？他要是知道这东西在你身上，直接拷问你不就得了，还派人装成囚犯来给你套近乎，不是多此一举吗？"

"我很奇怪，你拿这东西有什么用呢？"

"如果拿衣带诏献给曹操，他一定会念我一片忠心放了我的。到时，我可以通过孙将军，让你安全离开。这不是两全其美的事吗？如果你不愿意交出这东西，你和我可能都得老死在这里。最后，那东西还是得落到曹操手上。"

"老死在大牢里是可能的，但那半张衣带诏却未必落到别人手里。"

"你承认那件东西在你手上了？其实，这份衣带诏是董承伪造的，陛下根本没有写过这份诏书。"孙雍非常肯定地说。我大吃一惊。

董卓之乱后，洛阳成为一座荒城。但为了摆脱李傕、郭汜的控制，献帝决定东迁回到洛阳。董承是护送献帝东归的大臣之一，后来献帝抵达洛阳后，对有功之臣进行了封赏，河内太守张杨被封为大司马，韩暹领大将军之职，外加司隶校尉，杨奉官至车骑将军。东归四大功臣中，董承只领了卫将军。为了勤王，也为了巩固自己的地位，董承求助于曹操。只是，没想到自己引狼入室，让曹操占了好处，取代了张杨的位置。这是董承始料未及的。他想报复曹操也在情理之中。

我越发觉得孙雍不像是东吴使者。他编了一大堆谎言，其实一开始的目的就是半份衣带诏。

孙雍只是一枚棋子，他背后一定另有其人。

但这个人会是谁呢？

是曹操吗？他希望把所有反对他的人一网打尽。

是某个在衣带诏上签了名但还没有暴露的人吗？为了掩盖事实，他需要毁掉这份诏书。

是某个灭曹之心不死的人吗？他可以控制衣带诏上签名的人，集中力量反对曹操。

这个人会不会就是谋杀胡金忠的人？胡金忠的死，难道竟然是因为这一件东西？

很多问题都只能去猜测。其实，对于我来说，这份衣带诏并没有多大的意义。如果能够用它换我安全走出大牢，那也是不错的一件事情。这份衣带诏曾经险些要了我的命，现在居然会成为我的护身符。

我对孙雍说："东西可以给你，但必须等我安全离开之后。"

"我得考虑考虑才能回答你。"孙雍说。

自从被关进大牢以来，本来我已心如死水。孙雍又让我内心燃起了对生的渴望。他的犹豫，让我竟然有些担心会被拒绝。

然而，命运并不掌握在我手中。此刻，除了等待，我别无选择。

6

牢里牢外，两个世界。走出牢门，发现太阳是如此耀眼，世界都不再真实了。牢房外墙的石缝间顽强地生长着几蓬春草，鹅黄的草弱弱地在风中摇晃，把我带回了久已忘却的人间世。

出了大牢不久，就有两个大汉一前一后远远地跟着我。应该是孙雍或孙雍的上司派来的吧。我穿过热闹的街市，只管往前走。路边一家卖狗肉的餐馆，铜锅里直冒蒸汽。白花花的狗肉在沸水里快速地翻滚，奶白色的肉汤开花般膨出一朵又散开，膨出一朵又散开，没个完。暗灰色的水沫一漾一漾地被推到铜锅边上。

我几乎是回家一样，自然的，怀着迫切的心情快步走进店里。大约是还不到吃午饭的时间，店里没有客人。店小二趴在柜台上打盹儿，嘴角牵出一根银色的丝线。我敲了敲柜台，店小二浑身哆嗦了一下，"掌柜的，我……"抬头见是一个陌生客人，便有些恼怒地吼道："敲什么敲，敲坏了你赔不起！"

我也是开过酒馆的人，见得多了，也理解他的辛苦，便不多说，切了两斤肥狗肉，并要了一壶酒。随后，拣了一个靠窗位置坐下来，等着香喷喷的狗肉端上来。我根本没有想过，自己身上其实没有一文钱。

伙计倒是麻利，很快把一大盘狗肉端到我面前。越过伙计，我看到那两个人也鬼鬼祟祟地跟进店来。低声跟店小二嘟囔了几句，店小二点了点头，退下去了。一会儿，店小二便给那两个人端上来两碗热腾腾的狗肉汤。两人皱眉吹着汤上漂浮的葱花，试探着喝了一小口，吐着舌头表示烫。

两人不时瞟我一眼，我装作没看见。

一会儿，又进来几个黑衣人，在屋子一角坐下来。

我美美地饱餐了一顿，趁着店小二给那群黑衣人准备酒菜的时候，脚底抹油溜了。我打着饱嗝出了狗肉馆子，那两个人匆匆跟出来，却被店小二高声叫住了，"客官，你还没结账呢！"我加快了脚步，另外那两人却只好回去，结了账。

我走了一阵，知道他们肯定会追来，便躲在一棵大树后。直到两人东张西望地走远了，这才笑笑，拍拍手从树后绕了出来，准备去城南与孙雍相见。我刚转出来，却发现那群黑衣人正站在几步开外盯着我看。我浑身一激灵，心里一阵毛骨悚然。

我转身回到树后，背靠着树干，不知道怎么办。几次偷偷地张望，发现他们仍然站在原地，没有离开的意思。我只好走出来，大大方方地向城南方向走去。

那一群黑衣人，互相看了看，点点头，散开来，只一个人远远地跟在我身后。

在一处残墙的拐弯处，我停了下来。

我折断道旁一棵手腕粗的树，三两下劈掉枝丫，一棒打在墙上，那墙腾起团团尘土，晃了几下，哗啦一声倒了，我说："离我远点。"

那人像一尊雕塑，立在一段残墙边。

前面的树上拴着一匹马，我几步上前，解开缰绳，飞身上马，催马向南而去。身后传来一阵咒骂声。

城南一里处有座道观，我和孙雍约好在这里见面。

我来到那座道观时，孙雍已经等在门口了。我跳下马来，孙雍把我引进大门，轻轻把门关上。道观里静悄悄的，地上积了厚厚的灰尘，走廊里垂下长长的蛛丝。

孙雍把我带到天井里，说："东西带来了吧？"

我从怀中取出那半份衣带诏，说："我这个人做事决不食言。"

孙雍说："好！"

就在这时，"砰"，我旁边一间屋子的门被撞翻在地，扇动两团黄色的云雾，一个黑影冲了出来，左手像鹰一样伸向我手中的衣带诏。我抬头一看，正是路上遇到的两个大汉中的一个。我迅速向旁边一闪身，将衣带诏放好。几乎就在同时，另一个人也从屋子里冲出来扑向了孙雍。

孙雍往后退了几步，把手指放在嘴里发出一声呼哨。嘹亮的哨声划破天空，在空荡荡的道观里盘旋。一群黑衣人鸽子般从房顶飞下来，一些则从大门冲进来，将两人团团围住。两人毫无惧色，双双抽出佩刀。

一片刀光剑影，血肉横飞。

我悄悄往大门方向移动。"站住！"大汉提刀来追我，一个黑衣人却拦住了他。他怒道："闪开，他要是跑了，咱们都得落空。"黑衣人却说："他跑不了的。"

我冲到门边，夺路而逃，这时，门外却冲上来两个人，高举着明晃晃的长剑拦住我的去路。他们一步一步向我逼近。我进也不是，退也不是。

莫非今日我将丧命于此？

7

除了兵器的剧烈碰撞，听不到一句人声，那种单调的叮当声，以及刀剑刺入身体的闷响，配上喷射一地的鲜血，让这座灰白的道观变得阴森恐怖。

形势开始向着不利于我的方向发展，那两个大汉和一群黑衣人渐渐停止了打斗，他们不约而同地把矛头指向我。几个人紧跟着走出道观，准备将我包抄。

这时，一匹快马急驰而来，大家还没有反应过来，已到眼前。一个脸上罩着黑巾的人，突然把手伸给我，小声说："快走！"

我几乎是本能地把手伸过去，借着他的拉力，跨上了马背。

马朝着南方飞驰。身后几个奔跑的人越来越小，越来越远，最后颓然地停止了追赶。

"你是谁？"我有些警惕地问。

那人不说话，只管继续赶马。

我说："你再不说话，我可跳下去了。"

"你跳呀。"风里传过来一个纤细的声音。我看了看两侧飞速向后退去的树林，说："那你得先把马停下来才成。"

那人"扑哧"笑了，"不敢跳了？"

"我要跳下去了，那你刚才的努力不是白费了吗？对了，你为什么救我？"

那人把脸上的黑巾摘下来，头顶一盘乌黑的头发，突然蓬松松地垂到肩上。那人一回头，竟然是杨晚秋。

"怎么会是你？"我惊喜地一巴掌拍在她背上。

"轻一点！"

我忙给她揉了揉，说："都是激动的。你怎么知道我在道观里？"

"每天都到牢里打听你的消息，我当然知道了。"杨晚秋回头冲我一笑。我的心里荡满了春风，像路边的柳枝一样柔软妩媚起来。

"那些都是杀人不眨眼的魔鬼，你一个人来救我，不害怕吗？"

"不就是死吗？"杨晚秋故作轻松地说。

我突然有些哽咽，谁说女人是水做的？女人有时候比男人更男人。我什么也没有说，但心里却翻江倒海。

沉默。

路边，细刷刷的柳枝上飞出片片翅状的嫩黄色幼芽。两只小鸟歪着头在路边的柳树枝上啼叫春天。马蹄飞奔，只一闪便过去了。

"现在我们去哪里？"我见马的速度开始慢下来，喘息越来越急促和粗重，便问道。

"还能去哪里？回荆州。"杨晚秋头也不回。

"那路途远着呢，不着急，慢慢走。"马匹钻进了一片盛开的油菜花地，金黄色的花漫天遍野地燃烧，蜜蜂从一朵花飞到另一朵花，蝴蝶悠闲地扇动着翅膀，以自己的节奏和油菜花打着交道。我希望这一生，都在这条路上度过，那才不负春光。

"咱们到前面找个地方，先换身装束，再弄一匹马。"

前面一片莽莽苍苍的绿，大地在面前徐徐展开。一条黄泥小道，夏日河流般向着天边蜿蜒流去，直到地老天荒。

下部

第七章　主公最想做的事

1

　　岁月悠悠，四年过去了。刘备按照诸葛亮设定的目标，在立足荆州的基础上，占领了益州。

　　早在建安十六年（211），曹操便讨伐汉中的张鲁。汉中是益州北面的门户，一旦被曹操占据，则益州将唇亡齿寒。张鲁那时已经与刘璋反目，刘璋想做个顺手人情，把汉中送给刘备，自己并不吃亏，还能让刘备替他把守北门，以解曹操之忧。于是，刘璋听从张松的建议，让法正前去迎刘备入蜀。当然，益州方面也有不少人反对，从事王累更是把自己倒挂在城门上以死明志，最后仍是没有说服刘璋，倒是无端葬送了自己一条性命。

　　于刘备而言，这等于是想睡觉的时候，有人递枕头，于是亲率三万人马进入益州，得到刘璋热情款待。刘璋亲自到涪城迎接刘备。张松让法正向刘备献计，利用这次会面，袭杀刘璋。但刘备以为自己刚入蜀，没有树立威信，时机还不成熟。

　　第二年，庞统劝刘备早日行动，并献上、中、下三策。上策是以精兵突袭益州州治所在的成都，刘璋本来缺少大将，又没有防备，成都一举可得。中策是计赚刘璋手下名将杨怀、高沛，夺了他们的军队，杀奔成都。下策就是撤军回白帝城，与荆州刘备军队相连，再慢慢想办法夺取益州。如果犹豫不决，将会陷入困境，无法在益州坚持长久。

镇守白水关的杨怀、高沛已经发现刘备居心叵测，几次劝说刘璋让刘备回荆州。恰在此时，曹操亲率大军南征孙权，孙权向刘备求助。刘备于是向刘璋借兵一万，宣称要回荆州支援孙权。刘璋认为刘备入川一年多一直按兵不动，现在又是借兵，又是要粮，很不情愿地借了四千兵给刘备，军需只给了一半，刘备借机向刘璋发难。

张松不知刘备回荆州只是一计，便写信给刘备和法正进行劝阻。不想，此事被张松的哥哥、广汉太守张肃发现，因怕牵连自己，便向刘璋告发。张松被处死。当然，杨怀、高沛也中计被刘备擒杀。

刘备接管了白水军，挥师向成都进伐。

刘备军队先后攻下涪县、绵竹，兵锋极盛。刘璋任李严为护军，率兵抵抗刘备进攻，但李严却主动率众投降了刘备。李严曾是荆州刘表部下，建安十三年（208），曹操攻占荆州，刘备逃走襄阳，当时李严在秭归，他没有投降曹操，而是向西投靠了益州的刘璋。但李严在蜀地得不到重用，法正、张松等蜀中士人都主动投降了刘备，这对李严的选择起到了推动作用。

刘备率军继续向成都进发。在雒城遭遇了刘璋的儿子刘循的顽强抵抗。也就是在这里，庞统被流矢射中，重伤而死，这一年，他才三十五岁。庞统死后，刘备军队也陷入了困境，围攻雒城近一年，仍没有丝毫进展，军队却死伤过半。

在反复思考之后，刘备只好紧急调诸葛亮入蜀。建安十九年（214），诸葛亮与张飞、赵云兵分三路进攻成都。

法正给刘璋写了一封信，分析了当前形势，希望他出城投降，以保全家族。

真正击破刘璋心理防线的，还是不久之后马超归顺刘备一事。原来，马超与韩遂因受曹操挑拨而反目，被迫投奔汉中的张鲁，张鲁却并不相信他。得知马超郁郁不得志的消息，刘备便派人拉拢他。

为给刘璋造成心理压力，刘备采取软硬兼施的手段。一方面暗暗派出许多人马与马超合势，让其大张旗鼓地在城北驻扎下来。一方面又派人到成都对刘璋动之以情、晓之以理。刘璋在益州虽然没有什么建树，但为人慈善，最终做了一个对益州百姓有益的选择：开城投降。

三国时代，是一个英雄辈出的时代，更是一个百姓惨遭不幸的时代。频繁的战乱，造成了"千里无鸡鸣，白骨露于野"的人间惨象。多少人啼饥号寒，多少人无家可归，多少人战死沙场……

　　大浪淘沙，谁也无法阻止历史洪流滚滚前进的步伐。正确面对现实、承认失败也是一种成功。刘璋对主张继续抵抗的人说："我父子主政益州二十余年，没有给予百姓什么恩德，百姓却饱受战争的痛苦，尸体纷纷暴露在田野荒草中，这都是因为我刘璋的缘故，我怎么能心安呢？"

　　那一年秋天，刘备攻克成都，自领益州牧，以左将军名义开府治事。诸葛亮升任军师将军，署理左将军府事。法正任蜀郡太守、扬威将军。李严任犍为太守、兴业将军。关羽督荆州事，仍为荡寇将军。张飞任巴西太守，仍为征虏将军。赵云升任翊军将军。马超为平西将军。黄忠为讨虏将军。其余文武百官，各有封赏。

　　曹操也在同一年控制了陇右地区，并准备乘胜攻占汉中。刘备和曹操将再一次兵戎相见，而此时，成都却一片歌舞升平，将士们沉浸在胜利的喜悦中。

2

　　一群人正在高谈阔论。

　　一个穿着鲜艳蜀锦的年轻人突然站起来，在屋子里踱着步，捋着还没有长出来的胡须，说："我觉得月英的诗歌写得生动有趣，建立在对生活的细致观察和深入思考的基础上。她的诗歌，用一种特别的观察角度，在我们司空见惯的事物当中，发现不一样的诗意，有一种清水芙蓉的自然美，这才是真正的诗歌，纯粹的诗歌。"

　　"说得好，"席间另一个年轻人也站了起来，抢过话头说，"她的诗以小见大，诗里饱含着她对人生的理解。读她的诗，就像是在经历她的人生。所以，她的诗有一种四两拨千斤的力量。不信，你听听……"说完，开始仰头高声朗诵黄月英一首歌咏梅花的诗。

　　黄月英女王一样，接受着大家的赞誉。这样的话，她在诸葛亮嘴里从来听不到。穿蜀锦的年轻人拿手肘碰了碰读诗的年轻人，"你听我说，你听我说，如果拿人来作比，她的诗，活泼、可亲、可爱，就像她自己；而孔明压根不算诗人，他的诗干巴巴的，你看他平时那副板起的面孔就知道了。"

诸葛亮冷冷地出现在门口。听到室内喧嚷，甚至疑心自己走错了门。屋子里，热烈的气氛一下子降了温，刚刚眉飞色舞的诗人们，突然寒蝉一样噤了声。穿蜀锦的年轻人找借口迅速离开，宽大的长袍不小心勾在几案的角上，"刺啦"一声，长袍给撕破了。年轻人很心疼地弯下腰，把长袍下缘握在手中，提着出了门。

黄月英见其他人也都纷纷站起来，便故作皱眉的样子，安慰他们说："没事儿，我们继续谈，孔明不会介意的。"人们偷偷看了一眼诸葛亮，见他一脸冰霜，便都散了。

"《蜀科》制定好了？今天这么早回来。"黄月英用一种缓慢的语速问道。《蜀科》是诸葛亮牵头，与法正、刘巴、伊籍、李严正在制定的一部治国法律。

诸葛亮转身看了看陆续离开的人，机械地摇摇头。"什么时候，也让我看看你的诗歌。"他本来是想笑一下，开个玩笑，但脸上的肌肉僵住了，黄月英误认为这是在揶揄她，"哼"了一声，鼻孔朝天地走了。

诸葛亮怔了怔，对我说："函之，给我准备些笔墨。"

"其实，嫂子一个人在家挺寂寞的。不如你们早点要一个孩子吧？"我一边研墨，一边说。

诸葛亮有些奇怪地看了我一眼，"你说什么？"

"你成天忙得顾不上家，不知道一个女人待在家里有多无聊。"诸葛亮很少在家待，回家除了吃饭睡觉，就是看书，很少与黄月英有什么交流。用他自己的话来说，就是累得连生气的力气都没有，更别说其他。

"孔明，孔明！"这时，赵云气喘吁吁地闯了进来，"法正太不像话了。不过说了他一句不好听的话，他竟然把人家给杀了。"

"唉，法正这人虽然机智过人，可是睚眦必报，据说他有一本秘册，专门记载别人的是非，但凡对他有一点不好，他会千方百计给予报复。"

原来，攻下成都后，有人劝刘备迎娶当地大族豪强、大将吴懿之妹为

120

妻。吴懿之妹是刘璋死去的哥哥刘瑁之妻，刘备心下喜欢这门亲事，但自己与刘瑁同宗同族，怕这样做违反礼法招来闲话。法正极力打消了他的顾虑，说要论关系亲疏，晋文公娶了亲侄子晋怀公子圉的妻子怀嬴，而刘备与刘瑁之间并没有亲戚关系，娶他的遗孀有什么不可以呢？刘备于是欢欢喜喜地娶了吴氏。

为了笼络当地豪族而与之联姻，这本来也没什么，但有大臣却认为这是掩人耳目，其实是法正看出了刘备的心思，投其所好。最初的时候，也没人往这方面想。后来，刘备无意中流露出想念老家的心思，法正便命人在城郊仿照刘备老家的样子，重新造了一个村子，还把刘备的乡邻都迁来了。此后，一些自视清高的人对法正便有了看法，对他曾经的行为也开始重新评价。甚至有人说刘备娶吴氏，是受了法正的怂恿。这话传到法正耳朵里，法正大怒，派人把那位大臣活活砍死了。

说到这里，赵云一拍几案说："法正身为蜀郡太守，却如此嚣张跋扈，太不像话了，将军应该启禀主公，防止他继续作威作福。"

诸葛亮不动声色地把笔在砚堂上捺了一下，"赤壁之战，主公成为最大的赢家。如今又得了益州，三分天下有其一，主公已不是当年的主公了。"

"自信会毁掉一个人的判断。"赵云喃喃自语着，"谁都免不了这一点。"不知道他是在说刘备，还是在说法正。或者兼而有之。

诸葛亮又写了一幅字，淡淡地应道："以前主公在公安的时候，对外既担心北边的曹操强势，又忌惮东边的孙权威逼，对内则害怕孙夫人在肘腋之下发生叛变。那个时候，进退两难，处境窘迫。幸而有法孝直作为羽翼，让主公得以翱翔，怎么能禁止他按自己的意愿做点称心的事情呢？"

赵云叹息了一声，"孔明说得有理。法正是刘璋的旧部，刘璋很多部下像李严、刘巴、黄权、吴懿、孟达现在都投靠了主公，这是一个很大的群体，就算是主公，恐怕也要忌惮三分。"

"是啊，现在主公正是器重他的时候，我们说什么都无济于事，反而让主公觉得我们妒忌他。再说，法正这人心眼小，万一把事情闹大，容易影响大家的关系。我们还是要以大局为重。"

"所谓的大局就是继续纵容他？"赵云苦笑了一下。

"子龙，瞧我的字有长进吗？我一有空就练字，写字和做人一样，不要走什么捷径，老老实实地写，总会有进步的。"

"你行，还能静下心来写字。"

诸葛亮命我重新铺了一张新纸，说："法正的事情，要慢慢解决，急不得。子龙，我送你一幅字吧。"

说完，提笔写下四个字：水到渠成。

3

平静海面深处，往往暗流涌动。刘备政权内部，各种各样的矛盾交织，对外，与孙权之间的矛盾也正悄然激化。当曹操将主攻方向暂时转向关陇地区，来自北方的压力一旦减轻，孙刘之间的矛盾便升为主要矛盾。

其实，在建安十六年（211），孙刘矛盾就已初现端倪。就在刘备欢欢喜喜准备迎娶吴夫人的时候，远在荆州的孙夫人不乐意了。她常年独守空房，对刘备毫无感情，但刘备要迎娶他人，内心还是有些说不出的凄凉。孙权本来也是想让妹妹监视刘备，却反被诸葛亮安排赵云监视，觉得她留在荆州也失去了意义，便趁机派兵将孙夫人迎回东吴。如果不是诸葛亮和赵云反应及时，连刘禅也被夺去作人质了。

孙权当初联合刘备进攻成都，刘备极力反对，原来是为了独霸成都。孙权既妒忌，又恼怒。大抵也是想分一杯羹，于是，派诸葛瑾入蜀讨还荆州的长沙、零陵、桂阳诸郡。刘备当然不乐意，便推脱说："我现在正打算攻取凉州，等把凉州拿下来，必当把荆州给你们。"

孙权认为这是借口，刘备根本没有"还"荆州的诚意。于是，也不管刘备同意与否，直接派人到长沙、零陵、桂阳三郡赴任。自然这些人都被关羽以武力驱逐了。孙权大怒，遣吕蒙督军二万要强夺三郡，又命鲁肃率万人屯巴丘（今湖南岳阳）防备关羽。自己进军陆口（今湖北嘉鱼西南），为诸军节度。

长沙、桂阳望风归附孙权，刘备得知消息，担心荆州有失，遂亲率五万人到公安，让关羽率三万人到益阳，欲与吕蒙争荆州三郡。

双方剑拔弩张。

事情的发展，往往不以人的意志为转移。这时，发生了一件让情况逆转的事情：曹操出兵汉中。曹操大约是想利用孙刘摩擦之际一举拿下汉中。

刘备担心两线作战，益州会有危险，紧急派使者同孙权求和。双方约定以湘水为界，湘水以东的长沙、江夏、桂阳归孙权，湘水以西的南郡、零陵、武陵属刘备。

待刘备调解好与孙权的纠纷，再回师益州时，汉中已经被曹操夺去。刘备倒有点赔了夫人又折兵的意思了。

汉中扼着成都咽喉，当年汉高祖刘邦就以汉中为据点，进而成就帝业。如果刘备要以成都为据点北伐曹操，汉中是重要前哨。而如果曹操想窥视成都，汉中便是跳板。

既是如此重要一个地方，双方都希望占领这一地盘，一场争夺便拉开了序幕。对于刘备来说，这甚至是生死存亡之战。当时，有谋臣曾建议曹操一鼓作气灭掉蜀国，曹操大约正在铺平封王的道路，不愿意多冒险，给国内的人留下口实，在经过一阵苦战之后，他调来大将夏侯渊，与张郃、徐晃驻守汉中，自己退回中原去了。

4

事实上，曹操适可而止的决定，是有深谋远虑的。

建安二十二年（217），法正建议刘备攻打汉中，就道出了曹操当年的苦衷：曹操率军北归，并非智谋不够、力量不足，想必是有内忧。

分析完曹操的撤兵原因之后，法正接着分析：夏侯渊、张郃的才略不如我们的将帅，如果重兵进击，必定能够取胜。

法正勾勒了一幅占领汉中的美景图：占据汉中后，可以发展农业，广集粮草，蓄势待发，等待时机。最好的结果是可以消灭敌寇，尊崇王室。这就和诸葛亮所说的分两路北伐、兴复汉室的思路一致了。差一点的结果是能够以汉中为跳板蚕食雍凉二州，扩大领地。最不济的结果仍可以固守要寨，同敌人长期相持。

刘备于是整顿兵马，兵分两路攻打汉中。一路由张飞、马超、吴兰率领，进兵武都，屯于武都郡治下辨。主要是进入陇右地区，牵制曹军，配合主力作战。另一路则由刘备亲率，直取汉中。

这是一场持久战，双方在阳平关对峙。在这场战争中，法正与刘备结下了很深的友谊。在所有文臣武将中，法正作为一名降将，却是唯一由刘备追赠谥号的人。其他人包括关羽、张飞，死后也都没有享受到这份荣誉。

有一次，刘备与曹兵激战，眼看形势不妙。好汉不吃眼前亏，按理应当避其锋芒，刘备却杀红了眼，快六十岁的人了，冒着急雨一样的乱箭继续冲锋，手下将士没有人敢劝他。大家都不知道如何是好。这时，法正冲到刘备前面，要为他挡箭。刘备一看，急忙让法正躲开。法正说："主公你都甘冒箭雨不怕死，我们这些做臣子的还怕什么呢？"刘备恍然明白过来，当即命令退兵。

双方经过了多次战争，谁也无法消灭对方。在僵持一年之后，曹操准备亲临前线。毕竟，汉中扼着成都咽喉，保住汉中就保住了进攻成都的有利阵地。

得到曹操将赶往汉中坐镇指挥的消息，正在筹集粮草的诸葛亮立即赶回了府中，召集蜀郡从事杨洪，成都县令马谡等人商量对策。不久，便派人把我叫了去。

"子庸，"诸葛亮一开口，我大吃一惊。因为，在他面前，我一直扮演着一个叫李函之的下人角色。"你不用惊奇。你从邺城回来，我就知道了你的身份。"诸葛亮嘴里哈着热气。

"你是怎么知道的？"

诸葛亮擦了擦额上因为搬运粮草而沁出的细密汗珠，转移话题说："你想刺杀曹操，却被曹操关进了大牢。你可知道，那群跟踪你的黑衣人是谁？"

"他们与孙雍一道是曹操派来的吧？"我跺了跺脚，回忆道。

"不错，虽然事过多年，但曹操还是想得到那件衣带诏，以便把名单上的人一网打尽。甚至还派人假扮东吴的使者。"诸葛亮摇着鹅毛扇说。

"果然如此。那另外两个壮汉呢？他们是谁？"我缩着脖子，不让冷风灌进衣服里面去。

"他们是吉本派去的。我已经打探到当初杀死胡金忠的人也是吉本派去的。他一直在寻找这件衣带诏，准确地说，是寻找这半件衣带诏。"诸葛亮顿了顿，说，"现在，我想让你去许昌找他。"

"找吉本吗？你不是开玩笑吧？"我伸手拢正被风吹乱的头发，说道。

"我什么时候和你开过玩笑？"诸葛亮温和地看着我。

"那我不是自投罗网吗？"我大吃一惊。

"表面上看是这样，但换一种思路，结果就完全不一样。"诸葛亮用鹅毛扇遮住嘴，俯在我耳边低声说。我不住地点头，"好！我去！"

5

许昌名义上是汉朝的首都，汉帝也仍在许昌，但实际上只剩一部分留守大臣，曹操已经把幕府搬到了邺城。在诸葛亮的眼睛里，这是否意味着，机会更多了呢？

此去许昌，事关机密，我谁也不能告诉。其实除了杨晚秋，我也没有人可以告诉。但我不想让她担心，远行那一天，才去她的住处和她告别。

去时，我又戴上了李函之的面具，我想，等完成此次任务回来，再给她详细解释我的身份问题。

"你一个人去吗？"正在弹琴的杨晚秋停了下来。

"是的。"

"你一个人去许昌做什么？"杨晚秋狐疑地看着我。

我没法告诉她我此行的目的，我只能说："我要去办一件事，一件很重要的事情。"

"与你父亲的死有关吧？"杨晚秋的手指轻轻地在琴弦上抚过。我嗯嗯啊啊地含糊其词。

"你不能去！"杨晚秋从琴凳上站起来，大声说。也许，上次发生在邺城的事情让她心有余悸。当时，如果没有她的帮助，我已经死在那帮黑衣人手上了。

我沉默着。

杨晚秋大概觉出自己情绪的激动来，缓和了一下语气，说："我知道你去做什么，我也知道是谁让你去的。但你不能去，这样太危险了。"

她不看我，只看那琴。眼里却满是关切和焦愁。

"没事，我这人命大，死不了。要死的话，都死过好几回了。"我大大咧咧地说，心里其实没有底。自从派人争夺衣带诏之后，吉本一直在追杀我，现在我却要主动去找他，很难说结局会是怎样的。

杨晚秋眼睛有些湿润了，低声说："我怕、怕你这一去，我就……再也见不着你了……"说着，转过身去，不让我看到她难受的样子。她的身子微微颤抖着，在低声啜泣。

"不会，我会安然回来的。"

那一刻，我的心软了一下。也不知道哪里来的勇气，上前轻轻地搂着她的肩膀，她轻轻地让了一下，没有让开，也就不再拒绝。

我紧紧地抱着她。想起第一次与她相见的情景；想起在襄阳城中，我们同骑一匹马的情景；想起在邺城，她于众多杀手中救出我的情景……心里温馨而甜蜜。

我突然觉得，与失去杨晚秋比起来，一切都不重要。

然而，眼前的美景泡沫一样破灭了。杨晚秋猛地推开了我。

我这才注意到，门外多了一个人。

诸葛亮裹紧衣服，站在远处欣赏似的看着我们。

诸葛亮对我说："我去找你，你没在，我想你一定在这里，便来给你道个别，多保重！"说完，便转身离开了，只留下越来越淡的空洞的脚步声。

我几乎是毅然决然地冲出了门，抓住马鞍，飞身上马，一抖缰绳，那匹马一声长嘶，向许昌方向跑去。

"函之！"寒风中传来杨晚秋弱弱的、仿佛受了委屈和伤害的声音。

我没有回头。耳边响着风的呼啸，心也被吹得乱了，突然有一种英勇赴死的悲凉，从脚底慢慢升起来，凉彻了周身。

6

在一间幽暗的密室里，吉本正与耿纪、韦晃密谋反叛曹操的计划。

我是之后才知道的。

当时，我在吉本的家宅前求见他遭到拒绝。于是，我把那半件衣带诏让宅里的下人转交给吉本，吉本这才接待了我。

"你把人皮面具摘了。"

我吃惊地问："你怎么知道？"

"许都城外那家易容店是我开的。"吉本有些得意地说。

原来，我的行踪一直在吉本掌握中，在他面前，我易容与否，都是吴子庸。

"你到许昌来做什么？"吉本上下打量我，"你不怕我把你抓起来？"

我说："我是来帮助你的，你怎么会把我抓起来呢？"

吉本哈哈大笑，轻蔑地说："你帮助我？我需要你帮助吗？你以为你的这半件衣带诏还有什么意义吗？"

衣带诏上签名的人大多数已经被曹操处死，即便侥幸逃脱的，也已经隐姓埋名。当初，吉本希望得到这一份衣带诏，是不想让曹操得到，他担心曹操知道他在上面签名之后，会危及自己的性命。后来，他想得到这件诏书，大约是想联络上面的人。然而，他发现在这份名单上签名的人，他早就知道。

"它对我来说，不再有意义了。"说完，把那半件衣带诏递还给我，示意我可以离开了。

"我今天不是给你送衣带诏来的。"我故作深沉地说。

"那是送什么来的？送你的人头？"吉本半开玩笑似的说。旁边两名黑衣武士悄悄把手搭在剑柄上，似乎在等候命令。

我笑着说："这么多年，你不是一直想除掉曹操吗？可是你为什么一直没敢行动？是没有足够的兵力作为外援，对吧？"

吉本微微一笑，算是默认了。

"你想诛杀曹操恢复大汉，我家主公刘玄德在诸葛亮的辅佐下，也想北定中原、兴复汉室，大家的目标是一致的。如果你与我家主公联手，是不是更有胜算？"我慢条斯理地说道。

吉本点点头，"是诸葛亮派你来的？"

"先生果然英明。孔明先生让我给你带了一封信。"说着，我把诸葛亮事先写给吉本的一封信交给他。

吉本很快将书信看完，放到油灯上点燃烧掉了。他看了看我，然后拉着我的手，绕了几道弯，推开了一道暗门。门内射出昏黄的灯光，刚刚还热闹的讨论突然变得鸦雀无声。大家面面相觑，最后把目光集中在吉本身上。

吉本警惕地回头看了看来路，轻轻将门关上，说："没事，大家继续谈，这是从成都来的吴子庸。是当年参与暗杀曹操的议郎吴硕的儿子。他给大家带来了一个好消息……"

吉本回过头对我说："子庸，坐吧。你也不是外人了。不瞒你说，当初，曹操为了让袁绍等人臣服，'挟天子以令诸侯'，如今，袁氏兄弟已灭，曹操权倾天下，便不再把天子放在眼里，专横跋扈、篡汉之心已经昭然若揭，朝中好多大臣都对他不满。"

"是啊，不然曹操也不会迁到邺城去。"此人话音刚落，吉本便指着他，对我说："这是少府耿纪。"我欠身打招呼，"久闻大名。"

"现在的问题是，我们什么时候动手？我觉得事不宜迟，越快越好。我等世代为汉臣，决不能再眼睁睁地看着曹操为所欲为了。"座中另一个说道。

"这是司直韦晃。"吉本介绍说。韦晃冲我笑了一下，算是打招呼。

吉本说："我倒觉得事情不能太仓促。我告诉你们，上次刺杀曹操失败以后，我已经等了十八年了，十八年里，我无时无刻不想除掉曹操，但是，没有足够的把握，我们不能轻举妄动。"

"那你觉得什么时候动手为宜？"韦晃问道。

"我觉得，也不一定要拘泥于哪天哪日，只要我们准备充分了，随时可以动手。现在，天助我等，有了刘玄德作外援，我们里应外合，先杀掉丞相长史王必，夺了他的兵权，再攻打邺城。除掉曹操的时候不远了！"

"说到王必，我觉得有一个人可以为我所用。"韦晃说。

"谁？"吉本问。

"金祎。他是我的心腹之交，同时又和王必关系比较好。王必这人头脑简单，很信任朋友，借金祎的手除掉王必简直易如反掌。"

"此人可靠吗？"耿纪问。

"他为人耿直慷慨，是汉武帝托孤大臣金日磾的后代，忠于汉室，对曹操多有不满，只要我给他一说，他一定会同意的。"韦晃拍着胸脯说。

"那你负责联络他，不过，一定要注意保密。"吉本提醒韦晃。韦晃点了点头。大家又紧张，又兴奋，情绪高涨起来。开始研究一些攻打王必军营的细节问题。最后又谈到，等杀了曹操，谁来做丞相，谁来做将军。

经过几次密商和准备，吉本等人决定在建安二十三年（218）正月初九动手。十八年前的正月初九，董承、吉本暗杀曹操失败，董承等人于这一天被处死。选择这个日子，也算是对他们意志的一种继承，是对他们的一种纪念。

7

正月初九那天晚上，吉本、耿纪等人带着千余人马，趁着夜色，悄悄直奔王必大营。

来到内城城门，大门紧闭。骑马走在前面的吉本停下来，士兵们也都纷纷停住。吉本伸出手来，旁边的人立即上前，递上一支点燃的火把。吉本举起火把看了看，然后递给我说："子庸，去把城门给烧了。"我接过他手中熊熊燃烧的火把。在光焰照耀下，他皱纹密布的脸上，浮现出一丝狡黠的笑。

守城的士兵见到火把，伏身城垛，伸出脑袋，大声问："谁？干什么的？"话音才落，就被人一箭射中眼珠，那人一声惨叫，上半身倒悬在城垛上。早已经有人把准备好的柴草和鱼油堆在了城门口，我快步走近城门，将火把往柴草一扔。

"嘭！"火光腾起，迅速烧成一片，浓烟滚滚直冲云霄。城内乱糟糟的，响起杂沓的脚步声和慌乱的呼叫声。吉本挥了挥手，几个壮汉开始用木头撞城门。"咚咚咚……"节奏整齐的声音在夜空里显得格外刺耳。

城门被撞开了，吉本带着人踏着残余的火焰，冲进城中，与守军展开了激烈的肉搏。吉本的儿子吉邈等人趁乱带领杂人及家童千余人直奔王必府。在金祎设在王必身边的内应帮助下，顺利进入府中。

王必听到响声，慌忙从床榻上爬起来。几个人已经冲到面前，一箭射中毫无防备的王必。王必一手捂住受伤的肩膀，一手掖着还没有系好的衣带，转身从后门逃走了。

"快抓住他，别让他跑了！"吉邈大声喊道。这时，王必的家丁已经纷纷起床，抄起兵器奋力抵抗。王必也顾不上家人了，只身逃往金祎家。

听到急促的敲门声金祎家里人以为是吉邈等人已经得手，边走向家门，边高兴地说："王长史已经死了吗？我们的事情大功告成了！"王必一听大惊，赶紧夺路而逃。

到了第二天，王必披挂整齐，与典农中郎将严匡带兵出现在城中。经过一夜混乱，疲惫不堪的吉本等人，都纷纷散去。

吉本、耿纪、金祎，以及吉本的两个儿子，均被擒杀。不到一天，这场准备了几个月的叛乱便平息了。不过，王必也在十几天后，因箭伤发作死去。

我则逃回了成都。

成都依旧，唯一不同的是，杨晚秋失踪了。

8

黄月英半趴在书桌前，桌上是一卷翻开的兵书，应该是诸葛亮昨晚翻阅过的吧。书房里堆得满满的，书桌也被一堆堆高高的竹简占据，快要把人都淹没了。黄月英的头一会儿偏向左，一会儿偏向右，一会儿又把身子弯下、把头倒过来，从竹片的底部往上看。样子很奇怪，不像是看书的样子。

黄月英神情专注，我走到书房门前，她也没有发现我。我好奇地往那竹简上看，什么也没有。这时，黄月英又坐正了身子，双肘支在桌上，手捧着腮，目光仍在竹简上。我再仔细一看，发现竹简上有一个东西在动。原来，一只蚂蚁摇着触须爬爬停停。当蚂蚁爬下竹简的时候，黄月英又拿起竹简，诱它爬到竹简上。

看到黄月英安静而满足的神情，我内心突然有一种悲凉的感觉。

黄月英是黄承彦的独生女儿，黄承彦一直把她含在嘴里一样的呵护着。我第一次跟随诸葛亮去黄家时，看到她还由父亲背着在院子里戏耍。她指东，父亲便走向东；她指西，父亲便折向西；她说快，父亲就快步跑，把她颠起来；她说慢，父亲就慢下来，喘着粗气。大约是感觉父亲累得不行了，她便把腿伸直站在地上，双手仍搭在父亲的胸前，跟着父亲的节奏往前走。看到诸葛亮远远走来，黄月英轻轻一纵，双腿盘在父亲的腰间，娇羞地把头埋在父亲的背上，把父亲的头掰向屋门，示意父亲进屋。父亲装作不懂的样子，偏着头继续走。黄月英生气地拿拳头捶父亲的背。我们已经走到院子边上，给黄承彦打招呼。黄承彦冲我们点点头，又回头低声问黄月英："还走么？"她不吭声。父亲说："客人来了，你不能让我背着你接待他们吧？"黄月英这才直起身子轻轻一挣，伸腿在地上站稳，嘻嘻一笑，闪进屋子了。

黄月英是一个喜欢热闹的人，可是，自从嫁给诸葛亮，她便只能做一个安静的人。在隆中时，她还可以栽花种草，在天地间自由穿行。可是，在成都，便只能成天待在府中了。而诸葛亮忙于政事，根本没有时间陪她。

"唉！"我的一声长叹惊醒了黄月英。她抬头见是我，便起身说："子庸，你没有死？孔明一直以为你不在了，每次说起你都直掉眼泪。他要是知道你好好的，不知道该多开心。你坐一会儿，他应该快回来了。"

既然诸葛亮已经知道了我的真实身份，在他面前我也不再假扮成李函之了。不过，黄月英此前并不知道。

"没事，我等他。你在看什么呀？"我故作不知情地问道。

黄月英脸红了一下，说："这只蚂蚁好可怜，爬了半天，还在这竹简上转圈，它可能找不到家了。"她的声音里，眼神里满是同情。在一个充满杀戮的时代，有这样单纯慈悲的眼神，真是一个异数。

"你不用担心，它能够找到家。它之所以不回家，是想陪陪你，逗你开心。"听我这么说，黄月英"咯咯咯"地笑起来，"你太好玩儿了。"

黄月英伸出食指，放在蚂蚁前方。蚂蚁犹豫了一下，试探着爬上了她的指头。然后，她蹲下身子，想把蚂蚁放到地上。那只蚂蚁却偏不往下爬，而是继续往她手臂方向爬去。她轻轻地抖着手臂，那只蚂蚁慌张地四处乱蹿，终于跌落在地。

蚂蚁在地上一动不动，黄月英担心地说："它不会死了吧？"她的嘴巴张得大大的，半天没有关闭，似乎随时要接着说话。

"不会的。"我也蹲下来，拿指尖轻轻触了一下蚂蚁的屁股，那只装死的蚂蚁便飞快地向前爬去。

诸葛亮回来的时候，脸色不是太好。

他告诉我，吉本焚烧王必营后，许昌的汉臣都被曹操召到了邺城。曹操让当晚救火的大臣站在左边，没有参加救火的站在右边。大臣们以为救火的必定无罪，参加救火的，站到了左边，一些没有救火的，犹豫了一下也站到了左边。只有少数人站到右边。结果曹操说："不救火的人并非助乱，救火的人实际上是叛贼。"把站到左边的汉臣全杀了。

"救不救火其实不重要，他本意就是要除尽汉臣。"我猜测说。

"曹操的心思谁又能猜得透呢？"诸葛亮喃喃地说，"不过，暴政一定会招致暴力反抗。"

9

吉本起事虽以失败告终，但它在曹操政权内部引发了一系列震荡。

建安二十三年（218）九月，曹操抵达长安，亲征汉中的计划开始实施。然而，一个月后，宛城又发生了叛乱。

由于连年征战，赋税、徭役已经让老百姓不堪重负。南阳地区的官吏和百姓终于揭竿而起。宛城守将侯音召集将士说："刘表虽然没什么建树，但是他治下的荆州也还富庶安定，此后，曹操挥师南下，染指荆州，带来了战争和瘟疫。荆州遂分裂为三截，一截由曹操占据，一截为孙权所有，一截归刘备统治。如今，民不聊生，荆州再也不是当年的流民避难所，而成为新的流民出产地。百姓生活如此艰难，曹操还极尽搜刮之能事。他不让大家活命，大家也不给他卖命。我听说，刘玄德已经夺取益州，正在汉中与曹操对阵。我们不如联合镇守荆州的关羽，里应外合反叛曹操，恢复汉家天下。"

侯音联合因无力以耕种为生被迫为贼的山民共同起事，乱箭射死南阳郡功曹应余，活捉太守东里衮，可谓先声夺人。但这一场轰轰烈烈的暴动，只维持了两个多月。建安二十四年（219）正月，曹仁率军从樊城赶来，一举攻破宛城，侯音被斩，叛乱平息。

几乎在同一时间，刘备听从法正建议，率军从阳平关南渡沔水，在定军山安营扎寨。刘备趁曹军不备夜袭曹营，烧掉曹营外围鹿角（用树木植于地上的防御设施）。曹军主帅夏侯渊大怒，带兵来夺取刘备营寨，正中刘备以逸待劳之计，被黄忠斩杀。

曹操在长安听说这一消息，既伤心又震惊，加快西进步伐。三月，曹操率兵自斜谷进入汉中，企图扭转战局。

刘备得知曹操亲自坐镇汉中，非常担心，立即命人快马加鞭赶回成都，急告诸葛亮发兵支援。

尽管援军已经赶来。刘备仍踞险自守，根本不与曹操正面交锋。一个月过去，曹操在汉中求战不得，欲守无险。刘备有诸葛亮从成都源源不断输送来的粮食。而曹军远来，粮草不继，渐渐军心不稳，一些士兵开始逃跑，后来成为蜀汉名将的王平，就在这时投靠了刘备。

在曹操眼里，汉中逐渐变成一根鸡肋，食之无肉，弃之有味。甚至把口令也改为了"鸡肋"。五月，曹操率军撤回长安。

刘备终于吞掉了汉中，于是乘胜追击派孟达从秭归北攻襄阳西面的房陵。孟达杀了曹操任命的房陵太守蒯祺，继续西进准备攻打上庸。蒯祺是诸葛亮的姐夫，尽管他们各为其主，但亲情毕竟是亲情。不知道诸葛亮如何看待孟达，我也没敢问他。

也许是出于诸葛亮的建议，也许是刘备自己对孟达不太放心，于是派养子刘封从汉中顺沔水而下，先取西城，节制孟达军队，然后同孟达分东西两个方向，联手攻打上庸。刘备还令刚镇压盗贼马秦、高胜的犍为太守、兴业将军李严参加了攻打上庸的战役。在强大的军事压力面前，上庸太守申耽率众投降，把妻子和宗族的人都送到成都做人质。刘备封他为征北将军，继续当上庸太守，并且封他的弟弟申仪做了西城太守。刘封和孟达则驻军三郡中心地带的上庸。

七月，平西将军都亭侯马超、左将军长史镇军将军许靖、营司马庞羲、议曹从事中郎军议中郎将射援、军师将军诸葛亮、荡寇将军汉寿亭侯关羽、征虏将军新亭侯张飞、征西将军黄忠、镇远将军赖恭、扬武将军法正、兴业将军李严等一百二十人上表拥立刘备为汉中王。刘备遂在汉中称王，立刘禅为王太子。随后，刘备留魏延镇守汉中，班师回成都，拜许靖为太傅，法正为尚书令，关羽为前将军，张飞为右将军，马超为左将军，黄忠为后将军。

10

　　关羽让糜芳守南郡，傅士仁守公安，自己亲率人马突袭襄阳、樊城。当屯兵江陵的南郡太守糜芳把这个消息传给刘备的时候，刘备君臣都感到意外而吃惊。那是建安二十四年（219）七月，刘备刚在汉中称王后的事。

　　刘备很生气，"云长怎么能擅自进攻襄阳呢？"自从建安十六年（211）入川以来，刘备已经征战八年，虽然平了汉中，但也元气大伤。

　　"云长其实是在变被动为主动，以攻为守。"诸葛亮说。

　　"孔明何出此言？"刘备有些疑惑。

　　"我刚接斥候报告，曹仁等人在宛城诛杀叛将侯音后，准备与庞德南下樊城，讨伐关羽。"诸葛亮说，"荆州之战迟早要打，云长不过是把时间提前了而已。"

　　法正却笑着说："主公你想想，这些年我们取成都，收汉中，而云长镇守荆州，没有立一寸功，以他争强好胜的性格，自然想做出一番响动来的。"

　　"如今，孟达率一部分兵力去了上庸，荆州不过三四万人马。怕是难以抵抗曹操大军啊。"刘备有些担忧地说，这些年，刘备与曹操作战，折损了大量兵力，在荆州的关羽部，是他最后的底牌。他自然很是心疼。

　　"主公不必过于担心，云长乃万人敌，勇猛过人，又有刘封和孟达在上庸遥相响应，应该不会有太大的问题。再说了，如果云长这次能把荆州拿下来，就能与汉中相连，为以后北进中原创造条件。曹操伸进蜀国的这颗毒牙，迟早得拔掉。"诸葛亮拿鹅毛扇指着地图上的襄阳、樊城说。

"荆州现在是大家争夺的焦点，但实际上，今日的荆州，已不是当时的荆州了。荆州现在只剩一副外壳而已，内部已经满目疮痍。"法正说。法正、庞统与诸葛亮的意见一直存在一些分歧。刘备似乎也渐渐改变了曾经的看法，自从有了益州，荆州似乎已经不那么要紧了。

"主公，两路北伐，可是缺哪一路都不成啊。"诸葛亮皱着眉头说。

刘备默不作声。

那天回去后，诸葛亮安排我去一趟荆州。

我到荆州，已是八月。曹操从汉中撤军到长安时，接到了曹仁的急报。此时，他已经令汝南太守满宠率兵助曹仁守樊城，并令随行的于禁率七军增援曹仁。

双方几次交锋，均难分胜负。关羽颇为着急，他本想迅速攻下襄樊，没想到于禁率领的增援部队速度如此之快。如果这样下去，他将毫无优势可言。作为后备队的徐晃已经率兵南下，而除了后方防备东吴的少量人马之外，关羽已经没有可以调动的军队了。

一些偶然事件或者自然因素往往参与并改变历史的书写。上苍再一次偏爱刘备，让关羽成为威震华夏的名将，迎来了他一生中最绚烂的时刻。

我抵达樊城的那天晚上，突然下了一场大雨。

那天晚上，炸雷滚滚而至，自远而近。闪电在山顶激射，似乎要把山劈开，一时不能如意，便像受惊的蛇一样，愤怒地在远山游走，照亮了隐隐绰绰的山和树。闪电消失后，一切又沉入黑暗中不见了。

狂风成抱成团地在空中撕扯，忽远忽近，忽上忽下。黑黝黝的树丛被狂风猛烈地摇来晃去，墙上的挂饰也被风卷起，没等落回原处又复飞起。最终，"啪"的一声，斜斜飘落地上，被风刮到角落里去了。门窗磕碰撞击之声此起彼伏，夹以大树啪啪折断、轰然倒地之声。

少顷，大雨哗哗而至，持续下了好几天。

汉水暴涨。

樊城低洼处积了几丈深的水。街上随处可见湿漉漉的稻草、树叶、杂物紧贴地面。

护城河涨水了，浑浊的河水，泥汤一样黏稠，怒潮裹挟着枯树、死猪、破桶，激起团团泡沫，滚滚而下。

道路被漫上来的水淹了，水齐膝，不少小孩子欢快地跑到街上捉鱼，大人们则在忙着转运物品。而洪水，还在以惊人的速度不断上涨。

于禁所率七军均被水淹，而关羽所带荆州兵，恰好是一支既可以陆地作战，也可以水中作战的军队。关羽率领士兵登上大船，向被洪水包围的曹军发起猛烈的进攻，将樊城层层围住。曹操的五子良将中的庞德战死，于禁被迫投降。

关羽又派人攻打襄阳，一部分军队甚至到了许都附近的郏县。由于攻势凌厉，曹操委任的荆州刺史投降了。陆浑人孙狼，也率众响应关羽。一时之间，关羽的威名传遍了华夏大地。

但是，人不可能一辈子走运。命运就像这七月的天气，一会儿阳光灿烂，转瞬就乌风暴雨。关羽的辉煌，如同刚刚过去的这一场洪水，来得猛烈，也去得迅疾。在我给诸葛亮的捷报到达成都的时候，关羽已经面临严峻的考验了。

11

关羽水淹七军，收降了大量魏兵，粮草成为困扰他的一大难题。无奈之际，关羽急命人向镇守江陵的糜芳、镇守公安的傅士仁求助。关羽自视甚高，平时根本不把这两人放在眼里，认为他们不过是刘备的一条狗。

其实，在一个以武力夺取天下的动乱时代，武人普遍看不起士大夫。包括素有仁名的刘备，也有轻视士大夫的倾向。一些自轻自贱的士大夫，甚至也起到了推波助澜的作用。当初，法正就把两位士大夫互殴的故事编成戏剧公开上演，以取悦刘备。

自己看不起他们，却要向他们求助，做出这样的选择，关羽内心是极不愿意且难受的。更让人难堪的是，糜芳、傅士仁并不怎么把关羽当回事，没有及时把粮草运到前线。关羽大怒，放出话来，回去后要好好收拾他们。

闲时不烧香，急时来拜佛，这样的结果，也在意料之中。

出人意料的是，东吴派诸葛瑾为使者前来求见，希望能够助关羽一臂之力。关羽冷笑一声，问："当初我出兵之时，曾希望孙权派兵援助，你们虚与委蛇，答应得爽快，却迟迟不肯发兵。如今又提出来助我，是何道理？"

"关将军，并不是我家主公拖延时日，而是调兵需要做出妥善安排，曹操屯兵合肥，一直对我江东虎视眈眈，你也是知道的。"诸葛瑾不卑不亢地说。

"借口，借口而已。"孙权不肯及时发兵，大约也是想观望一下。关羽对他这点心思是清楚的。如今，自己斩了庞德，收了于禁，兵围襄阳、樊城，眼见兵锋势如破竹，孙权又主动示好来了。

诸葛瑾说："关将军，我家主公是有诚意的，此次派我来，就是希望能与将军联姻。吴侯的公子与将军女儿的年龄差不多，那是天生一对。"

"你给我闭嘴！"关羽一拍几案，桌上的橘子跳出果盘，滚到地上去了，"虎女怎么能嫁给犬子呢？！回去告诉孙权，叫他别再痴心妄想了。"关羽表现得如此愤怒，一则是瞧不起孙权，不愿意女儿嫁到东吴，成为牺牲品。二则也是不能让刘备对自己有什么猜测。自己手握重兵，如果与孙权联姻，甚至流露出半分这种倾向或犹豫，刘备会怎么想？

"关将军，你的话，我一定会转达吴侯的。"诸葛瑾起身，振衣而去。

关羽对着诸葛瑾的背影大声说："等我打败曹兵攻下樊城，回来再把你们这群鼠辈都灭他个干干净净。"

诸葛瑾已经走远，剩下关羽生闷气，脸涨得通红。我上去安慰他说："将军，你犯不着为这事生气。这可是令亲者痛仇者快的事。"

关羽长舒一口气，点点头。

"不过，将军也没必要和孙权把关系搞得这么僵。我来的时候，孔明先生让我提醒将军，只有东联孙权，我们才能获得生存的空间。"我看了他一眼，有些犹豫地说。

果然，关羽的脸又红了，冷冷地说："我谅孙权也不敢把我怎样。"

"如今关将军正缺粮草……"

关羽有些不耐烦地打断我说："我知道你想说什么，孙权这人很是奸诈，他怎么可能真正来帮我呢？"

"那，粮草问题怎么办？"

关羽沉吟良久，从牙缝里挤出一个字："抢！"

"冲啊！"在长江之南的湘关，一队人马举着刀枪开始攻城。湘关守将只道关羽正全力以赴攻打襄樊，做梦也没想到他会破坏吴蜀联盟还发军来攻，根本没有任何防备。

另一队人马，已经悄悄赶到湘关粮仓。这里只剩几个守兵，无聊地蹲在粮仓前下棋，大队人马都被调到城门口去了。面对突然降临的敌兵，守兵们举着棋子目瞪口呆。

这一次，关羽大获全胜，解决了暂时的粮草问题。不过，湘关粮仓被劫，成为孙权出兵讨伐关羽的一个借口。

事实上，孙权早就跃跃欲试了。建安二十二年（217），亲刘的鲁肃去世。接替他的是主战派吕蒙。吕蒙曾向孙权秘密献计谋取荆州。孙权表示同意，因担心曹操趁火打劫攻打吴国，遂派使者向曹操请降，但当时曹操大概觉得孙权反复无常，并没有答应他。

此一时，彼一时。这一次，曹操感受到了来自关羽的巨大威胁，而孙权也嗅到了夺取荆州的极好机会。于是，两人一拍即合，决定联手对付关羽。

那个时候，不管是诸葛亮还是关羽，都没有意识到危险已经逼近。

我后来想，在与蜀国的合作上，孙权一直首鼠两端，他主动与关羽联姻，一种可能是希望借机巩固两国关系，一种可能也是在做试探，孙权的对蜀政策一定程度上取决于关羽的决定。

12

文臣用计，武将用力。什么样的人，决定了什么样的处世方式。当初，诸葛亮和鲁肃等士大夫主张以和平的方式处理孙刘关系，而关羽、周瑜、吕蒙等武将却主张诉诸武力。武力直截了当，立竿见影。如今，鲁肃已死，诸葛亮远在成都。两国之间解决问题的方式开始发生变化。

孙权在周瑜时代就开始膨胀的欲望，几次被压抑。如今，吕蒙又把它煽动起来了。偷袭荆州的计划开始实施。

"父亲，大事不好，孙权偷袭我荆州后方了。"关平手里握着一支箭，匆匆赶到关羽的营帐。

"不必大惊小怪，凡事要沉得住气。"关羽示意关平坐。

"父亲请看，这是从曹营射过来的箭，上面绑着一封信。"

关羽接过箭，取下信笺展开，低声念道："我欲亲率大军沿江西上，以吕蒙为前部掩袭关羽。江陵、公安，是荆州的重地，关羽失掉这二城，必然奔走，樊城之围迎刃而解。请丞相替权保密，不要让关羽有所防备。"

关羽把箭轻轻折断，随手把信揉作一团，"哈哈哈，我儿上当了。吕蒙如今正在建业养病，接替他的是一个叫陆逊的愣头青，我们常有书信往来，他一直忌惮我，怎么可能偷袭？咱们不要中了曹操的反间计。"

关平仍不放心，"陆逊会不会是故意麻痹父亲？越是有行动，越是安之若素。"

"如果孙权真的像曹操所说，要袭取荆州，那曹操为什么还要把这封信送给我们？如果我们提前做好准备，那孙权岂不是白忙活？"

"也对。但是——有没有可能曹操把消息透露给我们，让我们回防荆州，以减轻樊城的压力？"关平揉着额头说。

"我早知道孙权不甘心。前一阵收到陆逊的信以后，虽然抽调了一部分兵力北上，但还有所防备。何况，江陵、公安还有糜芳和傅士仁在。就算孙权偷袭，也必不成功。"

"这两人都是软骨头，他们会不会投降呢？"关平有些担忧。

"应该不会，他们是主公的亲信，都追随主公多年。如果主公信不过他们，也不会派他们来荆州。"关羽捋捋胡须说。

从宛城南下的徐晃军队占领了偃城，正在逼近关羽的主力。等北方的救援大军赶到后，徐晃声东击西，袭击了四冢屯，连破关羽围堑十重。

徐晃的军队越战越勇，樊城内的曹仁也拼死守城。关羽强攻不下，损失惨重，只好撤掉了樊城之围。但他并没有立即退回江陵，而是继续观望，伺机再次向樊城发起攻击。

这个时候，传来了公安、江陵不战而降的消息。

关羽恼羞成怒，便要整军回江陵。

关平说："父亲，如今吕蒙占领了公安、江陵两城，正以逸待劳。眼下我军正与曹兵相持，一旦我军撤退，难保曹兵不奋力追击，那时我军处于两面夹击的劣势，怕是凶多吉少啊。"

关羽紧皱双眉，在大帐里走来走去，"依你的意思，怎么办？"

"好汉不吃眼前亏，我看，不如咱们去上庸与刘封合兵，或许能全身而退。"关平看了义父一眼，有些怯怯地说。

"我在荆州经营十多年，怎么能够说走就走？再说，荆州是主公北伐的重要据点，失了荆州，等于断了主公一条手臂，那时我有什么脸面去见主公？想我关羽南征北战从来没有一个怕字，如今怎么能够不战而逃？你不要再说了。"

"以曹操的狡诈，倒也不一定发兵追击。他乐得看关将军与孙权互斗，从而坐收渔利，不然，之前也不会把孙权写给他的密信透露给将军。"我安慰关羽说。

"就算如此，以我们现在的兵力，要夺回江陵、公安，谈何容易？"关平着急地走来走去。关羽红着脸坐在几案前沉思。

关羽终于站了起来，转身对关平说："平儿，你即刻以我的名义写信给刘封、孟达，让他们火速分兵，助我回救江陵。子庸也辛苦一下，立即赶回成都，禀报主公和孔明先生。"

两匹快马，如离弦之箭射出了关羽的大营。

13

曹操在北边厉兵秣马，孙权在江陵严阵以待。关羽一支孤军，正从一个狼窝，进到一个虎穴。经过三个月与曹兵的激战，关羽军队的士气已经开始低落。

"襄樊没攻下来，反而失了荆州，这个云长，真是成事不足败事有余！"刘备听完我的报告，眉头紧锁，怒气冲冲地说。诸葛亮此时不能火上浇油，劝道："这不能全怪云长，只怪孙权太狡诈。也是我估计不周全，让孙权钻了空子。"

"孙权小儿，欺我太甚！"刘备怒气未消，但并未提及救援之事。难道是他气得忘了，还是另有打算？

"主公，你看云长……"诸葛亮试探着问。

"人不可无傲骨，却不可有傲气。我早就劝过他，让他不要太骄横，要学会与人相处，他不听，你看，连糜芳、傅士仁都不听他的。是该让他吸取点教训了。"

"事情已经过去了，主公，现在应该想一个办法，帮助云长渡过难关。如果荆州夺不回来，以后的北伐大计就变得困难重重了。"诸葛亮说。

"我刚刚结束八年征战，士兵都需要休整，现在心有余而力不足啊。何况，孙权已经派兵截断了成都到荆州的路，我若贸然行动，必中孙权埋伏，到时，荆州救不了，我军也将遭受损失，还是观察观察再说吧。"

"战场上瞬息万变，而成都离荆州距离遥远，如不早做打算，只怕是来不及呀。"诸葛亮没有放弃争取的希望。

"孝直，你以为如何？"刘备转向法正。法正一直沉默不语，不知道是琢磨这件事情，还是在琢磨刘备。

法正站起来，恭敬地对着刘备揖了一礼。刘备说："孝直，不必这么拘礼。"虽然这么说，但脸上却透出一丝隐隐的笑意。

"主子就是主子，奴才就是奴才。奴才可不就得有奴才的样子？奴才不就得围着主子转，替主子分忧？"法正说这话的时候，偷偷瞥了诸葛亮一眼，继续说，"刘封、孟达在上庸，刘封是主公的义子，自然当以家国为重，必然出兵助关将军夺回荆州，足以缓解关将军的燃眉之急。"

听法正这么一说，刘备连忙点头。法正停了一下，说："荆州这块地方，孙权必欲得之而后快。这是孙坚时代就已经深入江东人心的。经过赤壁一战，荆州已经千疮百孔，我们举全国之力夺这样一块地盘，是不是太不值得了？"

诸葛亮不以为然地看着法正。法正微微一笑，说："我认为，孔明当初分两路进兵北伐的计划是不错的，但以我军的实力与曹操抗衡，那还是不现实的，也就是说，得回到孔明的联吴策略上来。但是，既要与他结盟，又要与他争夺荆州，这显然又是难以调和的。"

"难道就不能取得一种平衡？比如之前以湘水为界分荆州？"

"如果我没记错，孔明提出这个策略时，是在建安十二年（207），现在十二年已经过去了，时局发生了很大的变化。对这个计划进行适当的修正完善我认为是必要的，也是必须的。"

"那依孝直之意，应当如何？"诸葛亮摇着鹅毛扇问。

"这……"法正有些结巴起来。

"评价一道菜的好坏，大家都很有心得，但如果说起要做出一道菜来，恐怕就不是那么容易了。"诸葛亮自信地说。这么多年，刘备正是按照他当年制定的计划，才一脚踏在益州，一脚伸向荆州。

"好了，你们就像我的左膀右臂，如果你们都争论不休，还谈什么北定中原、兴复汉室？"刘备止住他们。

"主公，我还是想说，目前当以大局为重。即便失了荆州，我们还有益州，但如果我们赔上了整个益州的兵力，那不等于又回到赤壁战前，无兵无地盘的处境？"

刘备舒了一口气，"看来还是孝直懂我啊。"

"万一刘封、孟达不愿意派兵支援，或者他们也无力抽出兵力来呢？毕竟上庸也是刚刚打下来的。"诸葛亮说道。

"哪有那么多万一，"刘备脸色顿时阴下来，冷笑一声说，"我已经授权云长代我行使生杀大权，孟达岂敢不听？你这个人哪，终不脱书生气。"

诸葛亮不再言语，知道再说也是白搭，再说下去，只会让君臣处于尴尬境地。

那天回去的时候，天色已晚，秋风拂过，有一丝凉意从心底泛起来。

"主公该不是觉得关羽骄横无度，日后无人能够制约他，故意……"回头看了一眼远在身后的刘备府，我轻声自言自语道。诸葛亮只顾走他的路，没有回头。

"可是，现在北伐大业尚未成功，天下未定，主公还需要关将军冲锋陷阵，不到兔死狗烹的时候呀，除非……"我脑袋里突然灵光一闪，"主公是不是安于在益州称王了？"诸葛亮回头瞪了我一眼。

我吐吐舌头，不再言语。

当晚，诸葛亮接到情报：孙权派陆逊攻占了夷陵、秭归，准备切断关羽入川的退路。

得知消息，诸葛亮捶胸顿足。

驻扎在上庸的刘封、孟达以上庸新定为由，拒绝支援关羽。关羽陷入进退失据、腹背受敌的困境，军心迅速涣散，终于败走麦城，被吴将斩杀。

关羽的人头被孙权送给了曹操，这是做给刘备看的；曹操以诸侯之礼厚葬了关羽，这也是做给刘备看的。勇冠三军的关羽竟然死于一群小人手中。当初曹操虽然厚待关羽，但关羽仍然在报恩后回到刘备身边。如今，人死了，人头倒归他了。

生前威震华夏，死后亦黄土一抔。

14

这一年，曹操病逝。

这一年，黄忠病逝。

这一年，法正病逝。

这一年是建安二十五年（220），关羽死在头一年的岁末。

法正重病的时候，希望诸葛亮去看他。他说，他快死了，没有什么人想见了，但他想见见诸葛亮。诸葛亮很佩服他的聪明，但又不喜欢他的为人。这个人对刘备是一嘴的蜜，对其他人又根本不放在眼里。诸葛亮看不惯他这副嘴脸。

“法正就是一个口是心非的马屁精。”我恨恨地说。

“我倒认为法正是一个真诚的人，是发自内心地尊重和忠诚于主公。”诸葛亮列举法正为刘备挡箭的事情来做说明。

“他是忠诚于一个人，而你是忠诚于天下人。”这么说的时候，我不觉脸上红了一下。

“谁又没个缺点呢，法正的缺点，倒显示了他的真实。他爱憎分明，没有太多的心思。有时候，敢恨也是一种自信。这一点我真不如他，很多时候优柔寡断。就像在去与不去的问题上，我就纠结了很久。”

“以你的性格，如果不去，将来一定后悔，不如去看看，也了他一个心愿。"见诸葛亮犹豫，我于是劝他说。

"也罢。去就去吧。"诸葛亮点点头。

法正见了我们，忍着疼要坐起来，诸葛亮忙止住他，"你躺着，躺着别动。"

法正还是坚持坐了起来，面带倦容。他屏退下人，示意我们在一旁坐了，对诸葛亮说："你可能觉得我很奇怪吧，我也觉得自己很奇怪，临死之前怎么会想到要见你。"

说完看了诸葛亮一眼。"其实，本质上我们属于同一类人，都才华横溢，也都心高气傲。原本我们应该成为朋友的。"法正叹息了一声，"如果我们早一点意识到症结所在的话。"

"两个锋芒毕露的人，浑身都长满了刺，容易互相伤害。"我说。

"确实如此，或许并不是我们不明白这一点，而是我们尽管明白，仍然不愿意迈出那一步，不愿意有更深的交流。"诸葛亮说。

"果然是了解我的人，今天，我终于迈出了这一步。只是太晚了。"法正在语气上特别强调了一下后一个"我"，言语间，有一点淡淡的醋意。

"孔子说，朝闻道，夕死可矣。什么时候都不晚。"诸葛亮说。

法正笑了，说："早该请你来了，你看，你一来我精神好多了。"说着，竟然下了床，径自来到几案前，提起酒壶倒了三杯酒，"来，咱们喝一杯吧。'何以解忧，唯有杜康'。"

诸葛亮举起杯子，喝了酒，却没有接话。

"'对酒当歌，人生几何'，曹孟德这首《短歌行》，把人生易老、壮志难酬表达得淋漓尽致啊。把我想说的都说了。"

诸葛亮仍是默不作声。他对曹操，是有一种骨子里的仇恨。

"'周公吐哺，天下归心'，这又是我所没有的气魄。"法正说，"能做一番大事业的人，总有一些真性情。曹操的确是一代雄主，许劭说得没错，他就是'治世之能臣，乱世之枭雄'。"

诸葛亮嘴角保持着淡淡的骄傲的笑意。

"你可以不说话，你也可以恨他，但是，你不能否认，曹操的文治武功，我认为不敢说后无来者，但至少是前无古人。"这话好像有点自况的意思在里面。

"他是一个挑战和破坏道德的人。"诸葛亮一字一顿地说。

"要加一个字，旧，旧道德。"法正说，"他其实是不拘泥于道德，是旧道德的革新者，他部分解脱了儒教统治下的礼法束缚。"

"自古道德就只有一种。我是把儒家道德作为一种内心的信仰，而曹操是把它当作一种束缚。当然，结果都一样，那就是恪守臣分。"诸葛亮摊了摊手。

"如果曹操在九泉之下听到你的这个结论，一定会觉得非常有趣。"法正笑着说。

"这就叫有趣吗？我自己倒是没看出来。"诸葛亮说。

"何必跟一个死去的人或者即将死去的人计较呢？"法正又斟了一杯酒，"你要理解，人的每一个行为背后，都有一个动机。"

"你是要让我理解你吗？"诸葛亮接过法正递过来的酒杯，把酒干了，噘着嘴问。

法正笑了，"我作为一名降将容易吗？如果没有一点手段，我就会像马超一样，战战兢兢地度过后半生。你有骨气，是因为你我的处境不一样。如果你换了我的处境，你会如何？"

诸葛亮说："倒没有想过这个问题，但我觉得，任何时候，我都不会放弃自己的道德。"

"放弃局部的阵地，站在全局的角度看，倒不一定是失败。如果说因为你的一个自尊行为，造成一个计划的泡汤，于大多数人而言，是不公平的。为了理想，有时候需要暂时放下自尊。大丈夫能屈能伸。"法正捋着灰白的胡子。

"或许你是对的。有些时候，我也知道，再怎么反对也是一样的结局。既然如此，又何必反对，不如做个顺水人情，让彼此高兴。"诸葛亮说。

"这就对了。"法正有些兴奋地一拍几案，一只酒杯滚到地上。

"但是，我做不出来。"诸葛亮看着在地上骨碌碌转的酒杯说。

"只是你还不愿意做。一旦你尝到这样做的甜头，你会发现，你将乐此不疲。"法正说，"所有这一切，都是要让他信任你。这种信任不只局限于你的能力。"

"一个礼崩乐坏的时代，还有信任吗？"诸葛亮纠正道，"很多我们以为是信任的事情，其实只是互相利用。"

"任何一个时代，总有一些顾全大局的人，超越个人的利益来行事。任何一个时代，也总有一些内心真挚的人，可以把生命都托付于人。你虽然不承认，但心里还是相信的。不然，当初就不会踏出隆中。"法正似乎看出诸葛亮是有意对抗着的。

"要获得一个人的信任，谈何容易。"诸葛亮感慨道。

"我告诉你一个方法，一定能得到主公的信任。"法正看着诸葛亮，故意卖关子。

诸葛亮摇着鹅毛扇不言语，他知道，真正的枭雄是不会完全信任一个人的，不论是曹操还是刘备，无不如此。

"不相信是吧。试一下就知道了。"法正笑着问，"你知道主公现在最希望的事情是什么吗？"

诸葛亮有些犹豫。法正说："做臣子的，揣摩上意是他的本分，如果不知道君主内心所想，又怎么能辅佐好他呢？"

我问："为关羽报仇？"

法正摇摇头。

诸葛亮说："准备北伐中原？"

法正笑了，还是摇摇头。"主公现在最想做的事情是……"他伏在诸葛亮耳边一阵低语。

第二天，法正平静地去世了。他伏在诸葛亮耳边的情景成为定格在我眼前一幅挥之不去的画面。

15

关羽父子的游魂还在寻找回家的路，而益州上下已沉浸在一片欢快的氛围之中。

曹操去世后，曹丕先是继位丞相，十月又通过禅代的方式篡汉自立，建立了魏国。曹操一直不敢打破的道德束缚，被曹丕轻轻抛掉了。

曹操一直以一个旧道德的破坏者、新道德的开创者姿态出现，比如他的不拘一格选拔人才，但对于执守臣节这一点，他最终没有突破，这和后来的诸葛亮是一样的，只不过，诸葛亮是主动的，发自内心觉得应该恪守这份底线，曹操是被动的，迫于社会压力而不愿或不敢为之。

曹丕所生长的环境已经改变，那种道德的熏染已不是那么浓郁，因而，他很容易就跨出去。在一些人看来有千斤之重的东西，在一些人眼里，如同鸿毛一样轻。但我们并不能简单归结于谁对谁错。

曹丕的大胆行为，仿佛打开了一个欲望的魔盒。此后，禅代成为篡位者一种冠冕堂皇的借口。

有些不可思议的是，刘备没有对曹丕篡位表现出过激的言行，他似乎已经忘记了当初"克复中原"的誓言了。或许，随着时间的推移，他已经清醒地认识到，这一切不过是给自己一个奋斗的理由，他其实改变不了历史的走向。

不久，成都开始酝酿刘备登基的事情。李严就上表说在犍为郡治武阳出现了黄龙，这可是称帝祥瑞。蜀中大臣，如张裔、黄权、杨洪、杜琼、谯周都联名向刘备进言，阐述"天命在刘"，希望他继承汉统，即位称尊。尽管此前杜琼还认为"天命在魏"。天命这个东西，原来并不是一成不变的。

当然，也有反对的，前部司马费诗便上疏劝谏，说曹丕篡位是汉朝的贼子，刘备应先讨伐他。现在大敌未克却先自称王，恐怕别人会质疑。

刘备对此大为不快，把费诗贬到永昌，但是，他仍然拒绝称帝。这就颇让人玩味了。

"主公贬了费诗的官职，可见他是赞成称帝的，那他为什么又不明确表态呢？"那天，见难得有闲情的诸葛亮在书房里抚琴，我便问。

诸葛亮的手指在琴弦上猛地扫了两下，把手轻放在弦上，答非所问地说："法正真是不得了，他把一个人看得太透彻了。"

"你说什么？"我有些疑惑。

诸葛亮陷入回忆，说："法正临死前告诉我，说主公现在最大的愿望是称帝，当时我还不太相信。现在看来，法正的眼光真是很毒的。"

"你还是认为主公是想称帝的？"我问。

"有时候，越是表面推却的，越是内心想得到的。"

"那他在犹豫什么？"

"他在等一个人的态度。"诸葛亮淡淡地说。

"谁？"我问。

"当初法正让我首先提出请主公登基，我心里有些解不开的结，一直犹豫不决。但主公认定的事情，迟早要付诸行动。"诸葛亮叹息说。

"他现在不急于登基，是想给你一个台阶下，当然，也是给自己台阶下？"我分析说。

诸葛亮点了点头，"他的确想看看我在这件事情上的态度。这很重要，对他来说如此，对我来说也是如此。"

"那你准备怎么办？"

"识时务者为俊杰。"诸葛亮轻轻拨动琴弦说。

第二天，诸葛亮在大殿上当着文武百官的面劝刘备说：

"从前，吴汉、耿弇劝世祖刘秀做皇帝，世祖前后推辞了四次。后来，大臣耿纯进言说：'天下英雄仰慕你，也希望跟着你得到自己所期望的东西。如果你不接受大家的意见，士大夫们就要各自归去重新寻找主人，不再追随你了。'世祖觉得耿纯的话真挚、深刻，于是登上了帝位。现在，曹丕篡夺汉朝江山，致使天下无主，主公是汉室的后裔，继承帝位，再合时宜不过了。"

刘备颔首微笑，却没有立即表态。主动权永远掌握在他手中。

诸葛亮又与许靖、糜竺等人联名上书劝说刘备称帝，继续把"天命在刘"这一套理论拿出来说服刘备。

"天命在刘"不过是一种舆论准备。在一反一覆的劝说与推辞中，刘备统一了内部思想。看到时机已经成熟，刘备便故作勉强地说："既然上天把这份责任交给我，那我只好不辞辛劳接过来。当然，主要还是想到大家这些年跟随我浴血奋战，也该有所回报，我如果再推辞，大家的一点想法也就落空了。"

"万岁，万岁，万万岁！"建安二十六年（221），也就是曹丕称帝第二年的四月，在成都西北武担山南麓，刘备命人在山上埋了一个巨大的鼎，名为"受禅鼎"。刘备登上一座高高的法坛，祭告天地，接受了皇帝的玺绶和百官的朝拜。将士们整齐地举起闪亮的铁枪，尖利的枪头在阳光下发出明晃晃的光芒。"万岁"的呼声响彻云霄，惊飞了山上一群野鸟。

在将士的欢呼声中，刘备黄袍加身，改元章武，国号汉，立刘禅为皇太子。任命诸葛亮为丞相，许靖为司徒，其他文武百官，也都多有升迁。

当年，刘璋的父亲刘焉听说"益州有王气"，便到益州做了州牧，只是这股王气没有惠及他和他的儿子。刘备称帝倒是替他完成了一次验证。

16

新朝新气象。这个春天，益州出现了难得的安静祥和的气氛。在八年征战之后，益州百姓暂时远离了战争之苦。但他们也只是喘了一口气而已，三个月后，刘备便准备出兵伐吴，理由是为关羽报仇。

"现在离云长去世已经一年半多了，如果真是要为云长报仇，为什么会等到这一天？他会不会只是做做样子给张飞这些人看？"我有些疑惑地问诸葛亮。

"也许他是给孙权看的呢。"诸葛亮说。

"这话怎么理解？"

"他要证明他有实力解决挑衅者。"顿了顿，诸葛亮又说，"或许他是想夺回荆州也不一定。"

"这不等于是和孙权撕破脸了吗？"我问。

"孙权杀了关羽，夺了荆州，公开向曹魏称臣，难道还不叫撕破脸吗？"诸葛亮反问道。

"那你的联吴计划不就泡汤了？"我有些遗憾地说。

"联吴只是手段，不是目的。真正的目标是要北伐中原、光复汉室。如果缺了荆州，北伐中原便失去了一个重要据点，北伐不能成功，联吴也失去了意义。"诸葛亮对他当初给刘备规划的蓝图仍然念念不忘。

"可是，就算夺回荆州，如果东吴成为后顾之忧，那同样不能取得北伐胜利呀。"我说。

"人身上要是长了疮，灌了脓反而好得快些。打一仗，好比让疮灌脓。"

诸葛亮淡淡地说，"联盟是可以重新建立的。"

"那你也赞成打这一仗？"

诸葛亮沉吟不语。

"那你就是在为主公打这一仗找开脱的理由。"

诸葛亮还是不语。

对于刘备要进伐东吴的计划，虽然许多大臣持反对意见，但都三缄其口。最后，老将军赵云站出来说话了。

"主公啊，咱们真正的敌人是曹操，不是孙权。如果先灭了曹魏，孙权自然会臣服，根本用不着去打他。"

"难道说我分不清谁是朋友谁是敌人？难道说我对自己没有清醒的认识？"刘备有些不悦地说。

"主公当然清楚，主公也知道，现在曹操死了，他的儿子曹丕篡位。这个时候曹魏内部不稳定，我们应该抓住这个时机，早日图取关中，占据黄河、渭水的上游，讨伐逆贼。关东地区的义士要是听说了，一定会带着粮食赶着马车来迎接王师的。"赵云将自己的主张和盘托出。

"赵将军老了呀。"刘备摇摇头感慨道。

"主公，不管你有什么样的考虑，但我觉得，不应该把曹魏放在一边，先与孙吴开战。战争那可是牵一发而动全身，一旦打起来，就不是那么容易解决的。东征不是个好主意。"赵云坚持己见。

刘备没有表态。那天，君臣不欢而散。

第二天，学士秦宓以天象不利出兵为由，劝说刘备不要违反天意，否则会有灾难降临。天象这类东西，有利于你的时候，它就是真理，不利于你的时候，它就是荒诞。

对赵云，多少得留点情面，对于秦宓就大可不必。刘备一怒之下，将秦宓下了狱。

"现在这种情况下，我说什么都会是火上浇油。"诸葛亮很有些无奈，"我现在有一种伴君如伴虎之感。曾经那种相交无忌的日子已经不再有了，尘归尘，土归土，我仍是一个为主公所用的士人而已。"诸葛亮的语气里有一丝怅然和不甘心。

"主公还是很在意你的意见和感受的。"我安慰诸葛亮。

"我常觉得我和他之间是没有距离的，但近来又经常感到他在提醒和强调这种距离。我需要重新看待我们之间的关系。"诸葛亮承认，这就是他态度暧昧的原因，"我最初是想有一班志同道合的人，共同北伐中原，兴复汉室。但每个人都有不同的想法，要想统一大家的思想，真是太难了。我现在觉得，离自己的理想反而越来越远了。"

"现在的局势，大体还是朝着你当初设计的方向前进的。"我客观地评价。

"很多时候，阻力来自己方。我越来越受制于人，专注于一个人的想法，我本能地拒绝这样做，但又必须顾及他的想法。因为只有依托他才能撬动世界。"

我知道诸葛亮嘴里的他是指谁。随着时间的推移，很多人事都在改变，但诸葛亮还停留在从前，停留在他的"隆中对"世界里。他一生都没有走出这个二十七岁就规划好的世界。

第八章 保持自我需要付出代价

1

保持自我是有代价的，付出比别人更多的努力，还未必达到同样的效果。法正敢于放下自己，在事业和生活上都游刃有余。法正的人生证明成功其实是有捷径的。

诸葛亮一向鄙视这种捷径，也不愿意为了某种利益而做一些违心的事情。这样，不仅他会看不起自己，刘备也会看不起他，天下人都会看不起他。

但是，他发现，自己开始向鄙视的那个方向滑过去。他不知道这是法正给他的影响，还是因生活的教训而变得乖巧了。

刘备也变了，听不进忠言。诸葛亮内心真实的一些想法，因为这两种变化，有时候便永远藏在了心底。

诸葛亮变得圆熟起来，也许是为了自保。他因此感到很压抑，感到耻辱。他需要释放，也需要反省。

那天，黄月英坐在书桌前练字。黄月英平时没什么事情可做，便看书习字，书法水平竟然迅速提高，连诸葛亮都大为讶异。

诸葛亮轻轻地走到她的身后，把手温柔地放在黄月英的肩上。黄月英回头奇怪地看着他。

"今天，太阳打西边出来了？"黄月英放下手中的毛笔，用她对诸葛亮那

152

种特有的比常人慢半拍的语速说，说完还故作惊奇地偏起了头。

诸葛亮回避着她清澈调皮的眼光，说："你的字挺好嘛。"

"原来我们的诸葛先生也是会表扬人的呀！"黄月英揶揄道，说完就扑哧笑了，"不过，算你有眼光，他们都说我的字写得好。"黄月英有些得意地噘着嘴。

"夸你一句，你就得意得飞起来了？"诸葛亮半认真半开玩笑地说，"我还没说完，你的字呀，好看，但好看和好还不是一回事儿。好看的字不一定好，不好看的字不一定不好。"

"有话不能好好说吗？绕来绕去的。"黄月英表情严肃地嘟囔着，把绕来绕去说得一字一顿。

"不过，比起刚开始来，进步还是挺大，笔画间透出功力，结体也算别致有趣不落俗套，都快赶上我了。"诸葛亮笑着。黄月英扮了个鬼脸，"你就吹吧。"

诸葛亮有些脸红，"不过说真的，这些年我忽略你太多了。我被所谓的事业遮蒙了眼，守着这么好一块宝玉却不知珍惜。"

黄月英微笑着说："你才明白呀。生活不只是光复汉室，四周都是风景。"说完又笑了，她常在别人没意识到可笑的地方发笑，但没有人觉得不自然。

诸葛亮说："但愿我明白得还不算晚。我想，我应该静下心来，享受一下生活的乐趣了，到时，在书法的道路上咱们夫唱妇随、比翼双飞。"

黄月英眯着眼看了看诸葛亮，一手拽着诸葛亮的肩，一手贴着他的额，笑着有些夸张地问："你不是病了吧？"

诸葛亮轻轻地侧了侧身，"没有。也许我是累了，想休息。我想等主公带兵离开后，回隆中去待一段时间。"

"你不北伐中原了？你人生最大的理想，难道就这样不要了？"黄月英又笑出了声。如果不了解她性格的人，还以为她的笑是一种不正经和反讽，其实是真的笑。生活在甜蜜里的人，或许随时都会将这种甜蜜化为一串笑声释放出来。

诸葛亮摇摇头，"我只是想静一静，梳理一下自己。"

"我劝你还是别回去了，去不了几天，保管你会回来的。反正我是不回去了，现在这种状态不是很好吗？什么也不缺，看书、写字、念诗，多好的生活，还有一帮人围着我转。"黄月英的嘴唇夸张地翻动着，标志性的笑声再一次响起。

"你是说那一群酸文人？"诸葛亮有些不屑。

"你别拿这种语气说人家，人家的诗不见得就作得比你差。"黄月英正色说，说到"差"的时候，头往后回旋了一下，张嘴露出洁白的牙齿。

"光会作诗有什么用？生活不是诗歌。"

"没有诗歌，你早就饿死了。"黄月英故作严肃地说完，又咯咯咯地大笑起来。

黄月英无心的言语让诸葛亮的脸红了一下。当初，叔父诸葛玄投奔刘表，仰其鼻息。刘表所倚重的是南郡的蒯越、襄阳的蔡瑁这些豪族，自然不甚待见逃难而来的诸葛玄，对于无名后辈诸葛亮更是毫不放在眼里。诸葛玄死后，诸葛亮毅然与兄弟姊妹搬到隆中乡下，不愿受刘表的接济。诸葛亮手无缚鸡之力，唯有满腹经纶，为了补贴家用，他便在襄阳城内手书诗歌售卖。那个战乱的年代，谁还会买字买诗呀，都拿他当怪物，取笑和打击他。甚至有不明事理的小孩爬上高高的城墙，几个脑袋伏在城墙上，远远地伸下一根竹竿勾取他的诗。等饿得奄奄一息背靠城墙坐着的诸葛亮反应过来，一群小孩已经一哄而散。他只能眼见这群小孩将写有他诗歌的纸缠在竹竿上当作旗帜，满世界追追打打，扮演战争场景。一日，襄阳名士黄承彦路过，见了这个后生的几首诗，十分惊讶，当即把他写的诗全买下了。后来，黄承彦又介绍他认识了不少襄阳名士，最重要的是，还把女儿黄月英也许配给了他。如此说来，女儿的幸福，与父亲的眼光也是有关系的。

"没有诗歌，也娶不上你这个聪明的老婆。"诸葛亮突然抱起黄月英。

"你快放下我！听见没有？"黄月英轻轻拍打着诸葛亮的胸膛。

"我的耳朵听见了，可我的手没听见。"诸葛亮厚着脸皮说。

"我不敢相信你是我认识的那个孔明。"黄月英笑着，挣扎着下地。

"我要让你重新认识一个真正的诸葛亮。"诸葛亮强行捧过黄月英的头。

诸葛亮不只有那一张儒雅的脸，也有一张荒诞风趣的脸，甚至更多的脸。恢复吴子庸的本来面目后，我一身轻松，用不着装扮什么，用不着担心哪里没扮像。诸葛亮却一直戴着面具，把真实的自己藏起来，把自己的喜怒哀乐也都藏起来。

难得看到诸葛亮流露出真实的一面，我准备退回自己的屋子，不小心踩到一只大黄狗的爪子，大黄狗嗷叫一声，丢了嘴里的骨头。

我刚折进屋子，回头瞥见诸葛亮站在书房门口，看一只瘸着腿的黄狗灰溜溜地跑出院子。诸葛亮走到院子里，拾起那块肉骨头朝院外扔去。

2

刘备还没有出兵，就传来张飞被部下杀害的噩耗。章武元年（221）七月，刘备命车骑将军张飞率精兵万人，从阆中出发，在江州会师，一同进伐东吴。但是，现在刘备只能孤军东征了。

刘备到了江州后，把老将军赵云留在此地。也许是赵云再一次不识时务地劝说他吧。

孙权探听到消息，派诸葛瑾来求和，被刘备拒绝了。

这年秋天，刘备率四万人马，沿江东下，先后攻破吴军占领的巫县、秭归，兵锋直指江陵。

一边是惨烈的厮杀；一边是十足的彷徨。

诸葛亮收拾东西，来到成都郊区双流县。黄月英的劝说让诸葛亮放弃了回隆中的打算，但他还是想找个地方静一静。刚攻破成都时，刘备赏赐给他黄金五百斤，白银一千斤，钱五千万，他用这笔钱在双流县为自己修了一座宅子，购置了十五顷田地，种植桑树八百株，打算以后在这里安享晚年。

"你为什么这么早就给自己找好了退路？主公挺信任你的。"当时，我有些意外。

"当年高祖不信任韩信、张良吗？但高祖得了天下，韩信、彭越、英布不照样被杀了，张良也被迫隐居。古今都是一个理呀。"诸葛亮有些戚然。过了一阵，突然唱起了一支久违的歌：

·

步出齐城门，遥望荡阴里。

里中有三坟，累累正相似。

问是谁家墓，田疆古冶子。

力能排南山，文能绝地纪。

一朝被谗言，二桃杀三士。

谁能为此谋，国相齐晏子。

刚回家那几天，诸葛亮颇有新鲜感，每天在田地里走一走，看一看田埂上斑驳的老桑叶，有一种农夫丰收的喜悦。

但很快他就对他的桑叶失去了兴趣，不是让我搬来石头排兵布阵，便是让我扮作士兵。他站在一块大石头上挥动一根枯黄的桑树枝指挥他的军队——其实只有我一个人，一会儿向左，一会儿向右，一会儿向前，一会儿向后，一会儿转圈，一会儿卧倒。在他的面前，仿佛有千军万马，随着敌人的进攻，不断变换阵势。

我累得浑身湿透，趴在地上起不来。他则孩童般大笑，拿指挥用的桑枝轻轻抽我的屁股，"起来，要是在战场上，你这可是很危险的。"

我翻了个身，双手枕在头下，依然躺在地上，上气不接下气地说："就算是打仗，我看也没这么累。你这哪是排兵布阵啊，分明是对我有意见，变着法儿折腾我。"

诸葛亮撇撇嘴说："你呀，要是打起仗来，估计也是逃兵。"

"那可不一定。我又不是没见过杀人。"我嘟囔着说。

"起来，我给你说正事儿。"诸葛亮拿树枝扫了扫地上的尘土，在我身边坐了下来。

我双手后叉，支撑住半仰的身子，说："你手上的事情都托付给刘巴了，还能有什么正事儿？"

"昨天晚上我做了一个梦，梦见主公打败仗了。"诸葛亮的目光，越过前面一排桑树，越过一条窄窄的小河，投向金黄色的远方。沉甸甸的水稻已经藏到被秋阳烤焦的稻草下面去了，几位戴草帽的农人正在田里收割水稻。不时有轻盈的蚂蚱穿梭一样的四下弹跳，发出"吱吱吱"的振翅声。

156

"唉，嫂子说对了，你就没有享受清闲日子的命。"我叹息一声。

天空一群鸽子飞过，在远处绕了一圈，又飞回来。在阳光下，一会儿泛着银灰，一会儿反射光亮。诸葛亮一声呼哨，一只鸽子便飞过来，落在他伸出的手掌上。他从鸽子的爪子上取下一个小竹筒，轻轻挖出竹筒里的纸卷。看了看，说："现在，主公所到之处，吴军纷纷撤退。"

"那你还担心什么呢？"我扭了扭脖子说。

"这才是最值得担心的。你看，长江两岸地势险峻，水流湍急，我军只能排成一线缓慢前进，阵势根本摆不开……"诸葛亮把桑树枝掉过来，用树枝尾端在地上比画着。

"那怎么办？"我淡淡地问。

"除非主公一鼓作气，拿下夷陵。夷陵处于山地与平原的交汇处，东吴必定在此重兵防卫。只怕主公是凶多吉少啊。"诸葛亮扔掉手中的桑树枝，一脸担忧之色。

"战场瞬息万变，谁知道会是什么结果，我们在这里瞎担心干啥呢，我看你待在这里也不安心，不如回成都去吧。"我可不想天天陪着他在这里练习八阵图。

"这两天我也在考虑这个问题。生活没有十全十美，不能因为遇到困难和挫折就当逃兵，是吧？困难是绕不过去的，得想办法克服它。"诸葛亮登上了一条兴复汉室的大船，就再也没有退路了。即便外力作用消失，他内心也已习惯了这种节奏。

3

一阵秋风一阵凉，下了两三阵雨，季节便与冬天无缝衔接上了。离开成都的时候，穿一件单衣还觉得热，现在倒有些凉意了。天也不那么明朗，变得含含糊糊地阴沉，迁延不断的雨水让世界都快长霉了。

因为下雨的缘故，黑夜来得比往日早。吃过午饭从双流出发，回到成都的宅第，天已经快黑了。马车在门前停下来，我突然看见屋檐下的雨帘后蹲着一个人，双手抱在一起，头发有些乱，裙子在风里不安分地飘动。

"晚秋？！"诸葛亮刚刚踏下马车，竟然在雨里呆住了。

在诸葛亮的会客室，黄月英冷冰冰地拿来自己的衣服给杨晚秋换上，然后坐在角落里，一声不吭，听我们说话。

"晚秋，你还认识我吧？我是吴子庸，不，我是李函之，不，我就是吴子庸……"我有些语无伦次。

诸葛亮说："子庸以前戴了张人皮面具，还给自己改了个李函之的假名，现在，他把面具摘了，也恢复了真名吴子庸。"

"对，对，对……"我赶紧附和。

杨晚秋仿佛对此一点也不惊讶，淡淡地说："哦，原来是函之弟弟呀，我倒真是没认出来呢。"

"我的样子是变了，但是我的声音没变，身材没变，我的心更没有变。"说着意味深长地看了杨晚秋一眼。她躲着我的眼光，"哦"了一声。

"晚秋，三年了，你到底去了哪里？"我忍不住问，语气里满是关心。

"我、我一直在许都……"杨晚秋低下头说。

我的心"咚咚"地剧跳起来。三年前，诸葛亮派我去许都联络吉本起事，走之前去与杨晚秋告别。她说她知道我要去做什么，还为我担心。这些年她一直下落不明，原来是去许都找我了。

"你去做什么，难道不知道那儿很危险吗？"我故作责备地说，这种语气是只有关系亲近的人之间才有的，我无意中在向诸葛亮宣示着什么，炫耀着什么。

杨晚秋的双手机械地绞着，不知道如何回答。

诸葛亮轻轻地问了杨晚秋一句："你走为什么不告诉我一声？"

那天晚上，我才知道，诸葛亮和杨晚秋原来从小就认识了。杨晚秋谈起小时候的事情，有些害羞地问诸葛亮："你还记得吗？夏天的时候，我们经常一大早就冒着细雨，扒开湿漉漉的高粱叶钻到土边的坟地里找野生菌。头一天才刚刚拱土的菌子，经过一夜的雨露，在地上撑起了一把把灰白色的伞。"

"是啊，我们争着抢着把一朵朵菌子拔起来，用竹签从菌把下端串在一起，挽成一个圈欢天喜地倒提着回家。"诸葛亮咂了一下嘴说。

"夏天最好玩的还是捉泥鳅，"杨晚秋回忆说，"有一次下雨，我光着脚跟在你身后去捉泥鳅，结果路滑，不小心摔了一跤，把手上捧着的陶罐摔碎了，泥鳅在田埂上滚了一地，大部分钻回泥里了……"

诸葛亮陷入了往事，脸上露出愉快的表情。

"你当时气急败坏的样子，把我吓蒙了。"

"不过，后来你补偿我了。"诸葛亮看了看手中的鹅毛扇，问，"你家没养鹅，哪里来这么多鹅毛？"

杨晚秋说："这些鹅毛是我拣来的，每次看到一根完好的大鹅毛，我心里都特别高兴。终于给你做成了这把鹅毛扇。"

诸葛亮沉默了。过了半晌才说："我曾经以为这辈子再也见不到你了。"

"究竟发生什么事了？"我好奇地问。

"曹操率军攻打徐州，我叔父准备带我去豫章，当我去给她们告别的时候，她的家早已成为一片灰烬。"诸葛亮望着虚空，冷冷地说。

杨晚秋接着诸葛亮的话题继续说："是啊，我亲眼见曹兵烧了我家，把我妈强奸后杀掉了，他们连我这个小孩他们都不放过，我拼命逃跑，被砍倒在地，幸好我命大没死，后来被人救了过来。"

4

那天，书房里传来黄月英低声的哭泣。

我叹息一声，走到床榻前躺下来，老是有一种错觉，那个哭泣的人不是黄月英，而是杨晚秋。我的心被猫抓一样，一会儿爬起来在屋子里走来走去，一会儿躺下去，在床榻上一动不动。

过了一段时间，隔壁传来陶罐碎地的声音。我把耳朵贴在窗纸上。突然，听到一声尖叫。我赶紧冲出屋子，来到诸葛亮的书房。

地上碎了一地的陶片，锋利如同尖刀。黄月英手里还握着一小块黑黝黝的陶片，指间有鲜血滴下来。

"你这是怎么啦？"我冲上去，从衣襟上撕下一块布帮她包扎起来。她安静地坐在那里，眼泪无声地往下滴，让人无限怜爱。

"别哭了，你休息一会儿，别动，我去找个筐来，把地上的陶片收拾了，不然待会儿划伤脚。"说完，我走出了书房。

回来的时候，黄月英规规矩矩坐在椅子上，一动也不动，像一只听话的小猫。

她低声喃喃："不要离开我，不要离开我……"

等我收拾完地上的陶片站起身，黄月英已经睡着了，眼角的泪水还没有干透。

接到消息急急赶回来的诸葛亮，看了坐在一旁的我一眼，在黄月英身旁蹲下来。诸葛亮看着她脸上的泪痕，轻轻地用袖口给她拭去了，又拿过她受伤的手，难过地翻来翻去地看。

我起身退出书房，诸葛亮小心地把熟睡的黄月英抱起来，慢慢地向卧室走去。

那天开始，诸葛亮走路都在低头想心事，眼神空茫。路上遇到人招呼，半天回过神来抬起头，很茫然地咧咧嘴，算是回答。有时候，对方已经擦肩而过老远了。

那天诸葛亮喝了好多酒，比十年前送孟公威离开时还喝得多。刚跨出酒馆大门，他便双膝一软，跪倒在地。

我扶起诸葛亮。他甩开我，挣扎着爬起来。在寒风里跌跌撞撞地走了一阵，夜已经深了，他酒醒了不少，似乎余兴未了，又从怀里摸出一个酒壶，坐在路边一根枯死的树桩上独自饮起来。我坐在一旁，捡了一粒小石子，有事没事地在地上划拉。

"月英太敏感了，如果两个人在一起，连起码的理解和信任都没有，生活在一起还有什么意思呢？"诸葛亮终于按捺不住心事，这样对我说。很多人在酒后，往往有一种说话的欲望。

"其实，你应该多和嫂子沟通，她不是一个蛮不讲理的人。"我劝道。

诸葛亮说："她就是一个蛮不讲理的人。有时候，偏执得很。"

"那是因为你偏执。"我有些不客气地说，"你总是带着一种必须如此的口气跟她沟通，你在心里预设她应该理解你，结果她并不理解你，于是你就觉得是她的错。"

"婚姻的事，容易当局者迷。"诸葛亮用鹅毛扇拍拍自己的脑袋。

"嫂子这人其实挺可爱的。"我想起她伏在她父亲背上时的样子。

"是啊，刚结婚的时候，每天晚上睡觉前，她都会伸出脚指头有节奏地伸屈着，嘴里配合着说'亮君，亮君亮君'。或者突然对我说'你过来我有话给你说'，等我放下书把耳朵凑到她面前时，她突然吻我一下，然后在床榻上笑得打滚。"诸葛亮脸上浮现出一丝微笑。

这个寒冷的冬天，我经常陪着诸葛亮在浣花溪边散步。有时候，说一点男女之间的事情，有时候什么也不说，就沿着小溪走走停停，看一看艄公摇橹打鱼，看一看水鸟钻进溪水里捕食。有时候下雨，我们也不躲，悠闲地欣赏雨点在水面激起的一圈圈不断漾开的波纹。路旁躲雨的农人对着我们指指点点，不时发出爽快的笑声。事后回想起来，这也是一种温馨的画面。

冬天过去了。春天来了，是个短暂的春天，还没有看见花开，花就谢了。杨晚秋像一片飘落水中的花瓣，漂走了，就像三年前突然离开一样，无声无息。

在这个春天里，诸葛亮生了一场大病，卧床不起。黄月英着了慌，每天跑上跑下请大夫，家里都成药房了，堆满不同大夫开的不同药材，老远就闻到一股浓浓的草药味道。黄月英亲自给诸葛亮抓药、煎药，等药凉到合适的温度，又像母亲照顾孩子一样，一勺一勺地喂诸葛亮喝下去。

黄月英经常整夜整夜不睡觉，守在诸葛亮的病榻前。困了就双手枕在床榻边趴一会儿。我想替换她也不成。她说："孔明醒来看不见我，会害怕的。你不知道，他这个人，别看身长八尺，但是哪怕一只蜘蛛他也害怕。有一次在地里种菜，从树上突然垂下一只蜘蛛，他吓得一声尖叫，跳着躲到我身后去了。"

"有些人是对某种动物有禁忌，倒不一定是他胆子小。"我微微一笑解释说。

"但我还是希望每次他醒来第一个看见的人就是我。"黄月英有些羞涩地说。门缝里吹进来一缕暮春的风，和着泥土、青草的味道，油灯欢呼似的一闪一闪地迎接着他们，黄月英的影子被投到墙上，像是一个木偶。

5

收到刘备兵败消息，已经是夏末了。但夏季的燠热还没有完全退去。诸葛亮在后方加紧训练士兵，准备粮草，密切关注着前线的战况。

长江沿岸的高山峻岭，让刘备步兵的优势没法得到充分发挥。最初的时候，刘备节节胜利，这让他忽视了对手的强大。东吴的军队，随着后撤，越收越紧，力量像拳头一样，捏得越紧，力量越大。刘备的军队，却由于战线越拉越长，兵力越来越分散。而他又舍弃了船只，让水军登陆作战，连水军的优势也失去了。两个著名的战将，赵云和黄权，因为与刘备的意见不统一，一个被留在了江州，一个则被安置在长江以北防范曹魏。

诸葛亮所担心的事情发生了。刘备果然在地形从高山到平地过渡的夷陵出了问题。陆逊说服了急于反击的将领们，避开刘备的锋芒，在这里以逸待劳。这个年轻的后生，曾经成功地麻痹了关羽，致使关羽败走麦城，但刘备没有把他放在眼里，就像当年赤壁之战时，曹操没有把周瑜、诸葛亮放在眼里一样。

刘备五万人马几乎全军覆没，舟船、器械、物资损失殆尽，尸体顺着河流，塞江而下。刘备在少数亲兵护卫下，突围逃到白帝城。赵云听说刘备失利，便进兵至永安，以防吴军追袭。

"唉，要是法孝直在就好了，他一定能打消主公东征的念头。就算主公一意孤行，有他在身边，也不至于如此一败涂地。"诸葛亮摇着鹅毛扇叹息道。

"就算法正在，也不一定能劝说主公。"我往诸葛亮身边靠了靠，以便借一点"过河风"，"自从称王以来，陛下便很难听得进不同意见了。"

兵败还不算最坏的消息。

这年冬天，从白帝城传来刘备病倒的消息。毕竟六十出头的老人了，这次打击是巨大的。

次年（223）二月，诸葛亮奉刘备之命，同鲁王刘永、梁王刘理来到永安宫。刘禅则留在成都监国。

"请陛下放心，孔明一定尽犬马之力辅佐太子。"诸葛亮对病床上的刘备说。

刘备突然问："丞相，你觉得封儿如何？"刘封是刘备的养子，曾随赵云、张飞攻打西川，后来又统领孟达部攻取上庸，立下不少战功。

诸葛亮一怔，说："刘将军勇武过人，有帅才，是个不可多得的人才。"他看了刘备一眼，小心翼翼地说，"此次……夷陵之战后，孟达投靠了曹魏，他却依然据城抵御曹兵。"

刘备手扶着床榻边沿，沉吟不语。

诸葛亮接着说："不过，刘将军刚愎自用，只怕将来不好制伏。"

刘备脸上的肌肉紧了一下，说："是啊，当初，他以刚攻占上庸为由拒不发兵救云长，导致荆州之失，让我损失了一员大将和数万兵马。不仅如此，他还与孟达不合，造成孟达的叛逃。"

刘备顿了顿，问："丞相以为该当如何？"

诸葛亮看着刘备欲言又止。刘备说："丞相，你我之间还有何不可直说的，你要是有法孝直爽快就好了。"

刘备一句戏言，诸葛亮却当真了，红着脸急要分辩。

刘备豁达地笑了笑，"那么，在这件事情上，你觉得如何处置封儿比较恰当？"

"当断不断必受其乱。臣以为，在这件事情上宜快刀斩乱麻，彻底根除后患。"

刘备闭上眼睛，长长出了一口气，缓慢地睁开眼，说："丞相，你以我的名义给封儿写封信，让他立即来永安宫见我。"

6

刘备的病越来越严重，诸葛亮每天都到宫中关心刘备的病情，有时怕打扰他休息，走到宫门外又转身回去了。

"以前有过一些摩擦，如今也变得无足轻重了。"诸葛亮告诉我，当你看着一个人慢慢地走近死亡，哪怕对他再有恨意，在心里也已经原谅他了。那是四月底的一天，上午他去看了刘备，感觉刘备的精神好多了，终于松了一口气，让我陪他散散步。

"子庸，朋友是那些真正走入你生活的人，他们也会走进你的内心。孟公威、徐元直、崔州平，一个个都离开了，他们每个人的离开，都让我的内心空一次。你可不能再离开我了。"

"孔明兄，只要你需要，我随时都会在你身边。"我感动地说。

"丞相，你在这里呀。陛下快不行了，让你立刻赶过去。"一名士兵急匆匆地冲到我们面前。诸葛亮的脸一下子变得苍白如纸。

诸葛亮跪着移到刘备的病榻边，刘备拉着他的手，"当年我们设计的北伐中原、兴复汉室的路，现在要你一个人去走了。"刘备干涩的眼眶里滚出一滴眼泪来。

"陛下……"诸葛亮哽咽着。

刘备喘着沉重的粗气说："你听我说，你的才能超过曹丕十倍，阿斗可以辅佐也就罢了，如果他不能辅佐，你就废了他自立为王。"说完，闭上眼睛剧烈地咳嗽起来。

诸葛亮忙在地上重重地磕头，早已泣不成声，"陛下，亮一介书生，何德何能，让您三顾茅庐。士为知己者死，我一定尽心尽力辅佐太子，万死不辞，以报答陛下的知遇之恩。"

"永儿、理儿，你们过来……记住，我死以后，你们兄弟要像对待父亲一样孝敬丞相，与丞相一起好好共事。"两个孩子都流着泪点头。接着，转身向诸葛亮叩头行礼。

"你也过来。"刘备偏着头看着不远处跪着的李严。前不久，刘巴去世，李严继任尚书令。李严双膝交替，爬到刘备旁边，刘备抬起他的手，李严赶紧按着他的意愿，把手主动送上去。

"丞相，以后让他给你分担一些事情吧，人的精力是有限的。今后，蜀汉的基业就要依靠你们两人了。"

"陛下！"

"陛下！"

"你们下去吧，我累了，想休息一下。"屋子里的人，除了留下一个贴身下人，其他人都依依不舍地退了出去，不断地回头看刘备。刘备已经转过了身，背对着门，谁也看不到他的表情。

　　那天，没有人真正离开，都静悄悄地守在门外。不久，传来一声惊呼，"陛下！"紧接着，那位惊慌失措的下人连滚带爬地跑出屋子，在门槛上一绊，重重地摔出门来。他手指着屋子里，嘴里"啊、啊、啊"地叫着，一句话也说不出来。

第九章　下半场的表演

1

诸葛亮的事业，是在先帝驾崩以后才真正开始的。然而，他的后半生一开始就注定是一个悲剧。刘备驾崩以后，刘禅继承帝位，改元建兴。诸葛亮以丞相兼益州牧，全面负责蜀汉治理。李严则统领内外军事，驻守永安防备东吴。蜀汉的开国大将们，如今已经凋零殆尽，军队的作战能力降到了冰点。南中地区的酋帅、豪族们趁机兴风作浪。

"丞相，外面有一个人自称是常房大人的随从，说有要事当面给你禀报。"

诸葛亮脸上的肌肉抽搐了一下。

"丞相，牂牁太守朱褒叛变朝廷，还把我家主子给杀了。"一个衣衫褴褛的下人匆匆走进来，"扑通"一声跪在诸葛亮面前，失声控诉说。

原来，益州从事常房觉察到牂牁太守朱褒想谋反，抓了朱褒的主簿进行拷打讯问，并杀了他。没想到朱褒竟然起兵杀了常房。

"丞相，你可要为小人做主啊。"那人哭着说。

诸葛亮叹息一声，"你先起来。"顿了顿，问，"李将军带给雍闿的信，他送到了吗？"

"送到了的。"那人说，"可是，雍闿根本不认李将军这点交情。李将军给他写了六页书信，对他晓之以理、动之以情，他只草草写了一页回信。"说

166

完，从怀里掏出一张信纸。

诸葛亮展开一看，信上写着：我听说天上没有两个太阳，地上没有两个大王。现在天下鼎立，曹丕、孙权和你们，都自称是正统，所以我们这些偏远地方的人很惶惑，不知道究竟该归附于谁。

诸葛亮把信扔在几案上，把鹅毛扇"啪"地拍在信上说："岂有此理！"

"丞相，雍闿也叛变了，还把太守正昂给杀了……"那人说。

"什么？！"诸葛亮有些吃惊。雍闿是益州郡大姓。南中五郡，如果两个郡发生叛乱，局势则堪忧了。

"去年汉嘉太守黄元造反，我就担心会引起连锁反应，果不其然。"我说，"很可能，这里面有孙权在扇阴风点鬼火。孙权一直是墙头草两边倒，这人最靠不住。"

当初关羽被杀后，孙权就任命刘璋为益州刺史，驻扎在秭归，想借刘璋在益州的影响力来制造事端。刘璋死后，又命刘璋的儿子刘阐为益州刺史，陈兵交州、益州的交接地带，就是想插手南中事务。

"雍闿如此有恃无恐，恐怕是孙权在背后撑腰。"诸葛亮说，"果真如此，局面就复杂了……"诸葛亮长吁一口气说。

益州郡虽然在成都南面，与成都联系并不紧密，但当地物产丰富，对于修复蜀汉的国力，具有重要意义。益州郡又是与东吴接壤的边境地区，诸葛亮不会轻易放弃这一块地盘。但关羽之败和夷陵之败后，蜀汉当前最重要的任务是整顿内务，恢复生机，他已经没有足够的兵力前去讨伐叛乱者了。

"丞相，你可要替我家主人报仇啊！"常房的下人离开丞相府前再次请求诸葛亮说。诸葛亮说："你放心吧，我会处理好的。"

报信的人离开后，诸葛亮回头看着我问："子庸，你说我应该怎么办？"诸葛亮在向别人询问意见的时候，他心里其实常常已经有了答案，问别人，不过出于一种礼节和尊重，或者是对自己决策的一次确认。

"我觉得，在目前的情况下，需要一个对南中地区比较熟悉的人，前去稳定人心，防止叛乱的影响继续扩大。"

"你觉得此人如何？"诸葛亮轻轻地摇了摇鹅毛扇，拿扇柄蘸茶水在几案上写下两个字：张裔。

"张裔在南中有很大的影响力，汉族和少数民族都比较敬重他，确实是一个不错的人选。不知道他愿意不愿意？"

　　"让他做益州太守，我来做工作。"诸葛亮边说边拿扇柄在手上擦了擦水渍，动作有一些机械。

　　有人敲门。

　　"该不会是张裔吧？"我笑着说。

　　"有这么巧吗？"诸葛亮把头转向门外。

　　进来的却是一位下人。

　　"丞相，你的信。"那人把信交到诸葛亮手上，轻轻退了出去。

　　在三国时代，有一群超越国界的人，他们虽然服务于不同的国家，但却相互往来甚至颇有感情，成为联络三个对立的政权之间的桥梁。这就是士大夫集团。这是一封来自曹魏方面的士大夫的信。

　　诸葛亮把信扔在几案上，掰着手指说："华歆、王朗、陈群，都给我写过信了，不知道这一次又是谁。不过，管他是谁呢。"

　　"他们都是给你施加压力的吧？"

　　"可不是，表面上都是为了我好，实际上绵里藏针，想吓唬我。"诸葛亮摇着鹅毛扇。那两封搁在几案上的信被扇起来，先后飘落地上。

　　我看了一眼那两封信，拾起来展开，其中一封是曹魏太史令许芝写来的，大意是陈说曹魏实力的强大，又宣称天命在魏，劝诸葛亮顺应天命，让蜀国做曹魏的藩属国。

　　"不用看，我就知道是什么内容。无非是要劝我识时务，向曹丕称臣。他们也太小看我了！以为几封信就能把我吓倒。"

　　诸葛亮接过信，看也不看，撕得粉碎，轻轻一扬，白雪飘飞。

2

　　诸葛亮书房里的灯光亮了一夜。

　　前一天，牂牁太守朱褒的使者来见诸葛亮，说是常房去南中谋反，被朱褒及时发现，将其斩杀。

这和常房下人的报告完全相反。

第二天早上，我昏昏沉沉地起床。在用早餐的时候，诸葛亮突然问我："人活着是为了什么？"

我一怔，我活得一直浑浑噩噩的，以前是要追查父亲去世的真相，除去杀害父亲的凶手，现在，凶手已经纷纷死去，这个目标消失了，只是想跟着诸葛亮也做一番事业。我想到诸葛亮自比管仲、乐毅，便说："为了像管仲、乐毅一样，建功立业。身在乱世，当有志在天下的国士情怀，为天下太平做一番贡献。"

诸葛亮若有所思："鱼和熊掌不可兼得呀。做一个小人物也是如此不容易。"

"品德高尚的人不得已而做出一些有违道德的事，是很难受的。小人却不会有道德谴责感，两者不可同日而语。治国平天下有时不能只讲道德，也要讲权谋。"

诸葛亮笑了笑，算是一种自嘲，算是一种释然，也算是对我的理解报之一笑。我知道在朱褒和常房的事情上他已经做出了选择，但我仍有些忧虑："丞相，你是否考虑过，如果我们做出让步，对方却得寸进尺怎么办？"

"我也想过了。如果朝廷承认常房是清白的，那么朱褒就是谋反，朝廷须派兵镇压，但现在朝廷心有余而力不足。那么，让朱褒认为朝廷是相信他的，这样，他或许会回心转意。我只能用这种方式来换取时间。"

"那么你是准备牺牲常房的忠义和个人的荣誉了？"

"一个人的忠义不是一个人说了算，也不是一时可以盖棺定论，历史会做出客观的评价。而一个把天下放在心中的人，需要把个人的荣辱抛开。"

悲剧就是这样发生的。即便像诸葛亮这样以道德为至高追求的人，也不得不在现实的考量面前，做出有违本心的决定。诸葛亮默认了常房谋反的论调。

内部矛盾可以先缓一缓，但对曹魏的态度却是要鲜明的。在曹魏为官的士大夫们不厌其烦地写来劝降信，蜀汉的官员们也议论纷纷，人心动摇。诸葛亮写了一篇《正议》，张贴于城门各处，要满朝文武百官知晓朝廷抗曹的坚定决心。

贴告示的士兵刚离开，不少路人便围挤在城门处，人头攒动。有人大声念着：

> 昔在项羽，起不由德，虽处华夏，秉帝者之势，卒就汤镬，为后永戒。魏不审鉴，今次之矣；免身为幸，刑在子孙。而二三子各以耆艾之齿，承伪指而进书，有若崇、斌称莽之功，亦将逼於元祸苟免者邪！昔世祖之创迹旧基，奋羸卒数千，摧莽强旅四十余万于昆阳之郊。夫据道讨淫，不在众寡。及至孟德，以其谲胜之力，举数十万之师，救张郃于阳平，势穷虑悔，仅能自脱，辱其锋锐之众，遂丧汉中之地，深知神器不可妄获，旋还未至，感毒而死。子桓淫逸，继之以篡。纵使二三子多逞苏、张诡靡之说，奉进驩兜滔天之辞，欲以诬毁唐帝，讽解禹、稷，所谓徒丧文藻烦劳翰墨者矣！夫大人君子之所不为也。又《军诫》曰："万人必死，横行天下。"昔轩辕氏整卒数万，制四方，定海内，况以数十万之众，据正道而临有罪，可得干拟者哉！

3

冷空气从北方吹来，萧索的秋天随之降临。南方传来的消息，更是让诸葛亮心中泛起阵阵凉意。

雍闿在益州郡点燃的叛乱战火，越燃越烈，他让孟获联络夷人各部落，煽动他们一起造反。张裔就任益州太守后，这种火势并没有得到控制。

张裔的确在南中有一定的影响力，雍闿不敢杀害他，却利用少数民族地区人民信"鬼教"的弱点，制造诽谤张裔的谣言，把张裔抓起来送到东吴去了。孙权让雍闿遥领永昌太守。这是诸葛亮没有预料到的结果。

随着雍闿势力的蔓延，朱褒也终于明目张胆地起兵造反了。诸葛亮以常房一门子弟的性命为代价所做的让步，最终没有取得他所期望的结果。

形势紧急。

镇守永安宫的李严赶到成都，他希望带兵剿灭南中叛乱者。

"丞相你别瞻前顾后了，我们没有时间在这里坐而论道。"李严的话比较独特，他的停顿往往不取决于逻辑，而取决于他一口气的长短，或者他所要强调的词汇。他不在我们惯常停顿的地方停顿，而在一句话内部的某个地方出其不意地喘息。担任尚书令后，他与诸葛亮之间相处变得随意起来，说话也不那么注意分寸了。地位再高的人，也有随意的一面，只是多数人看不到而已。关系的亲密程度、能力和地位的相似度，决定了这种随意的程度。

诸葛亮从容地摇着鹅毛扇，"李将军，我也不称呼你令君了，李将军，你的意思是？"李严拼命想消弭的那种距离，诸葛亮又不动声色地强调着它。就像当年刘备有意无意地提醒诸葛亮他们之间的距离一样。

李严将手指在几案上叩着，斩钉截铁地说："圣人不能违背时序，但也不能坐失良机，我们得趁现在叛乱才开始还没有成势的时候，把他们一一扑灭，等大火烧起来恐怕就无力回天了。"李严放慢语速提高声音，把"一一扑灭"和"无力回天"几个字强调了一下。

诸葛亮却带着惯有的腔调，不紧不慢地说："李将军，我怎么觉得现在时机还没到呢？"

"丞相再晚怕是来不及了……"李严站了起来，语重心长的强调都停在了那个低沉而长声的"及了"音上。

诸葛亮伸出鹅毛扇招呼我说："子庸，去拿酒来，李将军远道而来，我要为他接风洗尘。"接着转向李严说，"这还真就是个喝酒的天，李将军，你不觉得吗？"

李严只好又坐了回去。

"丞相，我对你个人没意见，我只是担心国家社稷。"李严语气缓和了些，但还是在"国家社稷"四个字上提高了声音，似乎这就是他理直气壮的理由。

"这我知道，要不然，我也不拿酒给你喝了。"诸葛亮说。

我抱来一壶酒，分别给他们斟上。诸葛亮说："子庸，你也坐下来喝两杯吧。李将军不是外人。"我便给自己也倒了一杯，挨着诸葛亮坐了。

李严喝了第一杯酒，抹着胡须上的残酒说："丞相，我看这酒还是留到我打了胜仗回来再喝吧，我这心里，急呀……"李严把"急"字说得高亢激越，

"呀"字迅速降了几个调。

诸葛亮给他满上一杯，说："李将军，别急。我来给你算一笔账，等算完，你自然就不急了。"

李严疑惑地问："丞相算什么……账？"

诸葛亮说："来，先喝酒。"说着，又举起了杯子。

李严"咕噜"把酒喝下去，自己抓过酒壶，给众人都斟上，说："来再喝一杯，喝了三杯，丞相就该告诉我了。"李严自己点着头说。

诸葛亮放下酒杯，抿了抿嘴唇，说："既然李将军急于想知道，那我就不卖关子了。我问李将军，你在永安有多少兵马？"

李严一愣，说："征调……四万人马应该没问题。"说到"没问题"的时候，李严的眉毛上扬了一下。

诸葛亮问："那你可知道朝廷有多少人马？"

李严皱着眉头，"应该也有十来万吧？"说完"吧"字，李严的嘴巴一直张着，老半天才闭上。

诸葛亮摇了摇头，"也就五六万。夷陵一战，几乎把整个国家的兵力都耗尽了。现在我正加紧征召士兵，对他们进行训练。"

李严说："有近十万的兵力足够平乱了，我不需要丞相一兵一卒，保证——拿下南中。"李严天生的演说家，说话像是在表演，在说"保证拿下南中"时，声音斩钉截铁，抑扬顿挫，充满了自信。

诸葛亮给李严倒了一杯酒，说："李将军的才干孔明是知道的。建安二十三年（218），盗贼马秦、高胜等人在郪县起兵，很快队伍扩大到数万人。当时主公在汉中，李将军只率本郡士兵五千人前往，即斩杀了马秦、高胜。"

李严脸上浮现出一丝得意。

"来来来，为李将军的神勇干一杯！"诸葛亮把李严的酒杯拿起来递给他，李严爽快地喝下一杯。

诸葛亮继续说："后来，南中越巂郡夷帅高定率军围攻新道县，也是李将军率兵前往解围，高定被击败，落荒而逃。先帝因此加封李将军为辅汉将军，继续兼任犍为太守。先帝对李将军赞赏有加，所以李将军也成为托孤大臣，与孔明一同辅佐陛下。"

李严举杯说："李某忝列托孤大臣之列，还望丞相以后多多——关照。"李严把"多多"二字拖得很长，意味深长的样子。

诸葛亮说："愿与李将军共同光复汉室。光复汉室，这是孔明一生的梦想。但是，现在曹丕在北方，一直对我们虎视眈眈，孙权在东边，也不安分，我们得把精力放在他们身上。如果我们现在贸然行动，难保曹丕不乘虚而入。"

李严不停地捏着下巴，问："丞相可有破敌之策？"

诸葛亮说："现在不能硬拼，只能智取，要四两拨千斤才成。"

"如何智取？"李严摇头晃脑说到"取"字时，锐利的目光突然瞟向诸葛亮。

诸葛亮一阵咳嗽。开府治事以来，诸葛亮事必躬亲，总理内外事务，特别劳累。前一阵冷风突至，便感染了风寒。有一次我劝他，身为一国丞相，应以大计为重，不能纠缠于琐碎小事。比如一个家庭，男耕女织便是分工，鸡司晨、犬看家、牛耕地、马拉车，也各尽其职，这样才能做到井井有条。如果一家之主却试图把一切事务都揽到自己身上，恐怕精力既不够，也达不到好的效果。他只是一笑了之。

诸葛亮轻轻地拍打了一阵胸脯，说："雍闿等人之所以如此有恃无恐，一是因为先帝新丧、陛下幼弱，我们内部还做不到固若金汤；二是因为有孙权在给他撑腰。要让雍闿等人真正臣服，必须釜底抽薪。"

李严放下酒杯，身子前倾，右手伸出袖子，表现出浓厚的兴趣，"丞相你快说说怎么个——釜底抽薪法？"

"所谓'上兵伐谋，其次伐交'，用兵的最高境界是用谋略战胜敌人，其次是外交。丞相的意思是，我们得联合东吴，让雍闿无所依凭。这样还能免除我们以后讨伐南中的后顾之忧。"我借着酒劲说。诸葛亮点点头，"只是，我现在还没有想到合适的人选。"

"孙权首鼠两端，他会断绝与曹丕的关系，和我们重修旧好吗？"李严有些担心地在"曹丕"两个字上加重了语气。

"十六年前曹操大军压境，先帝退走荆州，孙权在投降和抵抗之间犹豫不决，最终与先帝联手，在赤壁大败曹操。事在人为，不去试试，又怎么能说不行呢。"诸葛亮针锋相对，却极有节制地说道。

4

尚书邓芝在这个时候进入诸葛亮的视野。

九月的一天，天刚放晴，邓芝主动到诸葛亮的府上求见。那时，我刚给诸葛亮磨好墨，他准备给刘禅写一封奏书，建议抛开与孙权的宿怨，主动与其结盟。听说邓芝来访，他便把笔放在笔架上，让下人把邓芝带到书房。

邓芝进屋后，开门见山说："如今主上幼弱，又刚刚即位。而我国正处于内忧外患之中。魏国灭我之心不死，唯有与东吴联盟才是上策。我认为，应该派遣高级别的使臣前往吴国，重申友好之意。"

诸葛亮眼前一亮，却平静地说："自夷陵之战后，我汉朝与东吴之间便水火不容，虽然之前有使臣往来，但并无进展。此时出使东吴，孙权肯与我国结盟而与魏国为敌吗？"

邓芝笑笑说："孙权与曹丕之间是貌合神离，夷陵之战时，为了对付先帝，孙权卑躬屈膝，答应派太子入质魏国，但他并不甘心，所以，夷陵战后，他并不肯按约把太子送到魏国，因而曹丕一怒之下分三路伐吴。"

"这又如何？"诸葛亮从容地摇着鹅毛扇问。

"孙权与曹丕之间，不可能有真正的盟友关系，孙权只是利用曹丕而已，而曹丕也不会再轻信于他。这种不信任，正是我国与孙权合作的基础。"

诸葛亮脸上浮现出一丝笑意，问："那你觉得结盟孙权能成功？"

"丞相，我觉得是可以一试的，尤其是现在，吴国派往魏国的使节冯熙被曹丕扣留，在威逼利诱都不能使冯熙投降的情况下，曹丕把他送到偏远之地折磨，以致冯熙被迫自杀。"

"弱国无外交。吴国与魏国的实力差距，让孙权在曹丕面前没有说话的权利。"诸葛亮点点头。

邓芝继续说："所以，孙权会考虑同我们的结盟，因为我们与他实力相当，我们之间的合作，才可能是真正平等的合作。尽管孙权可能还有一些顾虑，但应该可以说服他。"

"其实，孙权还有一点担心，就是孙权背弃吴蜀联盟，给我国造成了巨大的灾难，他可能担心我们会伺机报复。"我插话说。

"这个不用担心，丞相一向是主张联吴的，孙权应该明白丞相的一片苦心。"邓芝看着诸葛亮说。诸葛亮点点头，看了看书案上刚开了个头的奏章，说："这事儿我也想了好久了，正准备给陛下写一份奏折。只是一直没找到一个合适的人选。"

"哦。"邓芝的视线也转到书案上。

"不过，现在总算找到了。"

"谁？"邓芝望着诸葛亮问。

诸葛亮轻轻摇了摇鹅毛扇，看着邓芝笑了，"就是你呀。"

邓芝愣了一下，随即，爆发出会心的大笑。

"谢谢丞相的信任。"邓芝敛住笑，说。

诸葛亮站起身，说："我把给陛下的奏章写完吧。"边说边走到书案边。我和邓芝都走到书案前，大气不出地看着他笔走龙蛇。

"好字，好文章！"邓芝见诸葛亮在奏章后面写下名字后，不失时机地夸奖道。诸葛亮淡淡一笑，回头问邓芝，"要不要我送你一幅字？"

再伟大的人，也喜欢听奉承的话。只是，伟大的人，不会因为这些奉承而失去理智。

两天后，阴沉沉的天空飘着细雨。诸葛亮命我牵来一匹马，随后一起前往邓芝府前。邓芝整冠出门，见诸葛亮已经等在府门外，三步并作两步跑了出来，"丞相，怎敢劳你的大驾？"

诸葛亮抚摸了一下马背，然后轻轻地拍了拍马头，对邓芝说："邓将军，来，请上马。"

邓芝大惊，"丞相，使不得，使不得。我何德何能，竟让丞相给我备马？"

诸葛亮说："你此去，为了国家甘冒生命危险，我给你备备马又有何难？"说着，做了一个'请'的动作。邓芝犹豫一下，只好匆匆跨上马背，一脸的感激之情。

诸葛亮说："走，我送你一程。"说着，牵着马缰绳走在前面。邓芝在马上坐卧不安，"丞相，我还是下来吧。别人都看着我呢。"

"就让他们看吧。"诸葛亮满不在乎地说。

我走上去，说："丞相，你还是别让邓将军为难了。你给他牵马，他在马上能好过吗？还是给我吧。"我接过诸葛亮手中的缰绳。

诸葛亮一直把邓芝送到万里桥边。

5

三国时代最璀璨夺目的两个人，一个是曹操；一个是诸葛亮。上半场看曹操表演。下半场则看诸葛亮表演。

建兴二年（224），诸葛亮任益州牧，他开始广泛招罗人才。那个时候，邓芝已经出色地完成了出使任务。孙权在一番犹豫之后，终于接见了邓芝，随后又派张温回访蜀国。被雍闿送到吴国的张裔也被放回了蜀国。两国之间的外交关系逐渐恢复。诸葛亮开始腾出手来加强内政。

此前一年，诸葛亮开府治事，征召蒋琬为丞相府东曹掾，负责东曹工作，主管高级官员的选拔。又举荐他为秀才，蒋琬认为自己与诸葛亮关系近，担心别人说闲话，因而几番推辞。

蒋琬从小因才学而知名，后追随刘备。刘备入蜀后，任命他为广都县县令，大约是这个官职太小，蒋琬并不上心，有一次，刘备出巡时发现他不理政务，并且喝酒醉得不省人事，刘备勃然大怒，要将其处死。诸葛亮劝刘备说："蒋琬是治理国家的栋梁之材，不是治理区区县城的小材，他为政以安民为本，不追求表面的形式，请主公明察。"刘备这才免了蒋琬的死罪，只是撤了他的官职，不久，又任命他为什邡县县令。刘备进位汉中王后，召蒋琬入府做了尚书郎。

诸葛亮见蒋琬推辞，再三勉励他，在写给他的文告中说："思惟背亲舍德，以珍百姓，众人既不隐于心，实又使远近不解其义，是以君宜显其功举，以明此选之清重也。"

除了自己熟悉和亲近的贤才，诸葛亮很注意使用益州本地的人才，以平衡各方势力。他多次诚恳地请益州知名学者杜微出来为官。杜微是梓潼人，曾被刘璋辟为从事，但他却称病辞了官。刘备入蜀后想征召他，他也闭门不出。

此次，诸葛亮极力劝说年迈的杜微出山，打算任命他为主簿。但杜微推辞不受。三番五次之后，诸葛亮让我驾车把老先生直接拉到成都丞相府，亲自做他的思想工作。

诸葛亮见了银发飘飘却精神矍铄的杜微，非常高兴，把杜微迎进府，坐下来，说道："老先生德高望重，我早就久仰大名。我觉得你应该出山为官，以发挥你的才学。"

杜微大概因为年迈有些耳背，便借题发挥装起耳聋来。他把手罩在耳边，做出一副吃力却听不见的表情，说："你说什么？"

"我说你德——高——望——重，一肚子才华就这样隐居乡间太可惜了。"

杜微站起来，双手撑着手杖，把身子的重心倾上去，似乎想离诸葛亮更近一点以便听清他说什么，但并没有听清似的。他把身子站直，腾出一只手冲诸葛亮摆了摆，"老了老了，这耳朵也成摆设啰，听不见你说啥。"

诸葛亮让我取来笔墨纸砚。待我把墨磨好，诸葛亮在纸上写道："我早听说你品德高尚，盼望得到你的教诲，只因你清我浊不能同流，无缘当面向你请教。"写完，我举到杜微跟前请他看。

杜微迅速扫了一眼纸上的字，呵呵一笑，说："我不过是一介草民，蒙丞相错爱，深感不安。"

诸葛亮继续写道："州中杰出之士王元泰、李伯仁、王文仪、杨季休、丁君干、李永南兄弟、文仲宝等人，经常赞叹你的高尚志趣，可惜一直未能见面。我呢，才智平庸，却来统领贵乡益州，常感德行浅薄而责任重大，所以忧虑不已。"

杜微点了点头。诸葛亮顿了顿又写道："陛下今年十八岁，天性仁爱聪敏，礼贤下士，天下人也都纷纷思念追慕汉室，所以想请你遵循天意顺应民心，与我一起辅佐英明的君主，以建立兴复汉室的不朽功勋。"

杜微在屋子里蹒跚踱步，然后对诸葛亮说："丞相，你看我不仅耳朵不好使，腿脚也不灵便，虽然我有意为大汉复兴出点力，但身体不行。再说，我僻居乡野十数年，对时局已经不甚了解，而我那点儿学识也早就过时了。丞相你还是不要勉强，让我回去继续做我的农夫吧。"

诸葛亮搀扶杜微坐下，看着他摇了摇头。诸葛亮又通过写字，与杜微做了一番推心置腹的交谈。最后，杜微把手杖在地上划拉着，叹息道："我拗不过你，好吧。"

然而，没过多久，杜微便杵着手杖来见诸葛亮，说自己生病了，承担不了这么繁重的事务，请求告老还乡。诸葛亮有些意外，他给杜微写了一封信。信中写道：

> 曹丕篡弑，自立为帝，是犹土龙刍狗之有名也。欲与群贤因其邪伪，以正道灭之。怪君未有相诲，便欲求还于山野。丕又大兴劳役，以向吴、楚。今因丕多务，且以闭境勤农，育养民物，并治甲兵，以待其挫，然后伐之，可使兵不战民不劳而天下定也。君但当以德辅时耳，不责君军事，何为汲汲欲求去乎！

诸葛亮任命杜微为谏议大夫，以满足他的意愿。杜微只好不再提归乡的事情了。其实，诸葛亮用杜微，倒并不一定非得要发挥他的才学。他其实是想利用杜微的影响力，用以延揽更多的人才。

诸葛亮还在成都修筑了读书台，在这里招待各地的贤良之士，为读书人提供聚会交流的平台。诸葛亮常对我说："治理一个国家，人才当是最重要的。"

6

南中已经乱成了一锅粥，但诸葛亮一直按兵不动。不少蜀中大臣都怀疑诸葛亮是不是准备放弃南中地区了。

其实，诸葛亮一天也没有忘记那片烟瘴之地。

一匹快马停在了丞相府前。诸葛亮安插在魏国的斥候紧急送来消息：曹丕准备从水路伐吴。这是魏黄初六年、蜀建兴三年（225）三月的事情。那个时候，春天的脚步已经深入成都平原。

诸葛亮一直阴沉得像是冻土的脸上，就像成都平原上的花儿一样，在春风中舒展开来。他立即上表刘禅，准备亲自率军南征。

听说这个消息后，我对诸葛亮说："南中乃不毛之地、疬疫盛行，当今天子年纪尚轻，你身为丞相，总理一国事务，如果冒险亲征，万一有个闪失，国家怎么办呢？"

诸葛亮有些犹豫，说："南中之战，关系深远。现在蜀中将领都还年轻，需要历练，怕是没有更合适的人选啊。"

我想了想，说道："上次李严不是建议攻打南中吗？你觉得他如何？"

"以李严的能力，应该没有问题。现在我们与吴国的关系有所改善，魏国与吴国之间也将有战事发生，永安倒也不一定非得他亲自镇守，可是……"诸葛亮沉吟不语。

"丞相是觉得李将军性情孤傲，怕此番去南中难以与其他将军相处而误事？"我想起李严的同乡陈震的话："正方腹中有鳞甲，乡党以为不可近。"

"李严请求攻打南中，恐怕掺杂了很多个人目的。"诸葛亮摇了摇手中的鹅毛扇，轻轻地说，"这只是我的个人猜测，子庸切不可外传。"

"丞相放心，我会守口如瓶。不过，李严有什么个人目的呢？"我有些不解。诸葛亮却已转过身去。李严虽与诸葛亮同为托孤大臣，但他的地位和声望都远不及诸葛亮，诸葛亮是横在他面前的一个巨大阴影。难道说李严想通过立功来冲破这个阴影？

7

一场细雨过后，成都平原上大片大片的油菜花越发的金黄，整个大地都像是一块发光的金子。梨花开了，桃花开了，不知名的红色、黄色、紫色、白色的野花也都点缀在金黄的大地上。蝴蝶和蜜蜂，各自迎来它们的盛会。

在春天里，诸葛亮兵分三路出征南中。东路由新任牂牁太守马忠带领，由僰道向东南攻打牂牁郡，平定朱褒叛乱。中路由庲降都督李恢率领，攻占益州郡中心，直取叛军后方。西路由诸葛亮亲自率领，决定先平定高定叛军，再从西侧进攻益州的雍闿，与李恢配合。最后，三路大军准备在益州郡的滇池会师。

这是诸葛亮第一次作为总指挥参与战争。这次平叛，也是为更大的战争而进行的一次演习。因此，这次战争的意义，就不仅仅是平定叛乱，还是一次练兵，对个人而言，是一次能力的考验，对军队而言，是一次提振士气的机会。

百官将诸葛亮送出成都，参军马谡骑马相送不肯离去。马谡是马良的弟弟，马氏兄弟在襄阳时即追随刘备，和诸葛亮交往亦深。马良随刘备出征东吴时战死，诸葛亮把对马良的关爱也转移到了马谡身上。

诸葛亮南征的消息传出后，犍为郡资中县的官员们备下好酒好菜来迎诸葛亮。诸葛亮再三婉拒不得，只好在资中暂留了一晚。资中县令立即命人摆下酒席，犒劳军官。诸葛亮让马谡也随他参加酒会。

席间，由于马谡并非随军出征，只作普通人打扮，县令把他误作仆人，在给诸葛亮倒满酒后，把酒壶递给他，大大咧咧地命他给其他人倒酒。马谡愣了一下，接过酒壶，忍着怒给席间的人倒了一回酒。

诸葛亮从马谡手中拿过酒壶给他倒了一杯，"幼常，我给你讲个故事。有一次我去参加一次聚会，因为彼此并不熟悉，一些人甚至从未谋面，大家互相吹嘘自己，我一直待在角落里默默地观察这一切，很享受那种低到尘埃里的感觉。末了，有人发现我，问我是谁。一听说我就是诸葛亮，全场突然都鸦雀无声。"

马谡大概没听出诸葛亮的弦外之音，应道："丞相才名卓著，中国之人无人不知，无人不晓。"

诸葛亮便也不再多说，转而说道："送君千里终有一别。幼常，感谢你百里相送。今天，县令大人特地为你设酒，喝了这番酒，我们就该告别了。"诸葛亮说着，把目光转向县令。

县令正尴尬地拿衣袖擦着额上冒出的冷汗，听诸葛亮这么说，感激地连说"谢谢"，尔后向马谡道歉："小的有眼无珠，不识马参军，请马参军见谅。"

180

马谡装作没听见，任县令举着酒杯，只向着诸葛亮说：“能送丞相一程，是我马谡的幸运。”

诸葛亮说：“幼常，一路上我见你欲言又止，今天不妨敞开胸怀。”诸葛亮举起酒杯向马谡扬了扬，又转过身，对着县令扬了扬。县令如释重负般，一口干了杯中的酒，抢着给诸葛亮和马谡斟酒。

马谡说：“丞相，南中这个地方的人，仗恃离朝廷远，又有险恶的地形，不肯臣服也不是一天两天的事了。就算今天把他们打败了，明天他们仍会谋反。”

诸葛亮一边冲远处给自己打招呼的官员点头，一边把手搭在马谡肩上，“何以见得会如此？”

“我知道丞相正准备以倾国之力北伐，以图消灭强敌。如果南中夷帅知道朝廷的兵力都放在北边，他们的叛变就会更快。如果把这些反叛势力都杀掉，既不是仁者所为，也不是仓促之间能办到的。”

“幼常有何高见？”诸葛亮一边应酬县令喝完了杯中的酒，一边问道。

“用兵的原则，从精神上瓦解敌人是上策，攻打城池是下策；以打心理战征服人心为上策，依靠武力压制对方是下策。只要丞相能够收服他们的心就可以了。”马谡边给诸葛亮斟酒边说。

诸葛亮点点头。

当晚酒席后，诸葛亮让我给他铺开纸，他乘兴亲笔写下二十个大字：“用兵之道，攻心为上，攻城为下，心战为上，兵战为下。”诸葛亮命令将二十字的《南征教》颁赐三军遵照执行。

8

“报！”一名斥候骑着一匹健壮的枣红马，见着诸葛亮向南进发的大军，老远就开始高喊起来。

斥候来到诸葛亮面前，翻身下马，禀报道：“丞相，高定知我大军南下，已兵分三处准备阻击我部。”

诸葛亮欠了欠身子，摇着鹅毛扇问："哪三处？"

斥候"咕咚咕咚"喝了一大口诸葛亮命人递过去的水，继续说："一路在邛都东北的卑水（今四川美姑、雷波一带），一路在邛都北面的旄牛（今四川汉源），一路在邛都西南的定筰（今四川盐源）。"

邛都是郡治。当时，从成都到邛都有两条路可走。一是从成都沿岷江，南至僰道（今四川宜宾），再溯长江而上，沿水路往西南方向经安上（今四川屏山）、新道（今四川绥江）、马湖（今四川雷波），越过卑水再往西南到达邛都。一是从成都向西南经江原（今四川崇州东南）、临邛（今四川邛崃）、汉嘉（今四川邛崃西南）、严道（今四川雅安西南）、旄牛，再南下邛都。高定在成都通往邛都的两条路上都设置了重兵，因为他不知道诸葛亮会选择哪条路。

诸葛亮选择了第一条路。这一条路远而险，但毕竟畅通。第二条路系一条古道，已经废弃百年，如果重修得花费大量时间。诸葛亮与马忠军一起从成都沿岷江至僰道，在此与马忠分手，西进安上，与越嶲太守龚禄合兵一处，直取邛都。

当诸葛亮兵临卑水时，高定立即收缩兵力，将在旄牛布防的军队调往卑水，同时急向益州的雍闿求助。

诸葛亮到达卑水后，却并不急于交战。高定的军队在迅速集结，雍闿的救援部队也在赶来。"丞相，等高定的部队集结到卑水，那我们取胜不是更难了？"我有些担心。

诸葛亮却摇着鹅毛扇说："我不怕他们聚在一起，就怕他们分散各处。"

"丞相有何高见？"

诸葛亮把我带到营寨后的一座高山上，在一棵榆树下坐了。这棵弯曲的榆树上长满了碗口大小的树瘤。树瘤上抽出一些幼嫩的枝条，树冠开始变绿，簇簇羽状肥叶给枯枝注入了蓬勃的青春，催开了一串串细碎的白花。

诸葛亮背靠树干，以扇指着高定的营寨说："你看，越嶲之地，山多地险，如果高定军散在山中，我们很难在短时间内将他们一网打尽。但如果他们聚到一处，到时，我们再来一个包围……"诸葛亮就势用扇子画了一个圈。

"那就是瓮中捉鳖。"我忙接话道，"不过，如果雍闿的救兵赶来，又如何是好？"

诸葛亮说："雍闿要应付李恢，一时不能脱身。就算他留一部分兵力与李恢周旋，大军迅速来援，也会因为路途遥远而耽误时间。等他赶到，我们已经消灭高定，正好可以乘胜聚歼雍闿。"

事情果不出所料，雍闿见汉军势大，在派兵与不派兵之间颇有些犹豫。虽然后来迫于形势，亲自率军赶来。但在赶来之时，高定军已经被击溃。

高定将失败的原因归咎于雍闿的迟迟不到，认为当初是雍闿鼓动他造反，如今又先自犹豫，十分不厚道。

诸葛亮获悉两军之间的嫌隙，立即派益州太守王士前往雍闿军营进行游说。高定得知情报后，派一支亲兵，出其不意袭杀毫无防备的雍闿。雍闿被杀，王士也同时遇害。

诸葛亮纵兵直捣高定巢穴，高定全军覆没，他本人也死于乱军之中。

雍闿残部被南中蛮夷领袖孟获收编后，一边抵抗，一边向南撤退。

9

绿油油的麦苗随风起伏，绿缎子般柔滑细腻。诸葛亮率领大军走在绿意盎然的田野里，浩浩荡荡南下追击孟获。沿途屋顶上纤细的野草，以及一些因营养不良显得病态的像是随时要被风吹折的小灌木，都在春天里肆意疯长。

这天，到了一个名叫七星营的地方，前面突然迎面驰来一支蛮夷军队。诸葛亮颇为意外，一路上，几乎所有的蛮兵都望风而逃，竟然还有主动迎上来的。诸葛亮命人做好迎战准备，又派我前去探查情况。

我立即催动坐骑带领几个人向前跑去。一个高大的黑脸大汉带着几个随从朝我们走了过来。原来此人是牂柯郡夷帅火济，听说诸葛亮亲征南中，便率众出营四百余里来迎候诸葛亮。我带着火济去拜见诸葛亮。诸葛亮见他不像诈降的样子，亲手将其扶起。火济一挥手，随从便抬上来一筐筐金银、衣被、刀枪、弓箭、战马等物资。

诸葛亮大悦，当即设酒席款待火济。

火济告诉诸葛亮，孟获原本想原路返回味县募集人马，但败军退到会无（今云南会理）听说李恢军已经占领了味县，便向西南方向逃走了。据火济说，越嶲到益州还有一条路，就是从会无西南至三缝（今四川黎溪），渡过泸水（金沙江）至青蛉（今云南大姚），再向西南至弄栋（今云南姚安），然后西可至叶榆（今云南大理），东可至滇池。他建议诸葛亮派一支精锐部队，迅速追赶，争取在孟获渡过泸水之前将其抓获。

在火济带领下，汉军尾随追击孟获。毕竟军队阵容庞大，加上南中天气变化无常，刚才还晴空万里，突然就暴雨如注。不少汉朝士兵因此受了凉。在南中，你会奇怪地发现，早晨有些人穿着单衣，而有些人则穿着棉袄。

就这样走走停停。当汉军追到三缝时，孟获已经渡过泸水向青蛉方向逃去了。

汉军早就听说过泸水瘴气的恐怖，此地暑热异常，北方人常常水土不服，且有恶蚊、毒虫叮咬，十有四五死于非命，人人谈虎色变。诸葛亮命人在泸水北岸下寨。

此外，诸葛亮又派一队人马，在火济带领下，避开那些毒蛇出没的小路，躲过气候炎热的中午时段，待到夜间天气转凉，再悄然渡江。

孟获原以为有泸水的天然屏障，汉军不敢渡江，即便渡江也会死伤无数。谁曾想，汉军竟然趁着夜色顺利渡江，出其不意地发起了进攻。蛮兵大乱，四散而逃。孟获也被五花大绑送到诸葛亮帐前。

诸葛亮见了孟获，忙快步走到他跟前，扶着他的肩膀说："孟将军受惊了。"立即命人给孟获松绑。孟获有些疑惑地看着诸葛亮。

诸葛亮拿鹅毛扇往前一指，说："孟将军，我带你去营寨走走，可有兴趣？"孟获无所畏惧地说："走就走。"

诸葛亮微微一笑，带着孟获在汉军营寨中转了一圈，然后问道："朝廷的这支军队怎样？"

孟获昂首道："先前不知道虚实，所以败给了你。现在承蒙你让我观看了军营，也不过如此。假如我能够统兵再战，不一定就输给你。"

诸葛亮沉默了一下，鹅毛扇一挥，"孟将军，就依你，我们择日再战！"

10

"丞相，我听说这些南蛮地方军，打了胜仗就蜂拥而至，吃了败仗则像鸟兽一样四散而去。待朝廷军队一走，又出来作乱为害。丞相放走孟获，可是为了让他收兵来战，再一举将其歼灭？"在回营帐的时候，我问诸葛亮说。

诸葛亮摇摇头。

"攻心为上？"我想起诸葛亮颁赐三军的《南征教》。

"孟获是南人的头领，虽然勇猛，却为人简单，他是不知道朝廷恩德，被雍闿等人裹挟才加入叛军的。"诸葛亮看了一眼孟获的背影。

"他确实和高定、雍闿不一样。"我点点头。

"高定和雍闿反叛朝廷之心由来已久，而且态度坚决。其实，我也给了他们机会，但高定还是不愿意投降。这就叫自作孽不可活。"

"是这个道理，可是，这是放虎归山啊。如果孟获依托险恶的地形和茂密的深林，坚守不出，我们要寻找他们的踪迹，恐怕并不是一件容易的事情。"我有些担心。

"我自有打算。"诸葛亮捋了捋胡须说。

孟获果然逃进山里，据险不出。

时间一天天过去，天气越来越炎热，由于气候多变，北方士兵不适应环境，不少士兵病倒了，一些人被蚊子叮咬，奇痒难耐。不久就出现忽冷忽热现象，伴随头昏头疼、浑身发抖，一些人高烧不退，迷糊中还在喊着："杀！"一些人则梦见了父母和妻儿。

诸葛亮一边命人寻找草药煎熬成汤喂生病的士兵，一边命人分兵几处险要峪口，将孟获军队困在山上，以防外逃。同时命人抢收了田野里刚熟的麦子，断了孟获军队的粮食。

如果孟获军队一直待在山里，只有坐等饿死。孟获自然深知这一点，不得不铤而走险带兵从山南侧一条极其陡峭的小路下山。这条路是当地山民采药时所踩出来的。

孟获军队趁着夜色小心翼翼地攀着山石下山。天色渐亮，孟获军已经平安下山。山底是一座峡谷，只要出了谷口，前面就是一条大道。孟获带着人马继续往前走，一路上并没有遇到阻击。

空气中氤氲着淡淡的雾气，有泥土、野花和兽皮的味道不时钻进鼻孔。峡谷不太长，一会儿就走到了大路前。孟获哈哈大笑，对手下士兵说道："诸葛亮神机妙算，却没有料到我军会从此处下山。"

话音刚落，一片喊杀声自身后响起。孟获回头一看，一支人马仿佛从天而降。"这怎么可能？这峡谷中只此一条道路，敌人是怎么跑到我们身后去的？"孟获军大惊失色。原来，诸葛亮料到孟获要从此处下山，特地命人凿山开路，硬生生在一侧的山上开辟了一条小路，派一队人马截断了孟获的后路。

"有鬼呀，快跑呀……"军中不知谁一声喊，孟获军便开始惊慌地夺路而逃，不少蛮兵跑下山谷，想越过一道浅浅的溪流逃向对面的山上。

孟获见局势混乱，大喝一声："不要惊慌，不许逃跑！违者斩！"说完，追上一名逃跑的士兵，手起刀落，一刀砍下他的脑袋。那颗脑袋上裹着的白帕子已经被鲜血浸透，人头落到路边的卵石上，跳了两下，滚进谷底的小溪。

人群还在溃散，其中一个已经攀上了对岸一棵手腕粗的树桩。孟获从身后解下一张牛皮弓，搭上一支竹箭，用力将弓拉满。猛一松手，弓弦发出"嘣"的一声响，竹箭"嗖"的一声射向逃在最前面那个蛮兵身上。那人浑身颤抖了一下，趴在崖上不动了，像一只死去的蜘蛛，血往下滴，落在身后一个蛮兵脖子上。那人抬手摸了膜脖子，把手伸到眼前。又回头看了看小溪对岸，犹豫着举起手退了回来。

诸葛亮在山顶上俯看着这一切。这时，他举起鹅毛扇向我挥了一下，我便推着战车把他送下山去。

孟获整顿好人马，留下一队人马断后，率领大部士兵继续撤退。前面的大路分出若干小路。只要上了小路，骑兵就发挥不出优势，反倒显出孟获步兵的长处来了。

就在这时，诸葛亮坐着战车出现在大路路口。他身后，是一片黑压压的士兵，每个人手上都紧握着明晃晃的钢枪。太阳越过山巅，一半积在山坡，一半落在谷底，钢枪在早晨的阳光下闪着灼灼的光焰。

孟获吃了一惊，短暂的犹豫之后，他命令士兵奋力往前冲杀过来。

一片混战。擂鼓声，喊杀声，兵器交锋的铿锵声，箭矢破空的尖锐声，夹杂着蛮人鸟语般的叫嚷，在山谷里回荡。

孟获军队虽然勇猛，毕竟没有经过严格训练。蜀军则是久经沙场，并且由诸葛亮亲自排兵布阵。两军才一交锋，孟获军队便纷纷溃退。最后只剩下孟获与几个贴身卫兵还在与汉军厮杀。

诸葛亮一挥手，军队铁桶一般罩过来，包围圈越收越紧。一名士兵拉弓射向孟获的坐骑，那马屁股上中了一箭，鲜血汩汩直流。火济带着几个蛮兵开始大声劝降，孟获的几个卫兵纷纷扔下兵器举起手来。

孟获长叹一声，心有不甘地跃下马来，轻轻地拍打一下那匹受伤的马。那马嘶鸣着，拿头拱了拱主人，然后慢慢地跑向人墙，人群给身上带着长长箭柄的马让开了一条路。

孟获痛苦地蹲在地上。诸葛亮分开众人，说："孟将军，现在服不服？"

孟获梗着脖子，"要杀要剐随你们，没什么好说的！"

诸葛亮说："孟将军性情率真，我就再放你一回。"

孟获有些意外："你不反悔？"

诸葛亮摇摇鹅毛扇，驱开一只花脚蚊子，说："君子一言，驷马难追！"

11

孟获收拾残兵，抄小路投奔蛮主龙佑那。

诸葛亮率军尾随而至，并在距龙佑那山洞两三里的地方安营扎寨。安排妥当，诸葛亮即命使者带了蜀锦前去见龙佑那。使者回来说龙佑那态度很暧昧，礼物收了，却不肯投降。看样子，他既不想与蜀国为敌，也不想得罪孟获。

一天傍晚时分，哨兵抓到两名蛮兵，以为是敌方的斥候，便带来见诸葛亮。

"你们可是来探听虚实的？"诸葛亮问那两位蛮兵。

一位蛮兵说："不是！"说完捅了捅傻站着的另一名蛮兵。那蛮兵赶忙摇头。

"那你们在这军营外鬼鬼祟祟的做什么？"诸葛亮摇着鹅毛扇，盯着刚才搭话的蛮兵。

"丞相，我们是来挖野菜的。你营寨外有一片野菜长势特别好，所以才趁着天色渐晚偷偷冒险前来。"

"挖野菜何用？"诸葛亮皱着眉问。

"丞相，我们的粮食吃完了……"刚才那个傻呆呆的蛮兵抢过话头说，另一个蛮兵悄悄踩他的脚，为时已晚。那人责备道："你踩到我了。"

诸葛亮说："只要你们归顺朝廷，有的是粮食。"说完，诸葛亮命人给两人一人分装了一麻袋粮食，让他们带回去，并且告诉他们："明天上午，我军将设点分发粮食，只要前来，每人有份。"

第二天，诸葛亮命人在去往龙佑那山洞的路口设了一个卡哨，运送几十车粮食到那里，准备分给蛮兵。军中很多人都不解其意。我问："丞相，你把粮食都发给蛮兵，我们以后怎么办？"

诸葛亮说："我们很快就要班师回成都，难道还带上这么多粮食回去？这不是很麻烦吗？"

"班师回成都？现在不是还没有擒住孟获吗？"我问。

诸葛亮蹲下身检查了一下士兵们分装粮食的口袋，说："快了。"

蛮兵一小股一小股地出洞，先是站在远处试探。见除了分发粮食的士兵外，并没有大军设伏，一些胆大的蛮兵便走过来。

士兵按诸葛亮的吩咐，将一袋袋粮食递给蛮兵。蛮兵们高高兴兴地领了粮食下山了，也不再回龙佑那的山洞。其中一个的布袋被虫蛀了，承受重力以后，蛀洞变大，在地上漏下一行粮食。诸葛亮忙提醒他。那人回头看了看，把布袋子横在膝上，路旁寻了一根结实的"官司草"，拧起漏洞处扎成一个小鬏鬏。

那人走后，诸葛亮命人把地上的粮食捧起来，吹去粮食面上的草叶子，又拣出混在粮食里的小石粒，"关键时候，一把粮食就能救活一条命呢。"

一会儿，山洞口出现了嘈杂。诸葛亮摇着鹅毛扇踱步到旁边的一座小山上往对面看。原来，蛮兵们见诸葛亮果真给大家发粮食，都想领了粮食回家。孟获在洞口拦住那些蛮兵，但是，蛮兵们不听。

孟获大怒，挥刀砍杀了和他发生争执的蛮兵。蛮兵们一哄而散。站在一旁的龙佑那这时使了个眼色，便有几名壮汉提刀冲过来。

孟获回头望着龙佑那问："兄弟，你这是干啥？！"

龙佑那转身进了洞。

诸葛亮满意地点了点头，说："该下去了。"

我们才走到卡哨处，就见龙佑那亲自押解着孟获来到面前。

龙佑那说："丞相，与朝廷作对非我本意。今天，特地将孟获送来，以表诚意。"龙佑那一招手，两名蛮兵将孟获推上前来，后面跟了几个人，抬着两只羊和一坛酒，一并献给丞相诸葛亮。

诸葛亮走到孟获面前，命人给他松了绑。说道："孟将军，我再放你一次，你回去整兵来战。我若败，将班师回朝，此生不再踏进南中半步，我若胜，诚望孟将军以苍生为念，不要再做无谓的牺牲。"

"谢丞相不杀之恩！"孟获倒地便跪，"丞相天威，我真心归服，誓不再反。"

孟获归顺后，诸葛亮大会南中蛮人首脑，立碑盟誓。诸葛亮亲自撰写碑文曰：此碑若仆，蛮为汉奴。随后，给各个酋长颁发瑞锦铁券，让他们的权利得到朝廷肯定。诸事已毕，诸葛亮挥师东进，不久，三路大军在烟波浩渺的滇池边胜利会师。

诸葛亮奏请刘禅，将益州郡改为建宁郡，以李恢为建宁太守，兼任庲降都督。分越巂、永昌郡建立云南郡，以永昌不韦县人吕凯为太守。又分建宁郡、牂牁郡一部分置兴古郡。牂牁郡太守由战功卓著的马忠担任。永昌郡太守由守城有功的王伉担任。

转眼已是秋天，落木萧萧，秋风渐凉。诸葛亮准备班师回朝，主力部队全部撤走，南中交由当地人管理，并未在南中留下王师。

微风吹皱滇池碧波，那是离开滇池之前的最后一个夜晚。我陪着诸葛亮在滇池边散步，我不无担忧地说："丞相，你让南边蛮夷之人来管南中，待朝廷大军退去，不会再次出现叛乱？"

诸葛亮撩开路旁的树枝，沿着水边往前走，惊起一群水鸟。他看着那群惊慌失措的水鸟，把手中的一把草籽向空中撒去，一些水鸟便扑棱棱地飞回来抢逐食物。诸葛亮说："如果留下外来的官吏，就应当留下军队，以保证他们的安全。但留下军队，却需要大量的粮食，这是第一件难办的事情。"

诸葛亮又向空中抛出一把草籽，继续说："此次战争，南蛮死伤不在少数，如果留将不留兵，必然会酿成祸患。这是第二件难办的事情。"

我点点头，"的确，他们并不希望外来官员管理他们。"

"再有，不少南蛮人在此次叛乱中犯有杀害朝廷官员的罪行，内心难免猜疑。如果留下将官，他们就会有一种不信任感。这也是一件难办的事情。"诸葛亮拍拍手心，说，"现在我不打算留兵南中，不用运输粮食，只把纲纪定下来，让夷、汉大体上相安无事。"

夕阳把半边天空和半江秋水染得绯红，让人快分不出哪是天，哪是地，哪是云，哪是水。诸葛亮站在天地间，成为落日余晖里一幅美丽的剪影。

12

大军北还，旌旗招展，马蹄踏起的尘土遮天蔽日。寒风从北方吹来，尘土中，太阳仿佛长了霉一般，浑浊，泛白。士兵们出发时穿着单衣，如今有些抵挡不住寒风的侵袭了。

这天傍晚，蜀国军队行进到朱提郡汉阳县（今四川高县）地界，诸葛亮下令停下休息。

诸葛亮这段时间心情舒畅，这天，他竟然找人弄来一副棋，主动提出和我对弈几局。

我喜出望外。这些日子随诸葛亮出征，天天看的听的都是军事，有时候，我一个人四处走走，呼吸呼吸新鲜空气。多数时候，陪着诸葛亮，他读书，我给他上茶，他写字，我给他研墨。诸葛亮说："每次你都将就我，今天我也将就你一下。"

才下了两局，士兵来报，有人求见。诸葛亮正聚精会神地思考棋子的位置，没有听到禀报。士兵看了我一眼，提高声音又报告了一次，诸葛亮这才抬起头，有点茫然地看着士兵。我把士兵的话给他重复了一遍，诸葛亮说："如果是当地的官吏就不见了，我早就下令，一路上不许扰民。"

那士兵回说："据说是魏国的一名降将，属下也不认识。"

诸葛亮说："带他上来。"随后冲我说，"你也别走，待会儿继续分出胜负。"

我一边收起棋盘整理好棋子，一边开玩笑说："丞相日理万机，哪有闲心陪我玩耍，若要分出胜负，怕是要等下辈子去了……"

诸葛亮淡淡地说："你是怨我不与大家共欢乐吗？"

我站起身说："丞相以天下人的乐为乐，怎可能不与大家同乐呢？"

诸葛亮拍了拍我的肩，"那就再坐一会儿，我今天得让你乐一乐，省得你以后说话带刺儿。"

这时，士兵带来一个精瘦的汉子。那人见了诸葛亮，拜伏于地，说道："丞相，我是从魏国来的。"

诸葛亮轻轻拿鹅毛扇在旁边的座位上点了点，"坐下说。"

"谢丞相。丞相，我名叫李鸿，原本是魏国一员小将，特地赶来投降。"那汉子小心翼翼坐下，望着诸葛亮说。

"你为何不远千里投奔我军？"

"现在曹丕荒淫无度，所以我弃暗投明。"李鸿说。

诸葛亮点点头。

"丞相大概知道，虽然国与国之间有利害冲突，但士人之间，还是有一些友情在的。"

诸葛亮说："我懂，我和魏国的华歆、王朗、陈群，包括司马懿也是有些联系的。"

李鸿继续说："我以前与孟达有些书信往来，这次来时经过新城，就在他那里停留了几日。无意中听说了一件事情：李严将军所属门牙将王冲投降魏国……"

"王冲投降魏国？以前李严在做犍为太守的时候，王冲是督邮，后来又随李严去了永安。他怎么会背叛李严？"诸葛亮直了直身子，打断了李鸿的话。

"谁知道呢？据王冲说是与李严发生了点过节，担心李严为难他。我私下倒是听说好像是为了争一个女人，一个歌伎……"李鸿说到这里，脸上浮现出一种快意的坏笑。

"这个李严！"诸葛亮有些怒其不争地喃喃着。

李鸿见诸葛亮并没有与他心意相通，便敛住笑，说："据说李严当时正与几个部将喝酒，见王冲明目张胆调戏那个刚刚演奏完的歌伎，非常震怒，当即把手中的酒杯扔向王冲的头上。"

"李严其实就是性子直，倒也不会真为难他。王冲是以小人之心度君子之腹了。"诸葛亮轻轻地叹了一口气。

"就是。我觉得王冲这人老把人往坏处想，他在经过新城时，与孟达无意间说起丞相，说以前子度投降魏国，丞相恨得咬牙切齿，打算诛杀他的妻小，幸好先主刘玄德没有采纳这个建议。"

诸葛亮手中的鹅毛扇顿时停住了。李鸿担心地看了诸葛亮一眼，忙接着说："但是孟达不信王冲的话，回答他说，'诸葛亮对别人的照顾向来有始有终，决不会做出这种波及无辜的事情来。'言谈间对丞相的敬仰无以复加。"

诸葛亮又开始缓缓地摇动鹅毛扇，侧过身对我说："等回了成都，你记得提醒我给子度去一封信。"

我皱了皱眉，说："孟达这人，以前跟随刘璋的时候就不忠，后来又背叛了先主，如此反复无常的人，有什么值得给他写信的呢？"

诸葛亮默然半晌，缓缓地道："子庸还是不了解我呀。"

我瞥了李鸿一眼，又看着诸葛亮，故作笑容道："丞相，我说错话了？"

诸葛亮说："我知道你在想什么。你太小瞧我了，我哪里是那种喜欢甜言蜜语的人呢，我的耳朵可没那么软。你想想，新城是个什么样的地方？孟达可是我克复中原的一枚重要棋子啊。"

诸葛亮从棋盒里摸出一枚棋子，"来，再杀一盘！"

第十章 捋虎须的人

1

这个冬天的早晨，成都平原上出现了难得一见的阳光。暖暖的日头铺在城南的房舍上，铺在南河上，冬闲的人们，都三五成群到南河边来散步，晒太阳。

南征的大军千里跋涉回到了成都。一路上心事重重的诸葛亮看到这熟悉的土地，脸上的表情也舒展开来。

早有人将诸葛亮凯旋的消息报告汉帝刘禅。文武百官纷纷骑马驾车到南门桥上迎接诸葛亮大军。士兵们身上的铠甲在阳光下闪着喜庆的光芒。能够安然无恙地归来，踏上故土，对他们来说，是一件值得开心的事情。

诸葛亮气定神闲地下得车来，群臣迎上石桥，齐声喊道："丞相威武，恭喜丞相凯旋！"

诸葛亮半举着鹅毛扇，停在空中。群臣安静下来。诸葛亮微微抬起头，说："此次南征大获全胜，有赖将士们冲锋陷阵，也有赖各位巩固后方，提供粮草和各种支撑。你们辛苦了。"

"丞相辛苦！"身后的士兵们手持钢枪一举一收，枪尖闪耀着万道光芒，让人有一种虚幻的感觉。诸葛亮一一扫视群臣，并向他们打拱问候。突然他的目光停在一个人身上。此人姓费名祎，字文伟，父亲早逝，随族父费伯仁生活。伯仁的姑妈，是前益州牧刘璋的母亲。

诸葛亮眼睛一亮，拿鹅毛扇向他招了招。费祎有些莫名其妙地出列，但还有些犹豫，怕是自己理解错了。诸葛亮高兴地说："文伟，你过来。"

费祎慢慢走到诸葛亮面前，群臣的目光都集中到了他身上。

诸葛亮拉着他的手，上了自己的马车。随后对赶马的我说："回。"

我轻轻一抖缰绳，"驾！"马车缓缓地下了石桥，往城内驶去。桥头的群臣立即分列两旁，等诸葛亮的马车驶过之后，再登车上马，紧随其后。

诸葛亮和费祎谈笑风生。诸葛亮问："文伟，还记得当年许靖丧子时的事吗？"

费祎说："丞相，记得。"

"我记得当年你和董允后来，同乘一辆鹿车。"诸葛亮说。

"是啊，当时，董允向他的父亲请求车驾，他父亲便遣了那辆简陋的车驾给他。董允颇为失望，在我的劝说下才上了车。"

"车确实简陋。"诸葛亮说，"法正、李严他们的车都非常华丽。"

"速度也不行，我们到的时候，丞相你们早到齐了。董允不停地抽打那匹拉车的马，马喘着粗气，结果还剩最后几百步，马却累得趴在地上。"我的面前浮现出董允气急败坏地抽打马的场景。

"那一次，我对你印象特别深，觉得你是个人才。"我回头瞥见诸葛亮把鹅毛扇轻轻在费祎肩上拍了拍。

"谢丞相夸奖。"费祎欠欠身子。

"在这次回来的路上，我一直琢磨，有谁可以出使吴国，这事呀，愁得我吃不好饭，睡不好觉。今天看到你，我一下子觉得轻松了。我想奏请陛下让你去东吴走一趟，不知意下如何？"

"多谢丞相栽培，赴汤蹈火，在所不辞。"

"北伐魏国前，必须和东吴搞好关系，你责任重大啊。"诸葛亮叹了一口气。

"请丞相放心，我一定尽力。"

说话间来到城门下，城门大开，马车缓缓地驶入城中。

2

诸葛亮刚回成都，李严就来求见，说是在城郊一家酒馆设下了酒席，约了曾经的下属杨洪等人，要给诸葛亮接风洗尘。

诸葛亮一脸疲倦地说："正方，你看我还没来得及回家，还是改天吧。"

李严笑着说："孔明兄，是不是怕嫂子在家等急了？放心，我早给她言语过了。今天晚上，她把你借给我了。"见诸葛亮有些松动，便补充道，"都是一些好朋友，吵着要给你庆功，你就不要推辞了。"

诸葛亮不太喜欢官员们的聚会，经常是能躲就躲，实在躲不过，去应酬一下就早早离开。好在很多人设宴请客并不一定在乎客人待多久，来露个脸就行了。诸葛亮也知道，自己不过是主人的一个工具而已。正是因为明白，所以才很难说服自己。

"士兵们流血流汗，功劳都是他们的。"诸葛亮的态度缓和了一点。

"再好的士兵没有好的指挥，也打不了胜仗。能在这么短的时间内平定南中，那是你运筹帷幄调度有方啊。今天上午我还和杨洪谈起这事呢！我们都觉得，你不仅内务搞得好，仗也打得漂亮，我得重新认识你，你可是兼资文武，和魏王曹操有得一拼啊。"李严的话虽然还是一口气说那么长，让听的人都觉得喘不上气来，但明显与此前有一种不一样的感觉。

"你别说那么远，嘴上这么甜，不就是想让我去给你的酒局撑面子吗？"诸葛亮摇了摇鹅毛扇，淡淡地说。还是诸葛亮一语中的，把我感觉到却说不出来的意思挑破了，此次，李严的话虽然还具有形式上的口若悬河和起伏跌宕，但内容上发生了根本变化，一句话，他的嘴巴变甜了。

"孔明兄厉害，小弟这点心思，都被你看出来了。你可是权倾朝野的丞相啊，你要是亮相小弟的酒局，可就蓬荜生辉哪！"说到"蓬荜生辉"，李严一脸光芒绽放，仿佛已经获得了诸葛亮的光芒。

诸葛亮摆摆手，"别给我戴高帽子了。"

李严笑着说："那就走吧！我特地为你备了一辆马车。这可是我从西域高价买回来的，你要是坐着舒服，就送给你了。"李严做出有些不情愿却干脆的表情。

"让子庸送我吧，马车不敢要，我怕坐了肚子疼。"诸葛亮一边说着冷笑话，一边示意我备车。我赶紧出去，刚套好马车，诸葛亮和李严走了出来。

诸葛亮是今晚的主角，大家纷纷来敬酒，祝贺他凯旋。诸葛亮有些矜持，只一小口一小口地抿。吃到一半，诸葛亮照老习惯给我使了个眼色，想偷偷溜走。

李严一笑，赶紧把手搭在诸葛亮肩上，"丞相，难得喝一次酒，咱们一醉方休。"李严把"一醉方休"说得咬牙切齿的，既豪迈，又似已经醉了。恐怕也正是假这种醉来强留诸葛亮吧。

诸葛亮说："不行，我真得走了。"

"走什么呀丞相，是不是，菜，不好吃？"李严睁圆眼睛，"不好吃给我撤了重新——上！"说"上"的时候，李严的下巴抬了一下。

"不是不是，别浪费了。"诸葛亮最怕别人浪费，赶紧制止。

"那，就是我的酒……不好喝？"李严摇着头问。

"也不是。"诸葛亮连忙摇头。

李严凑近前，把诸葛亮看了半天，一字一顿地说："那，就是，不满意，我了？"他把"我"字特别强调了一下。

"不、是。"诸葛亮也一字一顿地说。

李严哈哈大笑，"那不了结了，继续——喝——！"说着不容分说，把酒给诸葛亮满上。

诸葛亮架不住李严等人的软磨硬泡，豪气也渐渐上来，一杯一杯地喝了起来。

李严站了起来，在屋子中央的火炉里投进一根木柴，火焰暗了一下，突然旺起来，火星四射。火光里，李严满脸红光，他走到诸葛亮面前，说："孔明兄，今天我要送你一件——礼、物！"

"算了，你那昂贵的西域马车我就不要了。我这个性格，每次乘车都要想，我这坐一趟十两银子又花出去了，坐一回心疼一回。"诸葛亮连忙摆手。

李严哈哈大笑："孔明兄也会开玩笑了哈哈哈，酒真是个好东西，好东西呀——好东西！"

"是个好东西。"杨洪举起杯子，"好东西可不能浪费了，丞相，我敬你一杯，感谢你对我的栽培。"

喝完，杨洪给诸葛亮满上，又给自己倒了一杯，举到李严面前说："李将军，你是我的老上级了，也要感谢你的栽培，我敬你一杯。"

李严把他的杯子推开，"我跟丞相的话还没说完呢。"说完，转向诸葛亮说："孔明兄今天这份礼物与众不同，我相信你一定会喜欢。""一定"两个字说得特别重，重得把李严的头也压得往下沉了一下。

诸葛亮摇摇头，"你我同为先帝托孤大臣，你我又是襄阳故识，私下里我们是兄弟，兄弟间就不要来这些俗套了。"

李严坚持说："喜不喜欢咱们先看了再说……如何……"尾声拖得特别长。

诸葛亮默认了。

李严拍了三下手，一群白衣女子鱼贯而入。音乐骤然响起，伴随着音乐节奏，这群年轻女子在屋子中间翩翩起舞，长袖舞动，灯光变得迷离起来。

诸葛亮拍了拍李严说："正方，你要送我一支舞蹈队？我俸禄少，可是养不起。再说了，我对舞蹈没什么爱好。"

李严说："孔明兄她们只是点缀而已，别着急，慢……慢……欣赏。"说第二个"慢"的时候，李严的声音像是画出一条从高到低又从低到高的弧线。

琴音响起，一大颗一大颗的音符飞起来，在墙壁上撞击出金石之声。琴声铿锵浑雄，一会儿如泰山耸峙，沉稳、厚重，激起人登高望远胸怀天下的大志；一会儿又如江河奔流，浩浩汤汤，裹挟万物滚滚而出。

诸葛亮听得入了迷，李严看着诸葛亮认真的表情，很得意地说："没听过吧？这叫《高山流水》，快要失传了。"

诸葛亮点点头，"琴声不错。只是，稍偏软弱，少了一点男性的阳刚之气，没有完全展示伯牙那种欲登高山、欲临大海的豪气。不过，还是有一份倔强在里面。正方送我这支曲挺好，挺好，这礼我收了。"说完举了杯子要敬李严的酒。

李严却说："孔明兄少安毋躁，酒肯定……是要喝的，但不是现在。""在"字虽然很短，但李严的嘴巴里一直有"艾"音的气息往外涌。

清冽的琴声直插云霄，又传回来，在屋子里回旋着。

李严说："出来吧。"

一位红衣女子，低着头袅袅婷婷地从屏风后面走出来。李严微笑着对诸葛亮说："孔明兄，这才是我……送你的礼物……"说着，伸出握酒杯的无名指和小指，指了指那名女子。

诸葛亮顺着他的手指看过去，顿时惊呆了。

灯光下那个抚琴人，是杨晚秋。

3

夜阑更深，诸葛亮反复展读孟达写给刘备的书信。

伏惟殿下将建伊、吕之业，追桓、文之功，大事草创，假势吴、楚，是以有为之士深睹归趣。臣委质以来，愆戾山积，臣犹自知，况于君乎！今王朝以兴，英俊鳞集，臣内无辅佐之器，外无将领之才，列次功臣，诚自愧也。臣闻范蠡识微，浮于五湖；咎犯谢罪，遂巡于河上。夫际会之间，请命乞身。何则？欲洁去就之分也。况臣卑鄙，无元功臣勋，自系于时，窃慕前贤，早思远耻。昔申生至孝见疑于亲；子胥至忠见诛于君；蒙恬拓境而被大刑；乐毅破齐而遭谗佞。臣每读其书，未尝不慷慨流涕，而亲当其事，益以伤绝。何者？荆州覆败，大臣失节，百无一还。惟臣寻事，自致房陵、上庸，而复乞身，自放于外。伏想殿下圣恩感悟，愍臣之心，悼臣之举。臣诚小人，不能始终，知而为之，敢谓非罪！臣每闻交绝无恶声，去臣无怨辞，臣过奉教于君子，愿君王勉之也。

"好辩才啊。"诸葛亮由衷赞叹。英雄眼里没有英雄，文人相轻，自古皆然。像诸葛亮这样一个自视甚高的人，很难得称赞他人。我以为，孟达与诸葛亮有着许多文人的相似处，诸葛亮内心也曾经有过孟达一般的瞬间，当年，刘备一意孤行伐吴，他就曾因失望而欲隐居。

"确实博览群书。"很多典故我还是第一次听到。

"可惜，可惜……"诸葛亮连连摇头，手握这一纸书信，陷入了沉思。"他既然离开了，为什么还要写这封信？"诸葛亮抬起头来，望着我问。

"他是想让主公明白他的苦衷，从而免于迁怒他的家人吧？"

"不对，我认为这是他为自己留下的一条后路。"诸葛亮轻轻地摇着鹅毛扇，望着黑夜沉沉的北方说。

"也许他并不需要这条路。"我淡淡地说，"但他的家人的性命却是他必须要考虑的。"

"孟达虽然深受曹丕恩宠，但是，曹丕病了，与孟达友善的尚书令桓阶也已经去世，而反对他的人不在少数，他在魏国的处境未必如意。"

对孟达的惺惺相惜，加上孟达之前表现出来的对诸葛亮的理解，促使诸葛亮提笔给李严写了一封信，希望李严劝说孟达前来归附。

诸葛亮命人火速将信送往永安。静夜里，清脆的马蹄声渐渐远去。

李严收到诸葛亮的书信后，立即给孟达写了一封信：

　　　　吾与孔明俱受寄托，忧深责重，思得良伴。

不久，孟达给诸葛亮写了一封回信。诸葛亮看后大为高兴，指着孟达的信说："此事成了！子庸，快给我研墨！"

诸葛亮当即给孟达写信说：

　　　　往年南征，岁末乃还，适与李鸿会于汉阳，承知消息，慨然永
　　　叹，呜呼孟子，斯实刘封侵陵足下，以伤先主待士之义。又鸿道王冲
　　　造作虚语，云足下量度吾心，不受冲说。寻表明之言，追平生之好，
　　　依依东望，故遣有书。

诸葛亮吹了一下信纸，见墨迹已干，便仔细地折好，交与使者快马送往孟达营。

使者离开不久，诸葛亮还在默想那封信，突然一拍脑袋，急令我快马追回使者，在"慨然永叹"后，加上一句话：

以存足下平素之志，岂徒空托名荣，贵为乖离乎！

诸葛亮仔细地看了一遍，递给我说："子庸，你看看，是否还有不妥之处？"

我接过来看了一下，说："丞相的信，一字也改不了。"说完笑着递还给他。

诸葛亮重新认真誊抄了一遍，又满意地看了看这封信。交给等在屋外的使者说："一定要亲自送到孟子度手中。"

说完，见我跟在他身后，便说："子庸，还是你去一趟吧。"

4

又是一个春天。

我去了一趟许都，在把信送交孟达之后，我给诸葛亮捎信说要耽误一段时间才回成都。

我一直没有弄清楚父亲真正的死因。很长一段时间，以为父亲既然死在了狱中，也就没必要再深究了。但近来我又觉得，还是应该弄清楚他在狱中是怎么死的。王天一应该是知情的，但他像一片迷雾，杳无音讯。

蜀汉建兴四年、魏黄初七年（226）五月，曹丕病重，立曹叡为太子，曹真、陈群、曹休、司马懿四人为辅政大臣。曹丕去世后，曹叡即位称帝。我敏感地意识到，诸葛亮的时代到来了。尽管还没有找到王天一，也没有弄清父亲的死因，但我仍然决定回成都去，我要亲口告诉诸葛亮曹丕去世的消息。

因为左侧嘴角那一小撮毛，回去的路上，我一下子认出了十八年前撤退江陵路上遇见的那位骑牛的农夫。我怀疑他就是莫由，在衣带诏事件中联络东吴结果因酒醉走漏消息，从此消失。

当我向他说了我的猜测时，他大吃一惊。他原本以为，知道衣带诏事件的人都已经死去了，事实上并不如此。我取出剩下的半张衣带诏，给他看了一眼。他脸色大变，"你、你、你……从哪里得到这件东西的？"

我已经确信，眼前这个人，就是莫由。

"我父亲传给我的。"

"你父亲是谁？"莫由一脸的吃惊和好奇。

"吴硕。"我提起父亲的名字，却像提到一个陌生的人，我对他没有什么感觉。我小的时候，他总是太忙，后来我又被管家胡金忠带到了襄阳，着实对他没有太深的印象。

"不可能！"莫由肯定地说，"他早就死了，怎么可能传下诏书给你？"

"不可能，我父亲是十八年前才去世的。"我故意想激他说出我父亲的死，顺口把胡金忠死的时间当作父亲死的时间说了出来。

莫由摇了摇头，"早在建安四年，吴硕就死在了牢中，不可能，除非……"

"除非什么？"我故作镇定地问。

"除非被调了包……还真有这个可能，当时，你父亲被打得面目模糊，根本分辨不出是不是他。难怪，后来看守他的狱卒也失踪了……"莫由像是陷入了往事。

"你认识那个狱卒？"我好奇地问。

"不认识，只是听说姓王。"

"王天一？"我犹豫着说。

"对，是叫王天一。"莫由肯定地说。

我的心怦怦直跳，如此说来，我的父亲还没有死。但是，这么多年，他为什么不去找我们？他是怕连累我们还是不知道我们还活着？

不管怎么说，莫由的话让我多少萌生了一点希望。

"朝廷和魏国就要打仗了，你和我一同去成都吧。"

"朝廷？你是说刘备自称的汉朝？"莫由有些不屑地问。我点点头，"曹丕是汉朝的篡逆者，刘备才是真正继承了汉室大统。"

莫由不置可否地笑了笑，"也行。我现在是无依无靠，处处为家，处处非家。"

5

回成都后我搬离了丞相府，和莫由在浣花溪边一棵高大的银杏树下搭了两间茅屋。

天气一天天热起来。太阳白亮亮地炙烤着大地。茅屋顶上那树银杏，叶片青黄相杂，一些叶片还在萌芽状态，就被烈日烤焦了，定格了，蔫蔫地贴在枝干上，像土黄色的蛾子钉满枝头。有一些成了尸体，风干，卷曲，在风里盘旋，最终在茅屋顶上铺了一层金黄的幕布。

燠热的天气里，我和莫由常常带着酒壶泡在浣花溪里小酌，有时候又坐在银杏树下喝酒。

一次，邻居家的鸡不幸从我们面前跑过，莫由一阵坏笑，立即从银杏树后跳出来，追了两条土埂把它捉住，然后闷在浣花溪里，一会儿再烧水一烫，拔了毛找几蓬枯树枝烤了下酒。邻居家见莫由如此肆无忌惮，气得说是要拆我们的房子。莫由呵呵一笑说，也行，拆了我就搬到你家去喝酒。并把酒壶伸向邻居，来，你也来一口。邻居"呸"了一声转身回去了。

房子虽然保住了，但经常有不知谁家的小孩，将石头往茅屋顶上扔。有一次从薄薄的茅草顶上掉下来，落到莫由手中的酒碗里，把碗敲了一个大缺口。莫由翻身跑到屋外，只听得一串慌乱的银铃般的笑声，却不见有人。他骂骂咧咧地回来，把酒碗往地上一摔，感慨说：人心坏了呀，人心坏了。

又有一次，大风把屋顶上的茅草吹掉了不少。我说算了，等风停了再说。莫由却像一只青蛙一样，一跳一跳地想把这些长了脚的茅草拢到一堆。结果不知哪里钻出来一群小孩，抱起地上的茅草便跑。莫由一路追，孩子们一路扔，等追到时，他们手上已经没有了茅草。茅草全被风卷到浣花溪里去了。

我坐在屋檐下，看着空手而返的莫由哈哈大笑。莫由说："好像这是我一个人的房屋一样！"阴着脸从身边走过，重重地把门关上了。

杨晚秋就在这个时候来到了茅屋前。上次离开成都以后，我还是第一次见到她，她身体胖了，我吃惊地站起来，"晚秋，你怎么来了？"

"我要走了。"杨晚秋一脸倦意地说。

"为什么呢？"

"我习惯了自由生活。"她的眼神有些躲闪。

"这已经是你第三次离开了，前两次都不辞而别，这次为什么要来给我道别？"

"这次我不会再回来了。"杨晚秋飘忽的目光停在那棵高大的银杏树上。

莫由听得说话声，悄悄把门拉开一道缝，伸出一个肥硕的脑袋张望。见我注意到他，便挤眉弄眼地轻轻把门合上。

秋风萧瑟。

"要不要进去坐坐？"我看了一眼还在晃动的门环。

"不了……"杨晚秋看了看乌云密布的天。

"那你快走吧，快要下雨了。"我苦笑了一下。

杨晚秋低头看了看自己的左脚，脚下踩着一根茅草。她右脚支撑身体，左脚一前一后地碾动，脚下的茅草便轻轻地动起来。杨晚秋咬着嘴唇，偷眼看了我几眼，欲言又止的样子，突然直起身，"那……我走了……"

我装出笑脸，"后会有期。"

杨晚秋转过身去，走了两步，停下来。

我紧张地看着她，心里怦怦直跳。不知道下一刻命运会带给我什么。

杨晚秋已经平静下来，她回头轻声问："刚才那人是谁？"

我"噢"了一声，如释重负，"这次回成都时遇到的一个旧人，两个无依无靠的人，就住到了一个屋檐下。"语气中有一些酸楚的感觉。

杨晚秋迟疑地点着头，"保重！"转身头也不回地去了。

天地间乌云滚滚，整个世界都铁青着脸。

6

诸葛亮开始在汉中驻兵，只待一个天下有变的时机，立即北伐中原。

诸葛亮离开成都时，他的亲生儿子诸葛瞻才两岁。刚学会喊"爸爸"不久。

那天，黄月英带着诸葛瞻来到城外给诸葛亮送行，送了一程又一程。黄月英怀中的诸葛瞻，好奇地看着浩浩荡荡的军队在前面行走，不明所以。

带着寒意的风把黄月英几缕额发吹起来。诸葛瞻的小脸冻得通红通红的，头上落下了一周帽圈儿，粉白的头皮从稀稀软软的黄发间透出来。诸葛亮停下马，说："你们回去吧。"

"瞻瞻，给爸爸道别。"黄月英摇了摇昏昏欲睡的孩子。诸葛瞻抬头看了看黄月英，又看了看诸葛亮，低下头看两个绞在一起的手指。

自从那天离开成都，诸葛亮便长驻汉中，很少和孩子待在一起了。他剩下的人生，都交给了战争，交给了北伐，交给了他一生中唯一的事业。

当刘备已经不再把当初的誓言当真，甚至刘备的继承人也不太把北伐当回事的时候，诸葛亮一如既往地坚持着那个梦想。这颗梦想的种子，生长了二十年，终于到了开花结果的时候了。

先帝创业未半而中道崩殂，今天下三分，益州疲弊，此诚危急存亡之秋也。然侍卫之臣不懈于内，忠志之士忘身于外者，盖追先帝之殊遇，欲报之于陛下也。诚宜开张圣听，以光先帝遗德，恢弘志士之气，不宜妄自菲薄，引喻失义，以塞忠谏之路也。

宫中府中，俱为一体，陟罚臧否，不宜异同。若有作奸犯科及为忠善者，宜付有司论其刑赏，以昭陛下平明之理，不宜偏私，使内外异法也。

侍中、侍郎郭攸之、费祎、董允等，此皆良实，志虑忠纯，是以先帝简拔以遗陛下。愚以为宫中之事，事无大小，悉以咨之，然后施行，必能裨补阙漏，有所广益。

将军向宠，性行淑均，晓畅军事，试用于昔日，先帝称之曰能，是以众议举宠为督。愚以为营中之事，悉以咨之，必能使行阵和睦，优劣得所。

亲贤臣，远小人，此先汉所以兴隆也；亲小人，远贤臣，此后汉所以倾颓也。先帝在时，每与臣论此事，未尝不叹息痛恨于桓、灵也。侍中、尚书、长史、参军，此悉贞良死节之臣，愿陛下亲之信之，则汉室之隆，可计日而待也。

204

臣本布衣，躬耕于南阳，苟全性命于乱世，不求闻达于诸侯。先帝不以臣卑鄙，猥自枉屈，三顾臣于草庐之中，咨臣以当世之事，由是感激，遂许先帝以驱驰。后值倾覆，受任于败军之际，奉命于危难之间，尔来二十有一年矣。

先帝知臣谨慎，故临崩寄臣以大事也。受命以来，夙夜忧叹，恐托付不效，以伤先帝之明，故五月渡泸，深入不毛。今南方已定，兵甲已足，当奖率三军，北定中原，庶竭驽钝，攘除奸凶，兴复汉室，还于旧都。此臣所以报先帝而忠陛下之职分也。至于斟酌损益，进尽忠言，则攸之、祎、允之任也。

愿陛下托臣以讨贼兴复之效，不效，则治臣之罪，以告先帝之灵。若无兴德之言，则责攸之、祎、允等之慢，以彰其咎；陛下亦宜自谋，以咨诹善道，察纳雅言。深追先帝遗诏，臣不胜受恩感激。

今当远离，临表涕零，不知所言。

蜀汉建兴五年、魏黄初八年（227）三月，写完这封奏表，诸葛亮没有立即北伐。他在等一个人。

诸葛亮在等孟达反戈一击，利用魏国国内生乱之际大举北伐。孟达在曹丕死后，给诸葛亮寄来纶帽、玉玦，甚至将新城郡的地势地形写信告诉诸葛亮，以表达降蜀之心。但是，当诸葛亮向他发出起兵信号之后，孟达却迟迟没有行动。

诸葛亮还打探到，孟达与孙权也有着书信往来。在对待未来方面，孟达犹豫不决，也看不清自己的真正方向。

孟达的暧昧态度让诸葛亮颇为生气。

但孟达是北伐的一枚重要棋子，诸葛亮想把这枚棋子利用好。

"我早就说过，孟达这个人反复无常，信不得。"我劝诸葛亮说。

"置诸死地而后生，他对魏国还抱有一丝侥幸心理，所以迟迟不肯反正，我们就想办法促成他反正。"诸葛亮拿鹅毛扇半遮自己的脸，说道。

"怎样促成？腿长在他身上，他不来投奔我们，我们还能强求？"我有些心灰意懒。

"那就让他不得不反！"诸葛亮把鹅毛扇从脸上拿下来，拿扇柄在几案上敲着说。

　　不久，我就明白了诸葛亮的意思。

　　诸葛亮知道孟达与魏兴太守申仪不和，所以派遣郭模诈降，向申仪透露了孟达叛魏的意图。申仪立刻密表孟达潜通蜀国。魏国骠骑大将军司马懿探明情况后，一边向曹叡奏报此事，一边写信稳住孟达。同时，率一支精锐之师从守城日夜兼程，直取上庸。

　　孟达有点不以为意，一则司马懿利用魏文帝当初的宠信来唤起孟达的感恩之心，让孟达更加摇摆；二则司马懿指出诸葛亮极有可能要让孟达为当年叛蜀付出代价，这正是孟达所担心的，更加瓦解了孟达叛魏的决心。他给诸葛亮写信说：

　　　　宛去洛八百里，此去千二百里，闻吾举事，当表上天子，比相反覆，一月间也，则吾城已固，诸军足办。吾所在深险，司马公必不自来；诸将来，吾无患矣。

　　很多时候，我们的预计与实际情况相距甚远。司马懿只用了八天时间就到了上庸城下。孟达这才着了慌，忙向诸葛亮求救。

　　但诸葛亮没有发兵。甚至连孙权也没有发兵。

　　"既然你希望他反，如今司马懿攻杀他逼着他反，你为何不救他？"那天，孟达的使者跪在地上求诸葛亮，诸葛亮却只用好酒好菜款待使者，闭口不谈发救兵的事。使者带着深深的遗憾离开后，我禁不住这样问诸葛亮。

　　"孟达如果在司马懿还没有到来时求救，我或许会助他一臂之力，但他在没有退路的时候才来求助于我，这就不一样了。其实，这个结局也在我的预料之中。"诸葛亮站起身来，踱到门边，望着使者的背影，淡然说。

　　"是不是就像当年不救关云长一样，怕赶去也迟了，反而落入敌人陷阱？"我始终从性格来分析一个人的行为，认为诸葛亮是谨慎使然。有时候，这种方法又是过于迂腐的。

　　"此一时彼一时，孟达怎能和关公相提并论？"诸葛亮转身离去，留给我一个讳莫如深的背影。

7

孟达只抵抗了十六天便被司马懿斩首。这不足以阻止诸葛亮的北伐进程，他的存在与否与诸葛亮北伐的关系渐渐微弱。在一年多的接触中，诸葛亮越来越发现孟达并不可靠。在他的出兵计划中，已经果断地把孟达的名字画掉了。

但他又不得不对孟达有所忌惮，如今，没有了孟达的羁绊，对诸葛亮来说反而更加有利。诸葛亮不救孟达，或许正是出于这方面的考虑。孟达曾经是诸葛亮北伐的一枚棋子，司马懿则成了诸葛亮除去孟达的一枚棋子。

建兴六年（228）初，诸葛亮在汉中大营召集将官商议进军魏国的路线，酝酿已久的北伐大戏拉开了帷幕。

"诸位将军，克复中原是先帝一生的梦想，也是我等毕生的追求。如今，国内兵精粮足，魏国又分兵对付东吴，关中空虚，正是我们施展抱负的大好时机。"诸葛亮站在挂着地图的墙壁前，用鹅毛扇围绕地图上的魏国边境画了一圈，最后点了点洛阳，问："还于旧都，当从哪里进军？"

赵云侧了侧身，手罩在耳朵上问："丞相你说什么？"

诸葛亮走到赵云身边，凑到他耳边说："将军，实现先帝生前梦想就在今朝，你看，我们从哪里进军才能万无一失？"

赵云捋了捋花白的胡须，恍然大悟般点了点头，却不再说话。

汉中太守、督前部、领丞相司马魏延上前一步，打拱道："丞相，我听说镇守长安的是夏侯楙，此人胆小而缺少谋略。如果给我五千精兵，再拨五千运粮士兵，从褒中（今陕西褒城）出发，沿着秦岭东行，入子午道后北上，不过十天，就可到达长安。"

众将官一听，便嘤嘤嗡嗡地议论起来，诸葛亮挥了挥手，众将官的声音像被刀切一般，齐齐停了下来。诸葛亮转向魏延说："六百里子午谷道，山势陡峭，谷中水流湍急，全靠架在山崖上的栈道通行，十天时间，恐怕未必能到达长安。"

"是啊，这条道太险了。"不少将官摇头。

"丞相，不入虎穴焉得虎子，我保证十天之内攻到长安城下。"魏延拍着胸膛说道。众将官纷纷看着魏延，一些表示肯定，一些表示怀疑，一些表示不屑，一些则一副看他出丑的表情。

诸葛亮皱了皱眉，"出奇兵不是不可以，但要有对形势准确的判断。将军此计，不确定的因素太多了。就算你顺利到达长安城下，又如何能凭借几千人马拿下城池？"

"丞相，夏侯楙不过因为是曹操的女婿才出镇一方。如果他听说我出其不意领兵到达，以我对他的了解，必然弃城而逃。而横门邸阁和散民的粮谷，足够我军食用。魏国从东边调集人马赶来救援，需要二十天时间。在这期间，丞相可以统率大军从斜谷（今陕西眉县西南）进军，一定可以赶在魏军之前到达。咸阳以西的地区，就可以一举平定。"魏延昂首挺胸，侃侃而谈。

"魏将军有所不知，曹叡知我屯兵汉中，本有挥师南下之意，后来听了孙资的劝说才作罢。他既知我欲北伐，必然有所防备。倘若夏侯楙坚决抵抗，或者就算他弃城而逃，城中其他守将拼死抵抗呢？"

"我久驻汉中，对汉中地形和长安守将也算是有所了解，丞相不必多虑。"魏延仍坚持己见，肯定地说。

"你说魏军要二十天才能赶到，可是前不久，司马懿用八天时间就从宛城赶到了上庸。孟达难道不了解司马懿吗？他也认为司马懿得到曹叡允许率军赶去要一个多月呢。"

魏延刚想辩解，诸葛亮继续说道："魏将军此计虽有奇谋，但孤军深入，风险太大。行军打仗，可以凭运气胜一次、两次，但次次都寄希望于侥幸还可以吗？不如从平坦的道路进军，稳稳当当地取得陇右地区，有十足的把握取胜而不会有什么闪失。"

"丞相……"魏延还想争取，诸葛亮轻举鹅毛扇止住他说："魏将军的计谋，我去一半，留一半。我打算兵分两路，一路由斜谷出兵，攻打郿城（今陕西眉县北），此军主要是为了吸引住魏军注意力。然后大军出阳平关，入沮县（今陕西略阳东）、下辨（今甘肃成县西北）到达陇右的祁山。"

将官小声议论，魏延一声叹息，"原来丞相早有打算，还把我们召集到这里来商议什么呢？"接着又嘀咕道，"延是空有豪情和本事，不能发挥啊。"

诸葛亮停下不说话，营中立即安静下来，魏延也不再发声。诸葛亮又停了一会儿，才转身对赵云说："赵老将军，你以为如何？"

赵云没听太清楚，见诸葛亮盯着他看，便哼哼哈哈说："嗯，好，好，好。"

诸葛亮说："那赵老将军可愿意带一支人马作为疑兵？"

赵云看了看诸葛亮，又看了看左右的将官，耸了耸肩："年龄大了，听不太见，丞相你刚才说什么？"

"我让你率军从斜谷进攻魏国，迷惑曹叡，牵制魏军，以便我从祁山踏足中原。"诸葛亮指了指地图上的斜谷位置，提高声音说。

"好、好、好！"赵云直点头。魏延在一边觉得好笑。

"赵老将军，你答应了？这可是相当冒险的差事。"诸葛亮等着赵云做出决定。

赵云想都没想，说："好、好、好。"见诸葛亮还有些疑惑地看着自己，便说，"好，我从斜谷进兵，为丞相打掩护。"

"子龙，你当年跟随先帝征南闯北战无不胜，是目前蜀中最有声望的将军，此任非你莫属。我深知子龙善知进退，但此战仍可能毁掉一世英明，你可要深思啊。"诸葛亮扶着赵云的肩膀，俯在他耳边说道。

"就算一死又有何惧，名誉更是身外之物，丞相尽管放心。"赵云字句铿锵，仍不失将军风度，花白的胡须随着下巴的活动而抖动。

"子龙，那就拜托你了。"诸葛亮有些激动地说。

第二天，大军开拔。赵云、邓芝率一支人马从汉中北上进入箕谷（秦岭山谷名，在今陕西襃城西北），做出从斜谷进攻郿县的样子。而诸葛亮则率领主力，朝着阳平关进发。

杂沓的脚步声，震动山谷。

一路上，团团残雪疏疏落落地散在山坡的绿意之间，让人生出一丝寒意，仿佛冬天的脚步还没有走远。细看，才知道那是一蓬一蓬的梨花，正无声地在风里摇曳。

春意渐浓。

8

朝廷军队出其不意杀到祁山。陇右五郡陇西、南安、天水、广魏、安定无不震动。

正在郡中巡视的天水太守马遵，准备撤到上邽，毕竟上邽有陇西名将郭淮镇守，且濒临渭水，一旦情况有变，可顺着渭河逃往长安。但与他一起巡视的部下姜维等人，却建议他回天水郡治冀县，整顿兵马抵抗蜀军。

冀县在上邽西北，远离渭水，很容易被切断成为孤军。马遵没有采纳姜维的建议，他甚至怀疑姜维同蜀军串通一气。因此，趁着姜维等人熟睡之际，带着几个随从深夜逃往上邽。

姜维发现后，追至上邽。等待他的却是城门紧闭。姜维无奈退回冀县。冀县吏民也闭门不纳。姜维只剩下向诸葛亮投诚这一条出路了。

"丞相，事情的经过就是这样的，久仰丞相大名，姜维愿效犬马之劳。"姜维跪在地上说。

诸葛亮忙上前扶起姜维，"我早听说你思虑周密，敏于军事，今日一见，果然英气勃勃，快快请起，快快请起。"诸葛亮收了姜维，当即决定将中虎步营五六千士兵交由姜维率领，进行军事操练。后来，还将一生所学兵法，毫无保留地传授他。这一年，姜维二十七岁，正与当年诸葛亮出山的年龄一致。

天水投降后，南安郡也开城投降。诸葛亮大军便从南安郡前往陇西郡。

当蜀军兵临城下的时候，陇西郡内出现了骚动。但郡守游楚不肯束手就擒，他命人出门设阵，自己站在城上向攻城的蜀将大声说："如果你能截断陇道，使朝廷援军无法东来，一个月之内，陇西的官民不攻自服；如若不能，你们在这里不过是虚耗精力。"

说完，擂鼓出击，蜀军突遇强敌，准备不足，只好退去。

诸葛亮听到游楚这番话，大吃一惊。当即命斥候化装为城中百姓，前往了解游楚的情况。

当晚，斥候急急来向诸葛亮回报情况。原来，蜀军到来之前，郡守游楚已开始做部下的安抚工作，他说："我没有恩德施加于你们。现在蜀兵骤至，其他各郡吏民都已经纷纷投降，这也是你们博取富贵的时候。我作为本郡的太守，职责所在，要誓死守卫城池，你们却可以拿着我的人头去投奔蜀营。"吏民都流泪说："不管是死是生都要与明府君一起，绝无二心。"游楚又说："既然你们不愿意拿我的人头去换荣华富贵，我为你们出个主意。现在东边的天水、南安两个郡已经投降，敌人必将前来攻城，希望各位与我一起坚守。如果朝廷的援军到来，敌军必然自行退去，那时，你们也都成为一郡之中为国守义的功臣，人人可以获得爵位和宠信。如果朝廷救兵不到，待蜀军进攻日急，你们再取我性命去投降，也不算太晚。"

斥候离开后，诸葛亮坐到几案前，借着微弱的灯光研究陇右地图。诸葛亮的目光，并没有注意陇西，而是紧紧盯着广魏郡，这是目前还没有顾及的一个郡，但这个郡的军事意义，远超已经投降的三个郡。

诸葛亮已经探明，魏明帝曹叡在以大将军曹真驻扎郿县对付赵云之后，得到陇右危急的报告，立即派右将军张郃率五万精兵，星夜前来营救。他自己也亲自赶到长安督战。

"长安到陇右有两条道，你猜张郃会从哪一条道路前来？"诸葛亮抬起头望着侍立一侧的我。

陇山是一条与秦岭垂直分布的山脉，陇山以东为关中，陇山以西即是陇西。陇山与秦岭交接处，渭水横贯而过。沿渭水而行，可以由陈仓到达天水。

"我料张郃必不肯走水路。"我看着几案上的地图说。

"为什么这么肯定？"诸葛亮摇着鹅毛扇，饶有兴味地看着我。

"张郃军多为骑兵，张郃不会做弃长取短的事情。"

诸葛亮点点头，似乎在等我继续往下说。

"更重要的是，渭水在这一段河道险峻，要想从此通过，必然花费大量时间。陇西郡已经没有多少时间可以给张郃浪费了。"

"所以，张郃军必然走关陇道。"诸葛亮以扇柄沿在地图上横着画了一条线。

"张郃从长安出发，一路斜上西北，在陇山东侧横穿陇山。出陇山即是街亭，必须在此地截住张郃军。"我说。

诸葛亮若有所思地点着头，但似乎在想着别的什么。

街亭在广魏郡，是西出陇山第一重要关口，这里将成为第一次北伐的主战场。

9

当诸葛亮询问谁愿意前往街亭时，马谡第一个出列请战。众将官惊疑地看着他，魏延更是哈哈大笑，"张郃可是魏国名将，你小子乳臭未干，岂不是痴人说梦？"

马谡的脸涨红了，"魏将军，我自小熟读兵书，你也别门缝里瞧人，把人看扁了。"

魏延连看也不看马谡一眼，"丞相，街亭乃陇山西大门，此战非同小可，切不可轻敌，不如让文长领一万人马拒敌。"

魏延开了口，便没有人再来争这个差事了，谁都知道，与魏延作对是不会有好结果的。既然不能自己出征，倒也不妨把这个人情送与魏延。毕竟，魏延是蜀中名将，而马谡不过一文人。

众将官也请求让魏延镇守街亭。魏延得意地看了马谡一眼。然而，初生牛犊不怕虎，马谡丝毫也不怯懦，迎向魏延的目光。

"丞相，我愿立军令状，如果街亭失守，甘愿以死谢罪。"说着，跪在诸葛亮面前。

诸葛亮摇着鹅毛扇，久久不语。

"丞相……"魏延这时急了，也一掀盔甲跪在地上，"丞相，我只需五千人马，我也愿以项上人头做保。"

诸葛亮长吁一口气，"都起来吧，容我再想想。"说着挥了挥鹅毛扇，众将官都退去。唯有马谡依然跪在地上。

"幼常，还不回去？"诸葛亮有些意外。

"丞相，我有一言相送。"

诸葛亮扶起他说："起来说话。"

"丞相，魏将军的确身经百战，但没有人从一开始就会打仗。幼常自幼熟知兵法，早就想为丞相兴复汉室效犬马之劳。"

诸葛亮轻轻地拍了拍他的肩膀，"我会给你展示的机会，我不会让任何一个有品行又有本事的人被埋没。不过，街亭毕竟关系北伐胜败……"

"丞相，请你相信我，我一定誓死报效丞相。这么多年，我对丞相的人格和才能佩服得五体投地，丞相就是我的天，是我的地，是我今生唯一值得效忠的人。"马谡说到动情处，眼中闪动着泪花。

"我们认识也有二十来年了，当年，我与你哥哥季常可谓情同手足，只可惜，他在随先帝出征时不幸去世了。这些年，我待你如兄弟，如孩子，也因为你哥哥啊。"

"多谢丞相对我一家的恩情，我也常常回想起与丞相自昼达夜谈论军计的情景。"马谡作揖道。

"你下去吧。"诸葛亮挥挥手。

"我的话还没说完呢。丞相，魏将军不是丞相一个锅里的人。"马谡抹了抹泪花儿说道。

诸葛亮一怔。

"魏将军是先帝一手提拔的，他可能会为国尽忠，却不一定能为丞相赴汤蹈火。但我可以。"

诸葛亮沉默着。

马谡又说："丞相，魏将军看不起我，那也是看不起丞相、看不起所有士人啊。"

"这是武将的通病，也不怨文长。"诸葛亮淡淡地说，"就像士人也看不起武将一样。"

"丞相，我要为士人正名！"马谡眼中透出一股精光。

诸葛亮慈爱地看着他，"你先回去吧。我会考虑你的话。"

马谡离开后，诸葛亮问我："子庸，守街亭谁合适？"

我看着他的脸，淡淡一笑，"丞相不是已经有答案了吗，还问我？"

"但我不知道这个答案是不是最佳答案。"诸葛亮有些犹豫。

"丞相，恕我直言，将兵作战，不可感情用事。马谡是不错，但不是用他的时候，我认为，此次魏延更为合适。"

诸葛亮有些不悦："难道就没有其他办法了吗？难道我朝廷大军离了魏延就对付不了张郃了吗？"

我立刻平息自己的情绪，我知道，诸葛亮心中已经有了明确答案，如果这时候，谁想改变他，只能让他变本加厉。

诸葛亮大约意识到自己的情绪有点过头，便缓和语气说："我就是觉得文长太自信了，好像非他莫属一样。我得压压他的气焰。"

其实，这只是一方面，我觉得真正让诸葛亮动心的还是马谡那句"魏将军不是丞相一个锅里的人"。诸葛亮自然愿意培养一个忠诚于自己的人，而不愿把功劳加在一个可能给自己制造麻烦的人身上。这种功劳越大，制造麻烦的能量越大，也就越不让人省心。

"也好，魏将军也确实拿架子。有一次，他与杨仪发生口角，竟然拿刀架在杨仪脖子上，把杨仪都吓哭了。好多文官都对他有意见。"

"你觉得王平如何？"诸葛亮突然说。

"此人手不能书，认的字不超过十个，但头脑机灵，倒也是一员猛将。只可惜没有机会展示。丞相莫非想重用他？"我好奇地问。

"我想以他为副，协助马谡据守街亭。"诸葛亮说。

"哦。"原来不是我想象的那样。

我摇摇头，"在名将张郃面前，单凭他们两人，还是弱了一点。"

诸葛亮走到地图前，指着街亭北面的列柳城说："我再在此地设一处兵马，可与街亭互相驰援。你意如何？"

"如此一来，胜券在握。"我不得不佩服诸葛亮虑事周全。

这时，马谡来求见。

诸葛亮挥挥扇子："让他进来吧，今天不给他吃颗定心丸他怕是一夜睡不着啊。"

马谡带进来夜的凉意，他说："丞相，如果丞相不放心我，可在列柳城再置一军，两军互为掎角，当万无一失。"

诸葛亮拿鹅毛扇指了指几案一侧，说："幼常，坐，坐。"

"丞相……"

"好，就依了你。"诸葛亮此话一出，马谡高兴得纳头便拜。

诸葛亮扶起他说："幼常，我难得对一个人这么好，你可不要辜负了我。"

"一定。"马谡激动得热泪盈眶，声音里带着哽咽。

"不过，感情归感情，规矩是规矩。明天，你还得当众立下军令状。"诸葛亮这句话来了个突转。他这个人太理性，再怎么动感情，依然保持着几分让人打冷噤的清醒。

10

诸葛亮继续围攻陇西郡，马谡率两万人马直奔街亭。一路上，马谡意气风发，欲大展拳脚。然而，到了街亭，他不由得勒住马，倒吸了一口冷气。

马谡让大队人马就地休息待命，他带着副将王平和几名士兵到南面一座孤峰独立的山上观察地形。站在山顶，街亭的地貌地形一览无余。

街亭位于一条宽约十二里的平坦沟谷，一条小河从谷底哗哗流过。对面是连绵不绝的大山，山与山之间是锯齿一样的突起。洁白的残雪镶在青峰顶上，披在青峰肩上，洒在青峰脚上。山顶的雪正是半堆半融的模样，丝丝缕缕织进山峦的肌肤，如同江河漫过平原，退却后漫漶出疏疏落落的印痕。

身后也是同样连绵不绝的大山，连鸟都飞不过去。

"张郃大军几日可到街亭？"马谡回身问身边一位士兵。

"据斥候报告，三日之内，敌兵将至街亭。"

"王将军，三日之内，你能否在此修筑好防御工事？"马谡举起马鞭指了指山下，又问王平。

"将军，山下平坦，无险可据，若要修筑防御工事，三日之内恐怕很难办到。"王平望着山下黑压压的士兵说。

"既然如此，如果张郃军队正面来攻，我两万人马如何抵挡他五万精兵。"马谡忧心忡忡地看着我，"子庸大哥，你说呢？"

"我只是闲得无事，随军长长见识，我不发表意见。"我笑笑说。

"我等愿誓死守住街亭。"王平的声音慷慨激昂。

马谡站在山顶，再次把目光投向山下。半晌，他对无声跟在他身后的人说："我们先下去吧。"

下山的时候，马谡对王平说："王将军，三日之内，无法修筑工事，那我们不如不修。"

王平大吃一惊，"不修筑工事，这平坦的大道，如何阻挡魏军？"

马谡慢条斯理地说："我们也不与魏军正面对抗。"

"不正面对抗，那我们星夜赶来此地做什么？"王平一头雾水。

"我们上山扎营，"马谡回头用马鞭指了指山顶，继续说："只要我军在此，魏军便不敢轻举妄动。若魏军近前，敌在下，我在上，我军掌握主动，从上往下攻，必然大破魏军。只要牵制住魏军，给丞相换来十日左右时间，待陇西一破，丞相大军便可挥师东进，魏军自然退败。"

马谡脸上洋溢着胜利的表情。

王平却不无担忧地说："山上没有水源，如何坚持这十日时间？"

马谡说："我自会命一支部队，专门下山取水，王将军不必担心。"

王平却摇头说："如果魏军切断我军水源，我军将不战自溃，还请将军深思！"

马谡一挥手："我意已决，不必多言。"

王平说："出发前，丞相对属下曾有一言，说是一定要当道扎营，丞相的话你也不听吗？"

马谡怔了一下，"丞相这样说过？子庸？"

我真不太清楚。也许他的确说过，也许只是王平为了吓唬马谡而编的。马谡大概认为诸葛亮不可能有什么话不当面给他交代，反而告诉他的副将，于是说："将在外，君命有所不受。丞相如果知道此地的真实地形，他也会赞同我的想法的。"

王平说："马将军，这可是一条条活生生的性命啊，如果他们在战场上牺牲，还情有可原，如果他们是因为缺水而死于非命，我们怎么向丞相交代？怎么向士兵的家属交代？"

"王将军，你这是什么话？难道我会拿士兵的命当儿戏吗？你让他们当道扎营，才是让他们做无谓的牺牲。'兵无常势，水无常形'，行军作战，岂能拘于一格？你根本不懂兵法。"马谡有些生气了。

"我是没有读过什么破兵书，但我打的仗可不比你少。你的军队我管不着，我的人马我得带走。"王平丢下这句话扭头就走。

"你太目中无人了，回去后我当禀报丞相。"马谡恶狠狠地说。虽然提高了声音，却也显得苍白无力。

"随你便。"风中传来王平不太真实的话。

王平下山后，果然清点人马，闹着要把自己一千余亲兵带走。马谡的几个部将极力劝说王平，但王平执意不听。

"让他走。我就不信没有他那一千人马我就不能活了。"马谡对前来禀报的士兵说。

一支千人的军队，在大家异样的目光中向北而去。

马谡则带大军登上南面的山头，安营扎寨，以逸待劳。

11

魏军来得太快了。

万千铁骑踏碎大地的声音从东面一路西来，山谷回荡着隆隆的声音。

张郃前锋到达街亭后，不敢贸然前进，南山上马谡的营寨向他们发出了严正的警告。不过，张郃很快发现了蜀军的软肋。当郭淮分兵前往列柳城进击高翔后，张郃便命人将马谡军队围了起来，并且阻断了蜀军取水的道路。

马谡派出的一队队取水的士兵，都被魏军斩杀，或者击败了，一个个伤兵残将垂头丧气地回到山上，开始抱怨没有跟随王平一起在山下扎营。

由于没有水源，草丛间的点点残雪都被干渴的士兵们抢光了。先到的士兵，还可以将雪捧起来放在嘴里，后来的士兵，便只能趴在地上，拼命地吮吸湿润的泥土。有些士兵甚至为了争夺一把湿润的泥土大打出手。

军心已乱。

不少士兵开始趁着月色逃跑。

魏军趁机向马谡军队发起进攻。蜀军根本没有战斗的士气，被魏军冲得七零八落。甚至马谡本人，也只顾着带了几名亲信逃跑。

马谡让我同他一同逃走。但我说："你不能逃走。"

马谡眼泪都下来了："子庸，我如果回去，丞相一定饶不了我，可我不想死啊。连虫子蚂蚁都舍不得死，何况人呢？"

我说："你辜负了丞相的栽培，这等于是拿刀戳他的心。"

"不行，现在回去，丞相正在气头上，我还是先避避风头再向他请罪。"马谡以为时间会修复诸葛亮的伤痛。

我离开马谡后，与几个走散的士兵，前往王平山下的营寨。王平见魏军攻马谡军队，便命所有士兵点起火把，擂起战鼓。张郃不知虚实，担心夜黑中了埋伏，便鸣金收兵。

王平把被魏军冲散的马谡残部收拾在一起，带着队伍悄悄撤回陇西。

第二天太阳从东山的地头冒出来的时候，一队霜打似的士兵回到了陇西诸葛亮大营。诸葛亮正准备再次向陇西发起进攻，陆续见散兵回来，得到证实街亭已经失守，一下子天旋地转，差一点倒在地上。我赶紧扶他回到大帐内。

诸葛亮面对帐中那张地图，目光久久盯在街亭那个地方，摇头叹息。

过了一会儿，诸葛亮回头对站在两旁的将官说："把马谡给我带上来。"

左右将官面色凝重，都没有回应。诸葛亮一拍几案，"马谡呢？"

王平站出来，低声说道："马谡自知罪孽深重，不敢回营，逃走了。"

"岂有此理，岂有此理，真是岂有此理！"诸葛亮在帐中来回踱步。

"丞相，此次要是换我魏延守街亭，决不会如此狼狈。"魏延嘟囔着，无意中在往诸葛亮的伤口上撒盐。

"怪我，太相信马谡了。"诸葛亮平复了一下自己的情绪，颓然在几案前坐了下来。

街亭之失，是地形的不利，也是马谡过于自信。他太相信自己对于兵法的熟悉，也太相信诸葛亮对他的情义了。诸葛亮对他的信任，让他自我膨胀到自负，听不进王平的良言。诸葛亮违众任用马谡，是一种拔苗助长的行为，既害了马谡，也自食苦果。

诸葛亮闭上眼睛，缓缓地吐出几个千斤重般的字："回汉中。"

魏延说："丞相，我们虽然失了街亭，高翔在列柳城也吃了败仗，但我们毕竟还有六七万人马，为什么不与张郃较量较量呢？"

"这支军队是我们的全部家底，不能有任何闪失。如今，街亭已失，我军处于陇西守城军队和东面魏国援军的夹击之中，斗志已失，几无胜算。"

"丞相，难道你还怕几万援军不成？"魏延激将道。

"我不是畏惧他们，我是觉得不能向长安迈进一步。既然如此，也就没有必要与魏军纠缠。我们再找机会不迟。"诸葛亮冷静地说。

这时，斥候来报，赵云在箕谷失利。

原来，赵云在箕谷遇到了曹真的大军。赵云的一万兵马在曹真的数万人马面前，相形见绌，连连失利。赵云审时度势，让邓芝带着大部人马先行撤退，自己率一支精兵断后。曹真毕竟忌惮赵云的勇猛，不敢逼得太急。赵云且战且退，并将走过的栈道烧毁。魏军追击无路，只好撤回郿县。

"你们都下去准备吧。"诸葛亮再次下令。

"丞相是担心兵力不足吗？我们可以向朝廷请求支援，征集更多的人马。"魏延为了能够继续作战，甚至收起了一贯的骄傲之态，愿意主动求援。

诸葛亮冷静地分析说："我们在祁山、箕谷的军队，并不比敌人少，但为何却打了败仗？关键不在军队人数多少，而在于统帅的谋略和指挥能力。马谡给我们的教训深刻呀！"

魏延还想争取，诸葛亮无力地挥了挥手中的鹅毛扇，转过身去。

众将官默默地退出大帐。

夕阳西下，野草连天。一支军队，无声地向阳平关而去。军旗耷拉着，依稀可以看出两个字："诸葛"。

12

"马谡必须付出代价。"诸葛亮坐在空落落的营帐中，突然说。

马谡已经幡然悔悟，自己回到了汉中。如今被关在大牢里，等待着命运的宣判。曾经隐瞒他去向的将官也受到了惩罚。在这位将官眼里，马谡是诸葛亮眼中的红人，他从来没有看到过诸葛亮对谁可以像对马谡一样好。他以为，诸葛亮的愤怒是一种象征意义的愤怒，是做给有些人看的，只消过些时日，一切都将复归平静。但这一次，他错了。

"丞相，马谡罪该万死，但现在正是用人的时候，天下未定而杀害智谋之士，岂不可惜？"我不能让诸葛亮看出我是在为马谡求情，而只是就事论事。否则，只能火上浇油适得其反。

诸葛亮说："马谡是我的兄弟，将他绳之以法，难道是我愿意看到的吗？你以为我不难过吗？"诸葛亮内心有一团怒气，需要发泄。他在同我交流的同时，其实是在发泄内心中的怒气，也是在和心中另一个自己进行搏斗。

"斩马谡等于割丞相的肉。但是，不除马谡，又人心难平。当初，魏延便认为据守街亭非他莫属，如果马谡不付出代价，如何平息魏延们的不平？"

我以为，诸葛亮急于处决马谡，是为了舍车保帅，让战败找到一个替罪羊，不至于危及自己的地位。

诸葛亮摇摇头说，"我既然违众提拔马谡，就不在乎他们怎么看。我在乎的是人心。孙武之所以能够制胜于天下，正因为执法严明。所以，晋悼公之弟杨干触犯军法，魏绛要杀他的奴仆以示惩戒。我统武行师，以大信为本。现在国家分裂，战争伊始，如果废弃军法，人不知信用，我们还拿什么来讨伐敌人呢？"

诸葛亮曾经说过，愤怒时不应该杀害无辜，欢喜时也不能放纵有罪的人。在马谡的处置问题上，在白天的公堂上，有人便以为这是愤怒所致，请求诸葛亮三思而行。但诸葛亮坚持要按马谡立下的军令状将其斩首，态度决绝。其实他的内心也彷徨挣扎。诸葛亮是一个有道德洁癖的人，当他认为自己的行为充满正义，他才会真正感到心安。

"你陪我去走走吧。"在一阵沉默之后，诸葛亮走出了大帐。我默默地跟着他。漆黑的军营，远远近近有点点灯光，那是守夜的士兵在巡逻。

我们漫无目的地在冷冷清清的街道中穿行，像两个鬼魂。突然有巡逻士兵迎面走来，厉声问我们是干什么的。当他举起火把，照见诸葛亮憔悴的脸庞时，立即吓得跪倒在石板地上，求丞相恕罪。诸葛亮只轻轻地摆了摆手。那名巡逻士兵不敢动，待诸葛亮走过去老远，才起身继续巡逻去了。

当我们不约而同地停下来的时候，我们都吃了一惊。原来，我们走到了关押囚犯的大牢前。诸葛亮敲了敲门，一个睡眼惺忪的士兵打开门来，一脸的不高兴，正张圆了嘴打哈欠。突然见是诸葛亮，惊得赶紧把嘴闭上，把剩下的半个哈欠硬生生压了下去。

"丞、丞相，深夜造、造访，不知有何贵干？"士兵紧张得说话结巴，以为哪里做错，诸葛亮半夜兴师问罪来了。

诸葛亮说："没事，来看看马谡。"

当牢门"哐当"一声打开的时候，马谡蜷卧在靠牢门左侧的墙根下动也没动，一切的声息仿佛都不再与他有关。他已经得知，明天自己将被公开处斩。半晌，马谡才睁开眼睛，看见昏暗的灯光下站着三个人，狱卒提着灯站在诸葛亮右后侧，我站在诸葛亮左侧。

马谡立即坐起身，眼睛中闪出了希望的光芒，"丞相！"

但是，诸葛亮没有说话。他站在牢门边，看着蓬头垢面的马谡。想到平时马谡干干净净的样子，又看看他如今的狼狈，我的鼻子竟然一酸。

马谡眼里的光芒逐渐熄灭，终于颓然地坐回地上。诸葛亮缓缓地走到他的面前，把手搭在他的肩膀上。

"丞相！"

"幼常！"

"丞相！"

"幼常！"

"丞相，你视我为儿子，我待你也如同父亲。可是，我对不起你呀，辜负了你！"

"别再想这些无用的事情。"

"丞相，这些天，我经常回想我们一起谈论兵法的事情，想起丞相出兵南中我送丞相的事情，那是多么愉快的往事……"马谡有些哽咽了。

诸葛亮像哄婴儿睡觉一样，有节奏地轻轻拍打着马谡的瘦弱的肩背，单调的回声在狭窄的走廊里传递，偶尔被一两声鼾声，或者轻轻的咒骂中断。

"我知道自己罪该万死。但求我死后，丞相念在我们相交一场，照顾好我的家人。我虽死也没有什么遗憾了。"

诸葛亮沉重地点了点头。

马谡把身子靠过来，紧贴着诸葛亮的腿，痛哭起来。诸葛亮在昏暗的灯光下一动不动，因为狱卒提灯站在他右侧，他长长的影子便左倾到木栅栏墙上，经由一根根木头切割后投射到走廊对面的墙身上。

"丞相，我有一个请求。"马谡突然抬起泪花闪闪的眼睛望着诸葛亮，虔诚地说。

"讲。"

"……"马谡欲言又止。

"说吧，我会竭尽全力完成你的心愿。"

"……我想、摸一摸你的胡须……"马谡有些吃力地说。

诸葛亮怔了怔，抱紧马谡的双肩，缓缓蹲下身来。墙上那个受栅栏遮挡的影子矮成一团。

马谡看着诸葛亮的脸，轻轻地抬起被缚的双手，指尖颤抖着，一点一点地接近诸葛亮的下巴。

诸葛亮像一尊雕塑站在那里，有意地控制着自己的呼吸，似乎马谡是一朵成熟的蒲公英，轻轻地一呼一吸，就可能让它四散飘飞。

马谡张开的双手，在诸葛亮的腮边停留半晌，才颤抖着轻轻捧起诸葛亮短短的胡须。他的脸上现出奇异的光芒，"丞相，我也算是捋过虎须的人了。"说罢，坐直身子哈哈大笑，继而痛哭起来。

诸葛亮转过身，双手轻轻地扶着牢房的门，两行清泪无声地滑落。

我上前扶起诸葛亮，从他踉跄的脚步里，我第一次读出了他的老态。

一灯如豆，诸葛亮在帐中枯坐了一晚上。

第十一章　一场预谋已久的斗争

1

第一次北伐失败后不久，诸葛亮为了响应孙权对魏国的进攻，再次北伐，引兵出散关。当军队来到绥阳谷指向陈仓时，诸葛亮写信告诉诸葛瑾，"这里有一个叫绥阳的小谷，但山崖险峻，溪水纵横，难以行军。我已经派先头部队砍伐树木，修复此路，剑指陈仓，足以牵制敌人，使其无法分兵进攻东吴。"

然而，诸葛亮在陈仓遭到守将郝昭的顽强抵抗。

那是我见到的一次非常惨烈的交锋。一部部云梯架在城墙上，蜂拥的士兵借着云梯攀缘而上。当士兵们喊杀着快要冲上城头时，城上突然射下成千上万支火箭。朝廷军队烧伤跌死者不计其数，云梯也变成柴火。陈仓城外，一片火海，呻吟声不绝于耳。诸葛亮又命令士兵以冲车攻城。当士兵快速冲到城门时，城上守军用坚实的绳索垂下一块块石磨，将冲车压得变了形，车轱辘满地滚。血肉模糊的士兵瘸着腿四散而逃。过了两日，诸葛亮令人趁着夜色挖掘地道，打算悄悄潜入城里。但守军已在城内沿墙挖出一条壕沟，将蜀军悉数截获。

诸葛亮只好退兵。

这一次点到为止的北伐，是一次惨痛的经历。唯一的胜利是在撤退中回兵斩杀了追来的魏将王双。这多少给诸葛亮、给朝廷军队一点心理上的安慰。

第三次北伐是在第二年春天。诸葛亮派陈式为前锋，自己率大军殿后，就近攻取武都、阴平二郡。武都、阴平二郡在魏国的南部边境，突入蜀汉境内。武都郡治所下辨是蜀军出祁山进攻陇右的必经之地，为兵家所必争。魏国雍州刺史郭淮闻讯赶来救援。诸葛亮突然疾行到建威（今甘肃成县西），郭淮担心后路被截断，只好率兵退走。武都、阴平自此纳入蜀汉版图，为以后的北伐打通了道路。

第一次北伐失利后，诸葛亮曾上疏自贬三级。第三次北伐取得了胜利，后主遂下诏恢复诸葛亮的丞相职位。李严试探性地给诸葛亮写了一封信，劝诸葛亮受九锡，晋爵称王。诸葛亮语重心长地给他回了一封信，信中说：

> 吾与足下相知久矣，可不复相解！足下方诲以光国，戒之以勿拘之道，是以未得默已。吾本东方下士，误用于先帝，位极人臣，禄赐百亿。今讨贼未效，知己未答，而方宠齐、晋，坐自贵大，非其义也。若灭魏斩叡，帝还故居，与诸子并升，虽十命可受，况于九邪！

诸葛亮的回信滴水不漏，既巧妙地否定了李严的提议，也没有造成两人关系的僵化。一场内部风波被轻轻地抚平。

这一年四月，还发生了蜀汉外交史上的一件大事，也差点造成轩然大波。孙权派遣使者到成都，要求并尊二帝。历来"天无二日、地无二王"，蜀汉官员认为孙权之举不合法度，为了争一个正统，要求与东吴断绝盟友关系。这一次，诸葛亮没有拘泥于所谓的正统，他表示，如果与孙权闹翻，势必与东吴为敌，让魏国得利。因而，不能光图泄一时之愤，应懂得变通，考虑长远。诸葛亮力排众议说服群臣，还派使者前往东吴祝贺。双方约定，共同伐魏，事成之后平分天下。

建兴八年（230）秋天，魏军分三路伐蜀。一路由司马懿率领，从汉中之东溯汉水，从西城向南郑进伐；一路由张郃率领，由斜谷直逼汉中，攻取南郑；一路由大司马曹真亲自率领，由子午谷出兵，攻取南郑。诸葛亮在乐城、赤坂等交通要道布置重兵，严阵以待。

一场恶战，却因为天气原因被迫中止。因秋雨连绵，山道崎岖，栈道断绝，曹真在子午谷走了一个多月，仍未走出谷口。从斜谷南下的张郃军队以及司马懿的东路军，也因为道路泥泞而行军困难。魏军只好半途而废，班师回朝。诸葛亮闻听消息，派魏延、吴壹等率兵西入羌中，在阳谿（今甘肃渭源东北）大破魏军费曜、郭淮部。

两军大规模的交锋推迟到了建兴九年（231）。这年春天，曹真病重，魏国大将几乎凋零。诸葛亮开始征调人马，并第一次使用他发明的木牛马不停蹄地向前线运输粮食。

一支十万人的大军，迅速集结于汉中，一面面军旗在春风里呼啦啦地舞动。

2

曹真死后，曹叡派司马懿屯兵长安。诸葛亮带大军迎战西来的司马懿，命王平屯兵南围，继续进攻祁山。

诸葛亮数万大军直奔上邽而来，魏将郭淮、费曜等部试图阻止诸葛亮大军步伐，结果大败而回，退守孤城，从此坚守不出。

闻讯赶来的司马懿屯兵上邽东侧，作为郭淮的外援。但一直到了五月，满山遍野的麦子由青转黄，司马懿也未向诸葛亮发动进攻。

天气开始变热，田野里的麦子在风中铺开一张张起伏的黄缎子。麦芒上的露珠，在朝阳下闪着耀目的金光，一群麻雀扑棱着翅膀，从一块麦地飞落另一块麦地。诸葛亮站在一处高山上，查看上邽附近司马懿军队的动静。

"司马懿一时半会儿不会出战的，他知道我军远来，粮草不继，是想耗死我们。"诸葛亮说，"等收割了这里的麦子之后，我们还是撤退吧。"诸葛亮用鹅毛扇把眼前的土地一圈。诸葛亮此次攻打上邽，既有围魏救赵通过攻打上邽减轻祁山压力的考虑，恐怕也是对这片粮食有所垂涎。

"丞相，司马懿老谋深算，万一趁我军割麦的时候出兵怎么办？"我不无担心地问。

"不会，司马懿多疑，他一定会认为我是在诱他上当。"诸葛亮胸有成竹地说，"如果他出兵，倒正中我意。将士们欲战不能，久了就会失去斗志。"

黑乎乎的人头，像瓜皮一样浮在金黄的麦浪上。麦地里的人头越来越多，惊飞了一只只掠食的麻雀。最初的时候，士兵们有些犹豫，割几沟麦子，便要抬头张望一会儿。一沟沟麦子在刀下"嚓嚓嚓"地躺倒，裸露出褐色的大地的胸怀。

红日渐升，麦芒上的露珠已经完全消失，褐色的土地开始变白，吸附了太阳的热量，并隐隐地释放出来。上邽城内外仍无动静，只几个魏兵远远地张望。士兵们的胆子大起来，"丞相果然料事如神！"士兵们一边劳作，一边放松地闲聊着，不再东张西望。

日头越来越毒。汗珠从烧灼的皮肤上滚过，留下一路刺疼。一些劳累的士兵，像成熟的麦穗一样，低垂了头，不断地抬手擦渗到眼睛里的汗水。

诸葛亮见士兵们已经变得沉默起来，便说："休息一会儿！"士兵们一哄而散，纷纷躲到附近凉快去了。一些士兵依着树干开始打盹儿，一些人躺在土沟里拿手枕在头下小睡。一个士兵把手搭在他人肩上，白鹤一样提起一只脚来，弯了腰拿另一只手去抠趾缝间的麦粒。另一位没有抢到有利地形的士兵，随便往土埂上一坐，拿麦芒往"单腿白鹤"的脖颈里投，那人脖子一歪滚进土沟，引出一阵笑骂打闹。好一幅农人劳作间隙的悠闲画面！

一队魏兵登上对面的山头巡逻，朝着这边指指点点。早有斥候来告知诸葛亮。诸葛亮以鹅毛扇遮阴，从一棵大树背后转出来，站在烈日下向对面山上张望。士兵们见丞相已经起身，便纷纷拍拍屁股，鱼回大海一样流进了麦地。

诸葛亮却挥一挥手，大声说："收工！"

"收工了！"

"收工了！"

士兵们兴奋地喊叫起来，把麦子堆到车上，匆匆往大营方向走去。

我护着诸葛亮走在中间，回头见魏军带一队人马来到收割后的麦地，那时朝廷军队已经走得远了。那队魏军朝我们张望了一阵，拨马回去了。

过了两日，诸葛亮命人前去魏营骂阵。寨门紧闭，营寨哨岗上的士兵仿佛稻草人一般，目不斜视，毫无反应。

因粮草已经不多了，诸葛亮决定退兵到卤城（今甘肃甘谷东）。司马懿见诸葛亮后撤，又像一条狡猾难缠的猎狗，嗅着猎物的足迹引兵紧随而至。当诸葛亮大军停下来的时候，他也停下来，并在不远的地方，依山下寨，据险扎营。

诸葛亮又命人叫阵，司马懿照例是闭门不战。

"丞相，司马懿退又不退，战又不战，叫人好不难受！"那天魏延骂阵回来，情绪低落地向诸葛亮抱怨说。

诸葛亮捋了捋胡须，说："用不了多久，司马懿就会主动挑战。"

魏延哈哈大笑，"丞相，司马老儿一直像老鼠一样的躲着我们，怎么可能主动来挑战？你不会是因为司马老儿连日不战急糊涂了吧？"

诸葛亮摇摇扇子，"我听说大部分魏将都主张出战，现在已经出现了极大的怨气，纷纷嘲笑和责怪司马懿。我估计司马懿坚持不了多久了。"

"丞相，我们也快坚持不住了。"吴班说。

"粮草还没有运来吗？"诸葛亮怔了一下，阴着脸问。

"这几天，我天天派人往汉中方向探望，毫无动静。"诸葛亮听说粮草还没运到，气得手指像鱼尾一样摆动。

"丞相息怒，我已派人向汉中催促粮草，这会儿应该快回来了。"姜维说。

"司马懿一直在寻找时机，在这个节骨眼儿上，我们不能撤退，否则就会被司马懿吃掉。"诸葛亮说，"先把士兵的粮饷减少一部分。过两天，再把老弱的战马也宰了。"

"是！"姜维应道。

3

魏国一队骑兵疾驰而来。

在卤城前停下来，为首的将领骑马在城门前快速兜了一圈，然后回到队列前面，一举马鞭，开始叫阵。

"诸葛亮快快出来受死！"

"诸葛亮快快出来受死！"

突然可以名正言顺地前来挑战，可以发泄内心压抑了一两个月的怨气，魏军一个个意气风发。

诸葛亮站在城楼上看了看，边下楼边对身边的吴班说："吴将军，你速带一队步兵前去迎战。"接着，又分别对魏延、高翔一阵耳语。魏延拍手大叫："痛快！痛快！"

卤城城门突然大开，吴班骑马率先冲出城门，一队步兵紧随其后。当吴班在阵前勒马站定后，士兵们在吴班身后排成一个整齐的方阵。

魏军阵中那名为首的将领催马上前，来到两军阵前中央的空旷位置，蔑视地看着吴班。吴班淡淡一笑，提枪拍马迎上去。两人相见，隔着一杆枪的距离，审慎地转了一个圆圈，互相打量半天。等各自回到原来的位置，也不答话，纷纷比速度快似的亮出了兵器。

刀光一闪，魏将斜刺里一刀，来砍吴班的马腿。吴班勒马后退半步，举枪一挑，刀刃在枪杆上划出一串火星，擦着吴班的手滑了过去。

吴班趁魏将收刀未稳，挺枪直刺对方脖子。魏将头一低，枪尖挑断头盔上的红色璎珞，轻飘飘坠落泥土。

朝廷军队都欢呼起来，气势上暂时压倒了魏军。魏军不甘示弱，不断为主将鼓劲。

二人再次搏杀起来。

两边各自擂鼓助威，鼓声淹没一切。

两人一会儿正面交锋，一会儿分开。有一次分开的距离较远，在阵前绕一圈又突然像相向而射的两支箭，瞬间交织一起。一时杀得难解难分。

这时，吴班卖了个破绽，突然往回撤退。魏将立即挥刀追上来，边追边叫："别跑，快拿命来！"

魏军战鼓齐鸣，喊杀声压过朝廷军队。

突然，吴班使出一个回马枪，魏将的坐骑被刺个正着。那马一声嘶鸣，两条前腿跪了下去。吴班回转身，举枪直刺滚鞍落马的魏将。

魏军中突然冲出一员将领，边骑马赶来边弯弓搭箭，一箭直飞吴班的面门。吴班大吃一惊，急忙勒马侧身，那箭擦着耳朵飞了过去。魏军已经发动集体冲锋，骑兵蜂拥而至。马蹄踏起尘土，像是滚过来一片黑云。

吴班只好退回阵中，招呼士兵迎战。但士兵们却有些胆怯地一步一步向后撤。

朝廷军队中突然鼓声大作，诸葛亮乘着战车出现在阵中。朝廷军队士气大涨，再次挺着长矛严阵以待。

诸葛亮沉着地一挥手中的红色旗帜，第一排持盾牌的士兵便半蹲在地，第二排弓箭手纷纷拉弓射箭，许多魏军还没来得及近前，便人仰马翻倒在地上。后面的战马已经冲上来，不是将地上的人马踩踏致伤便是自己也被绊倒。

魏军以弓箭手作为掩护，朝着汉军乱箭齐射。朝廷军队第一排盾牌手立即筑起一道铁墙。魏军骑兵趁机顽强冲杀过来，放箭已经来不及了。诸葛亮立即挥动黄色旗帜，原先站在两侧推战车的士兵迅速鱼贯而前，在阵前筑起一道车障。待魏军骑兵冲过来，战马纷纷被战车撞倒，马上的士兵哀叫着倒在地上。诸葛亮再挥动手中的绿色旗帜，第三排持长矛的士兵又整齐地跨到第一排，以矛刺杀地上还没来得及做出防卫的魏军。

吴班见魏军已经处于劣势，便率步兵杀入魏军阵中，鼓角齐鸣，杀声震天。朝廷军队在魏军阵中左冲右突，纷纷拿匕首刺魏军马匹的马腿。魏军的骑兵此时反而成了劣势，战马受伤，士兵纷纷坠地。

眼看魏军死的死，伤的伤，逃的逃，这时，远处烟尘滚滚，一大队人马洪水般涌来。原来是司马懿大军赶到。

魏军人多势大，那些刚才准备逃跑的士兵也重新振作起来，纷纷集中一起，再次向朝廷军发起冲锋。

诸葛亮急忙鸣金收兵。

朝廷军队快速退回城中，魏军骑兵箭一般冲过来。当最后一名朝廷士兵跑进城后，城门重重地关上了，一个跑在前面的魏军骑兵，马首撞在城门上，当场气绝。

后面的魏军及时勒住了战马。一队队魏军将卤城围了起来。司马懿命令以冲车撞击城门。一下，两下，三下……木质的城门开始晃动，"砰"的一声，被撞开了。

司马懿得意地一挥手中的剑，魏军驰入城门，在城中长驱直入。

就在朝廷军队危难之际，魏军内部却乱了起来。原来是魏延带了支人马，出现在魏军中部，生生将魏军断成两截。魏延像个久不拿刀的屠夫，在阵中左冲右突，无人能近其身。

紧接着，高翔率另一支人马从魏军后面掩杀，截住了魏军的退路。

　　此时，吴班率营中将士再次杀出，与先攻入城中的魏军进行肉搏。那一小股魏军见后方不稳，也无心恋战，且战且退。

　　魏军三面受敌，措手不及，顿时慌作一团。互相踩踏者不计其数。

　　双方一阵混战，魏军斗志全无。司马懿好不容易才杀出一条血路，出城从小路逃走了。

　　这一仗，朝廷军队旗开得胜。将士们忙着打扫战场，将受伤的士兵扶回城中，将敌人丢弃的武器收拢一起，从死去的魏军身上剥下带血的铠甲。一筐一筐的铠甲和弓箭被吹着口哨的士兵们抬回大营。

　　"报告丞相，此次共斩杀敌军三千余人，获铠甲五千余件、弓弩三千余张。"诸葛亮坐在帐中，悠闲地摇着鹅毛扇说："我看司马懿还敢不敢再来挑战！"

4

　　那天，城门外一片喧闹，几名士兵为了争一匹死去的战马发生了争执。那匹马是前两天战死的，因为陷在战场边缘的一条土沟里没被发现。如今，已经被士兵们拖到了一块平地前。

　　诸葛亮走上城楼，"丞相！"一名士兵发现了诸葛亮。

　　另外几名士兵纷纷站起来，但手里各自抓着马腿不放。

　　诸葛亮面无表情，跟在一旁的姜维大声朝士兵们喊："还不快放下？！"

　　几名士兵你看我，我看你，都不愿意先松手。几只被吓跑的苍蝇趁机又飞回来，落在已经变黑的马肚子上的伤口处。一名士兵抬手驱赶苍蝇，手一松，一条马腿便落在地上，失去了平衡，另外几位士兵一个趔趄，也松了手。

　　"你们属于哪个营的？"诸葛亮用鹅毛扇指着众人问。

　　几个士兵互相瞟了一下，不约而同地低下了头。

　　"丞相，这些士兵已经饿了两天了。"姜维说。

　　"是啊，丞相，我们……"话没说完，几个人纷纷噤了声。

城门大开，飞马驰出一位将军，是魏延。他在半路上便高高举起钢刀，怒道："混账东西，混账东西，看我不杀了你们！"

"文长，杀他们何用？快住手！"诸葛亮站在城楼高喊。

诸葛亮咽了一口唾沫，"你们为抢一只死马无视军纪，罚你们把这匹马就地埋了。"说完，转身就走。

回去的路上，诸葛亮问："还剩多少粮食？"

姜维说："军中粮草已经所剩不多，可能不够三天。"

诸葛亮说："千算万算，没算到粮草会出岔子。看来，这次又要空手而返。"说到这里，不由得咳嗽了几声。

"丞相，我们不能就这么回去！"魏延回城来向诸葛亮请罪，这会儿拉着诸葛亮的手臂，焦急地说。

姜维也附和说："丞相，就这么回去，可怎么向陛下交代？"

"不回去又能如何？"诸葛亮叹息一声。

"丞相，你给我一万人马，我今晚去魏营，劫他的粮草！"魏延自信地说。

"丞相，我愿同魏将军同往。"姜维插话说。

诸葛亮摇摇头，"司马懿一定会派重兵把守的，别说一万人，就算我们全军出动，也未必有胜算。"

"丞相，司马懿不会料到我军会夜间劫营，攻其不备，定能成功。到时，你再带一队人马在营外接应，便可万无一失。"

"敌在暗，我在明，况且我军不熟悉敌营地形，如何能够取胜？"诸葛亮停了一下脚步，说。

"丞相，难道让士兵们就这样饿着肚子等死？"魏延跺着脚说。

"丞相，参军马忠、督军成藩将军求见。"一名士兵快速走到诸葛亮面前。

"好，速带帐中见我。"诸葛亮加快了脚步。

"丞相，我这就去安排，今晚偷袭敌营。"魏延的思路还停留在先前的问题上。

"魏将军，请随我到大帐，先听听马忠、成藩给我们带来什么好消息。"诸葛亮的语速明显加快。

"马将军、成将军，可有好消息带给大家？"回到大帐，诸葛亮将鹅毛扇轻轻搁在几案上，问已经等在帐中的马忠、成藩。

马忠、成藩突然跪地说："陛下让我等晓谕丞相，粮运不继，请速退兵。"

诸葛亮紧紧地抓住扇柄，闭上眼睛，半天才睁开来，向跪在地上的马忠、成藩说："你们先下去吧。"

"丞相，这可如何是好？"魏延看了一眼两人的背影，问道。

"魏将军，明天你带兵去魏营叫阵，但切不可踏进魏营半步。"诸葛亮拿起几案上的鹅毛扇，对魏延说。

"丞相这是何意？"魏延睁大眼睛问。

"你只要照我说的做就是了。"诸葛亮摇摇扇子，对姜维说，"传令吴班、高翔、王平到我帐中议事。"

5

第二天一早，魏延带兵前往魏营后，诸葛亮立即命令全军悄悄撤退。不少士兵不甘心在打了胜仗之后撤退，纷纷拿刀砍路旁的石头发泄心头的怨气。但没有人敢反对诸葛亮的决定。

"魏将军怎么办？"姜维看着乱哄哄的士兵，问，"他要是回来见大军弃他离去，只怕会出乱子。"

"我留下来接应他。"诸葛亮说。

"属下愿意留下来陪丞相。"姜维把目光从那几个拿石头出气的士兵身上收回来，说道。

诸葛亮没有反对，说："你平时训练的士兵也该派上用场了，另外再选一批弓箭手留下来吧。"

姜维领命而去。

"丞相并不想与魏军交战，魏将军只是疑军，为我军撤退争取足够的时间。但丞相为什么不告诉魏将军真相呢？"我问。

"魏将军是个武人，告诉他真相，只怕被司马懿看出破绽来。"

那天，诸葛亮在城楼几次探望，不见魏延回来。眼看夜幕降临，急忙派人前去打探。斥候刚离开没多久，魏延军队便退回来了，他身后是大量拥来的魏军。原来，魏延白天叫阵魏军不予理会，到了傍晚，魏延便趁着夜色强行杀入魏营，准备抢夺魏军粮草。

魏延军队因不熟悉敌营情况，被张郃等人杀得七零八落。魏延只好收拾残兵败将撤回卤城。原本司马懿也并不急着与蜀军交战，但见魏延奔粮仓而去，猜到蜀军粮草不继，便趁势掩杀，想给诸葛亮一个措手不及。

诸葛亮远远见火把流萤一样飘过来，感到大事不妙，立即命所有人偃旗息鼓，同时将城门敞开。

姜维不解地问："丞相，我军不过三千人马，就算加上魏将军人马也不过五千，你城门大开，如何阻止得了魏军？"

诸葛亮说："关闭城门难道就能阻止司马懿吗？"说完又转身对我说："子庸，去把我的琴拿来。"

"丞相，司马懿大军眼看就杀到城门口了，你还弹琴？"我目瞪口呆。

"快去！"诸葛亮一挥手。说完又对着姜维一阵耳语，姜维点点头也急匆匆地离开了。

诸葛亮带着我登上城楼，早有士兵给他备好了琴凳，我将琴放上去。诸葛亮掀了下长袍，跪坐在城楼上，轻轻一拂琴弦，木琴便发生"铮铮"的金属声。

我站在诸葛亮旁边，给他掌灯，手却止不住地抖。诸葛亮说："怕什么？！手端稳了。"

我直了直身子，目视前方，耳边传来铿锵的琴音。

魏延带着士兵冲进了城门，姜维迎向魏延。

司马懿带着大军来到了卤城之下。黑压压的人群，将卤城围了个水泄不通。

魏军见卤城城门大开，不知该如何是好，纷纷犹豫不前。过了好一阵，才有胆大的士兵走近城门，向城内张望。

魏军正准备乘胜冲进卤城。司马懿听得报告已经来到城下，他勒马站在楼下，狐疑地看着城楼上的诸葛亮。突然抬起手，对准备入城的士兵做了个停的动作。

城楼下渐渐安静下来，远远近近只听见诸葛亮的琴声。琴声里有千军万马在奔腾，在这黑夜里，在熊熊燃烧的火把之下，尤其让人毛骨悚然。

司马懿徐徐策马在城门口走了一圈，见一些百姓在洒扫街道，偶尔见百姓模样的人走过，城中并无一兵一卒把守。

城里安静极了。不同寻常的安静。

琴声却更加激越，有裂帛之声，有兵器相交之声。我手中的油灯也在琴声中不停地晃动，将诸葛亮的影子鬼魅一样摇得满地都是。

良久，司马懿拨转马头，说了声："撤！"魏军后军作前军，慢慢撤退。

这时，城中突然灯火通明，紧接着战鼓齐鸣。魏军以为城中有伏军杀出，纷纷夺路而走。

诸葛亮疲惫地站起来，手扶着城墙，见远处火光乱闪，魏军溃败。这才轻轻地擦掉额上豆大的汗珠。

"司马懿不会甘心的，他今天料我不会弄险，担心城中有伏兵，这才没有轻易进攻，但他并未完全相信我，明天天明，他一定会再来探虚实。"

"那怎么办？"姜维问。

"连夜撤离卤城！"诸葛亮遂命魏延、姜维迅速集结人马，不点烟火，借着淡淡的月色，连夜行军。

6

天亮的时候，朝廷军队来到一条峡谷中。两侧是高山，壁立千仞，中间一条峡谷弯弯曲曲向前伸去。军队已经进入木门道谷口。士兵们开始排成长长的两队，脚步踉跄准备穿越山谷。

一个士兵走了一夜，口渴了，突然从队伍里游离出来，跑到河谷里捧起凉水冲了冲脸，又痛痛快快地喝了一顿。士兵不再听命令，像炸了锅的蚂蚁，纷纷走向河谷中央的水流。一些士兵干脆在河边的鹅卵石上坐着休息。

"快走，快走！"姜维催促士兵。魏延更是拿起马鞭赶遍地乱坐的人。诸葛亮拿鹅毛扇往外挥了挥，暗示魏延和姜维随他们去吧。魏延叹息一声，自己也下马就地坐了下来，无聊地捡起身边的小石子往河中扔去。

士兵们太疲倦了，互相偎依着打盹，河谷里一会儿就传来了细细的鼾声，一些人甚至说起了梦话，引得旁边的人开怀大笑。

诸葛亮在一丛芭蕉树下闭目养神，鹅毛扇在手中机械地摇着，像是风中摇摆的一片芭蕉叶。远处传来一阵狗叫，无人理会，一会儿自己安静下来。

大约休息了一个时辰，诸葛亮站起来，姜维扶他上了马背。魏延一脚踏在马镫上，"噌"地翻身上了马背，拍马走在前面。将士们也纷纷跟着站起，队伍很快又开始往前走。

这时，一匹快马赶上部队。

"丞相，有一支魏军正急速向我军追来。"马上的人快速下马，几步跑到诸葛亮面前。

诸葛亮捋了捋胡须，冲他点点头。

诸葛亮手搭凉棚往前面看了看，对姜维说："伯约，前面就是木门道，你带弓箭手先到，埋伏于两边。"

接着又对魏延说："文长，你带部下原地休息，待敌军追来，佯装战败。记住，只可败不可胜，一定要逃进木门道。"

魏延嘟囔着说："丞相，打败仗的事儿能不能不要让我去做？"

诸葛亮说："谁说打败仗了？我是看你的部下从昨天到现在，没有好好休息，所以让你们就地休整一下。等魏军失利，你们才有力气杀他个痛快。"

姜维带着一千弓箭手向着木门道飞驰而去。随后，诸葛亮带一支两千人的部队也开始急行军。留下魏延部仍留在河谷里休息。

没过多久，魏将张郃一马当先，带着五千精兵赶来。魏延与之大战数个回合，突然被张郃刺中左腿。魏延大叫一声，拨马便走，朝廷军队也拼命撤退。

张郃立即催马追赶，魏军也纷纷擂响了战鼓。魏军气势如虹，猛虎下山一样咬着朝廷军队不放。

魏延回头看了看追来的张郃，故作狼狈不堪的样子冲进了狭窄的山谷，散乱的朝廷军队纷纷退进了谷口。

张郃勒住马，望着东西两侧的高山，林木茂盛，山谷曲折，不见出口，谷里飘来淡淡的乳白色的雾。张郃有些犹豫起来。朝廷军队已经全部撤进山谷，目标正在消失。

张郃突然一拍坐骑，拖着长枪冲进了山谷。

两军再次在峡谷中混战起来。刀光剑影，让寂静的山谷变得异常的热闹。魏延带着士兵且战且退。张郃见魏延毫不恋战，觉得有些蹊跷。他回头望向谷口，此时，魏军全部进入了山谷，已经看不到谷口所在了。

　　张郃正想撤兵。突然，山上一阵鼓响，无数乱石滚将下来。魏军纷纷抱头鼠窜。张郃提枪击打飞过来的石头，慢慢向后撤退。

　　一块飞石从天而降，张郃一侧身，躲过了石头，但坐骑却受了重伤，那马一声嘶鸣，摔倒在路边。张郃翻身下马步行。

　　这时，数十支响箭带着破空之声，先后飞向张郃。这是诸葛亮研制的新式武器——元戎，一次可以连发十支箭。张郃急忙挥枪挡箭。但毕竟箭太多，膝盖中了一箭。他疼得跪倒在地。又一轮响箭飞来，张郃已经没有了还手之力。一支支箭射穿铠甲，深深刺入张郃的身体。张郃像一只刺猬在地上翻滚，血顺着箭杆流了下来。

　　见张郃中箭，魏军大乱，魏延整兵杀了回来。魏延坐在马上，拿刀架在张郃的脖子上。也不知道魏延对张郃讲了些什么，突然，张郃从身上取出一把佩剑，自刎而死。魏延一刀斩下张郃脑袋，用刀尖挑起人头，系在马上。拍马继续冲向敌阵。

　　此前，诸葛亮带了一支人马埋伏在谷口两侧，这时也纷纷杀将出来。一时，杀声震天，山谷激荡。

　　五千魏军全军覆没。

7

　　李严一句话，让诸葛亮打不出喷嚏来。

　　大军回到汉中，李严率队来迎。诸葛亮说什么也想不到，李严见到他的第一句竟然是："丞相，军粮十分充足为什么回来了？"

　　李严大约是想掩盖自己运粮不继的罪责，但这个玩笑式的理由激怒了诸葛亮。此次北伐，打击了魏军气焰，如果不是粮草缺乏，说不定一鼓作气攻下长安也未可知。但是，不是兵不强，不是马不壮，也不是将士不得力，偏偏是没有粮草！

除了第一次北伐，这是诸葛亮最为看重的一次，倾尽全国之力，然而，与第一次北伐相同，这一次北伐也是轰轰烈烈开始，草草收场。本来心里不痛快，李严这句话像一粒火星，点燃了诸葛亮胸中那一团火。

诸葛亮拿眼光去寻马忠、成藩，却不见两人踪影。诸葛亮张了张嘴，一句话也说不出。一夹腿，丢下李严，冷冷地骑马远去了。

诸葛亮在回去的路上，立即命人把马忠、成藩带到丞相府问话。

两人心惊胆战地跪在地上，马忠说："丞相，我等冤枉啊，是李将军令我与成藩将军一起去前线，传陛下喻旨，请丞相速速退兵。"

"可有手谕？"诸葛亮厉声问。

"有有有……"马忠伸手在怀里抖擞着掏出一封李严的亲笔手谕。

诸葛亮接过去反复看了几遍，点了点头，"是正方的笔迹。起来吧，算你们命大。"

"谢谢丞相不杀之恩。"马忠和成藩磕头道。

"不是我要杀你们，如果李严先找到你们，你们恐怕就凶多吉少了。"

"李将军他，他会杀我们灭口吗？"成藩结结巴巴地说。

"手谕已经在我手上，李严懂得杀了你们也无济于事。"诸葛亮说，"放心好了，如果杀了你们，反而显出他做贼心虚。"

两人唯唯诺诺地退了出去。

"丞相，李将军虽有过失，却也不是故意的，前一阵久雨不晴，山路崎岖，他也是没办法呀。"我知道，诸葛亮一旦对一件事情上了心，必然问个清清楚楚。李严假传圣谕，不但自己免不了一死，他的家人也要受到株连。如今，朝廷的人才已经不多了。

"李严做人不正，敢做不敢当。我本来也不想兴师问罪，但他巧言令色，想蒙混过关，这是断断不行的。"诸葛亮义正词严地说。

"李严可是先帝的托孤重臣啊，又与丞相相知甚深，只怕……"我瞥了诸葛亮一眼，不再往下说。

"他已经不是我当初认识的那个正方了，不忧虑国家大事，只会打小算盘，还处处给我使绊，兴复汉室从何说起。"诸葛亮摇摇头，"不过，这次也是天助我也。"诸葛亮把鹅毛扇一顿一顿地在空中点着。

诸葛亮的用意，我一下子便明白了。为了实现内部团结统一的目标，有时候不得以采取一些非正常手段。此前，诸葛亮一再向李严妥协，不只是因为他同李严友善，更重要的是，他需要倚仗李严。但李严得寸进尺的表现，让诸葛亮耿耿于怀，即便不发生运粮事件，恐怕诸葛亮也会给李严一点教训。在做这件事情的时候，诸葛亮已经将个人毁誉置之度外。

李严一直觉得诸葛亮是压在他头上的一块石头，他并不是没有想过某一天能够取而代之。他劝诸葛亮受九锡，表面上是一种示好，未必不是另有打算。但诸葛亮轻轻化解了他出的难题。

这一次，李严知道诸葛亮一定会对他发难。我猜测，他甚至做好了鱼死网破的打算。在他心里，产生了一种跃跃欲试的激动。但是，当他发现致命的证据已经被诸葛亮抢先握在手上之后，他便知道，在诸葛亮面前，他根本没有还手之力。

一场预谋已久的斗争还没有公开便已经结束了。

8

李严唯一的出路，就是得到诸葛亮的原谅。

李严是意识到了这一点的，第二天便主动来找诸葛亮，说是要给诸葛亮接风洗尘。诸葛亮拒绝见他。

那天，李严在丞相府外待了一晚上。那一个月明星稀的夜晚，不知道李严心里都想了些什么。不可能没有恨意，不可能没有屈辱，也不可能没有悔意。但是，无论有多少念头，最终只能有一个占据上风，那就是得到诸葛亮的原谅。

第二天，李严再一次来到丞相府。诸葛亮仍然拒绝见他。

第三天，李严晕倒在丞相府门口。这次，诸葛亮命人把他扶进了府中。李严醒来后，号啕大哭，检讨自己，说自己担心运粮不继被罚，一时糊涂才做了不该做的事。诸葛亮有些嫌弃地皱了皱眉，"男儿有泪不轻弹，你这是做什么。"

李严止住哭声，擦干了眼泪，说："丞相，不管怎样我都愿意做你的——左膀右臂，求你原谅我这一次，绝对不会有下一次了。"为了表明诚意，他已上表给刘禅，说诸葛亮是假装撤退，想借此引诱敌人，好与之作战。还誊抄了一份给诸葛亮。李严许诺杀了督运粮草的岑述给诸葛亮一个"交代"。

诸葛亮连连摆手，"别让无辜的人为你垫背。"

看到诸葛亮的态度有所转变，李严便回忆起以前的种种，极力勾起诸葛亮的情感共鸣。诸葛亮说："你先回去吧，也不要再来丞相府了。"

从李严反复无常的行为来看，根本不配做诸葛亮的对手。他的格局也仅限于个人的升迁荣辱。但是，这种人被逼急了，也会做出令人吃惊的举动。他们的行为往往没有底线，这又是诸葛亮所不能比的。

两人之间的过节，需要有一个了断。诸葛亮准备上表弹劾李严。他提着笔犹豫了很久，终于艰难地写下了第一个字。写了几笔，又停下来，手心向上，把垂直的毛笔横过来。抬头想一阵，又拿已经干涩的笔尖在砚台里拈一下墨。

我感觉他的笔越来越迟滞，而我的心跳也越来越快。

"丞相，李严已经意识到了自己的错误，不如见好就收。毕竟李严是李严，不是马谡。"李严是托孤大臣之一，如果严惩李严，第一，会让刘禅为难；第二，很可能两败俱伤。

诸葛亮自己也是犹豫的，我只是说出了他内心想过而不曾说出的话。我的话让他再一次重新审视自己的决定。诸葛亮坐下来，把收集到的李严的手书以及李严给刘禅的表文又看了一遍。看得很仔细，每一个字仿佛都有千斤重。

我站在一旁，大气不敢出。似乎是在等待一场关于自己命运的宣判。其实，这件事情的影响，远远超过一个个体生命的死亡，稍有不慎，就会影响一群人甚至更多人的命运。

终于，诸葛亮长出一口气，轻轻放下李严的手谕，将刚写了大半页的表文拎起来，示意我拿到油灯上点燃了。

一些带着墨迹的灰块，在空中翩然起飞，一会儿便粉碎并飘远了。诸葛亮看着燃烧的纸张，沉默了半晌，重新铺开一张纸。

毛笔在纸上灵动飞跃，一个个厚重的字牵牵连连流了出来：

自先帝崩后，平所在治家，尚为小惠，安身求名，无忧国之事。臣当北出，欲得平兵以镇汉中。平穷难纵横，无有来意，而求以五郡为巴州刺史。去年臣欲西征，欲令平主督汉中，平说司马懿等开府辟召。

臣知平鄙情，欲因行之际逼臣取利也。是以表平子丰督主江州，隆崇其遇，以取一时之务。平至之日，都委诸事，群臣上下皆怪臣待平之厚也。正以大事未定，汉室倾危，伐平之短，莫若褒之。然谓平情在于荣利而已，不意平心颠倒乃尔。若事稽留，将致祸败，是臣不敏，言多增咎。

诸葛亮写一个字，我偏着头看一个字。在这份表文中，诸葛亮对李严（后改名李平）假传圣谕只字未提。诸葛亮让众多大臣在表文上签名，然后亲自将其呈送给刘禅。自然，我也同他一起回了趟成都。

一个月后，李严被废为平民，流放梓潼郡。

第十二章　给自己告别

1

暑热渐退，浣花溪畔那棵银杏上开满了金黄的花，那不是花，却比花还要美，还要壮观。浣花溪上清波荡漾，把偶尔风送来的一两片银杏叶载着向下游漂去。

莫由对茅草屋进行了加固。屋顶上终年沉积的银杏叶不见了，新翻的稻草还夹带着一点青色，很蓬松的样子，渗出干草的香和阳光的味道。房顶更加结实，但在我眼里却少了一番风景。不过，与我也没有什么关系了，自从我随诸葛亮去了汉中，这里便成为莫由一个人的天地，看样子他是打算在这里常住的了。

突然传来一声惨叫，茅屋内人影一闪，一个黑衣人飘出了屋子，往屋后山林里跑去。那身形，突然让我觉得好生熟悉。

"不好！"我立即追上去。

屋后那片茂密的树林，杂草丛生，树木也自然生长。高高低低的树林间出现一条隐隐约约的小路，可能是打柴的樵夫留下的。林子里落叶轻飘，像无声的黄蝴蝶潜入发黄的草丛。

我仔细地观察那条小路，以及小路两侧的草丛，发现几株草轻轻动了一下。看样子刚被踩踏过，正在恢复原貌。我仔细地分辨着草丛，循着脚印小心地往前走。可是，走到一块大石前，那串草丛中的脚印便消失了。

好生奇怪，路上看不出人走过的痕迹，两旁既没有岔道，草丛也丝毫无损。

我拨开树枝，继续向蛛网交织的小路前进。那人应该没有继续前行，不然，蛛网不会如此完好。

正当犹豫时，一个黑影从天而降，轻轻落在我身后。一柄泛着冷光的长剑已经架在我脖子上。风中，送来一缕淡淡的血腥味儿，剑锋上残留着淡淡的血迹，血还没有完全凝固。

我心里一凛，缓缓回过头去，目光与那黑衣人相接，不禁大吃一惊。

2

站在我身后的人是杨晚秋。

"是我。"我回头盯着她。但她好像不认识我似的，没有把剑移开。

"难道你要杀掉我吗？"我惊讶地问。

她没有答话。

"你把莫由给杀了吗？"我想起那一声惨叫和剑上的血迹。

她微微地点了点头。

"你和莫由之间到底有什么过节？"

"你应该知道，是他泄露了秘密，导致刺杀曹操失败，引发了一场血雨腥风。"

"是的，我就深受其害。"我想起了父亲。

"他活了这么多年，才让我找到，他已经活得值了。"

"你究竟与衣带诏有什么关系？"我好奇地问。

"没有关系。"她淡淡地说。

"那你为什么要杀掉莫由？"

"我只是完成义父交给我的任务。虽然义父去世了，但我必须完成他的遗愿。"

"你义父？你有义父？从来没有听说过。"

"你没有听说过的事情多了。"

242

"他是谁？"

"吉本。"

"他怎么可能是你义父？"

"当年曹操攻打徐州，我受了伤，是义父救了我，并把我带到许都。他还教给我武艺，你大概不知道吧。当初我们的相遇，并非巧合，是义父事先安排好的。"

我一怔，"我们的相遇是一个阴谋？但这些年，你并没有对我做什么呀？"

"现在也不迟。"她冷冷地说。

"你想怎样？"

"交出那半份衣带诏，我们从此各不相欠。不然，休要怪我无情。"她一脸阴沉。女人是一种让人无法理解的生物，脸色说变就变。

"你怎么知道那半份衣带诏在我身上？"

"一开始义父就怀疑在你身上，所以才安排我与你相遇。今天，又从莫由那里得到了证实。"

其实，当年诸葛亮曾派我拿着那半份诏书去找吉本，大概诸葛亮和吉本都没有想到要告诉杨晚秋。但这些对我来说都不重要，我迎着她的目光，问："你一直在利用我的感情？"

"不能这么说。"杨晚秋把目光移向树林外。

"……就算如此，可是吉本死了十几年了，你还替他卖命？我难道还不如一个死人？"

"义父对我有救命之恩，我答应过他的事，就一定要办到。"

我浑身打量着杨晚秋，突然说："你猜刚才我看见你的背影时，想起了什么？"

杨晚秋有些意外，不解地望着我。

"我想起了二十多年前刘皇叔在当阳被曹操追杀时，受了伤躲在一座坟墓后，有一个黑衣人想刺杀他，幸好我及时赶回。那个黑衣人也是钻进了一片密林里。"

杨晚秋沉默不语。

"你是不是曾经以为刘备出卖了董承、吉本他们，所以你要杀掉他？"

杨晚秋有些惊讶，"你什么时候开始怀疑是我？"

"刚才。"

"为什么是刚才？"

"刚才我看你逃进树林时，和当年那个身影太像。"

杨晚秋点点头，"但是，后来我发现刘备并不是那个背叛者，那件事情，是莫由的酒后所为。"

"这么多年，你一直在寻找这件事情的真相？"

"是的，就像你一直在寻找你父亲被杀的真相一样。"

我冷笑一声，"我其实已经不关心那件事情了。"

"也是。毕竟过去三十多年了。当年参与衣带诏事件的人，大部分都已经谢世了，董承、种辑、刘备，包括你父亲吴硕，我义父吉本，都成了埋在黄土里的一把骨头了。"

"是啊，都过去这么久了。现在只剩山阳公还在。"曹丕逼刘协禅让后，封他为山阳公。

"实际上，刘协根本没有写那封诏书。"杨晚秋说，"衣带诏是董承伪造的。"

"你是在编故事吧。"虽然当年被曹操关在大牢里，我听孙雍也这么说过，但我一直不相信这是真的。我突然觉得历史是如此的虚无，我有一种不知今夕何夕的恍惚感。

"这是真的，但真相已经不再重要。"

"既然如此，你还要那半份伪造的密诏做什么？"

"我义父曾经想方设法打算得到它，希望联合诏书上的人一起推翻曹操。"

"那么，你是想步吉本的后尘，通过要挟的方式，让名单上的人俯首听命？"

"恰恰相反。"

"什么意思？"

"我想把那半份衣带诏毁掉，因为它引发了太多的人命案。"

"如果我不肯交出来呢？"

杨晚秋手一压，剑便刺入我的肌肤，我感觉脖子上蚂蚁咬了般，热辣辣

244

的。血沿着伤口，像一条蚯蚓爬出来，瞬间又黏附在衣服上。"晚秋，我是子庸啊，你、你疯了吗？"

杨晚秋的手却更加用力。

这个女人，真是猜不透。我只好交出了半张衣带诏。杨晚秋接过去看了一眼，把诏书抛向空中，突然剑光急闪，诏书已经成了一粒一粒的碎片，雪花般纷纷扬扬地飘落一地。

杨晚秋"噌噌噌"出了树林，跃上拴在林边上的一匹黑马，长剑一划，斩断了缰绳，双腿一夹，飞驰而去。

3

从祁山退兵后，诸葛亮听到朝廷中不少反对的声音。这让我觉得，当初李严传陛下圣谕令诸葛亮退兵，并非完全不可能。

在成都，朝堂上经常有争论之声，到底还要不要北伐，百官众说不一，不少大臣都认为诸葛亮连年出兵是没有意义的，给百姓带来了沉重负担。但也有支持诸葛亮的，认为他是在以攻为守。

但我认为，他们都不算真正理解诸葛亮。他的北伐，是因为他心中一直有一团火，有一个光复汉室、帝还旧都的梦想，他忠诚于自己的梦想，对一个事情付出越多，越是忠诚于它，北伐是诸葛亮一生的梦。

诸葛亮何尝不知道战争对百姓的影响，他就是饱受战乱之苦，才远离了家乡徐州，流落襄阳，最后追随刘备立志匡扶汉室，还百姓一个天下太平。可是，有那么多人不理解他的良苦用心，就像那么多人并不理解曹操一样。

大家对他的不理解，诸葛亮表现得很淡然，但我知道，他内心其实很难过。他脱离成都太久了，已经不适应这里温和的气候，不习惯大臣们按部就班的生活，他已经回不去了。就像一匹热血沸腾的马，落到无所事事的羊群中，终究是要逃离的。

不久，诸葛亮带着失望离开了成都。在前线，在汉中，他才感觉自己是活着的。为着理想而奋斗，才算是活得有意义。

兵马未动，粮草先行。粮草是胜败的关键。为了增加粮食生产，诸葛亮命士兵在汉中黄沙屯田，一边休整，一边种地。

为了改进运粮车辆，诸葛亮又开始改进木牛。那段时间，他沉醉其中，甚至一天一夜不合眼。叫他吃饭，他只是"哦"一声，又继续琢磨。有时候，我不忍心打扰他，但看到他憔悴的样子，又不忍心不打断他。

终于，他发明了一种比木牛更灵活的运输工具——流马。

建兴十一年（233），诸葛亮在斜谷口修建了粮仓，从成都到汉中的官道上，咯吱咯吱地响着木牛流马的车轮声，大批粮食陆续运抵此地。

在斜谷口一个废弃的采石场，诸葛亮还建造了一座巨大的冶铁工坊。诸葛亮从成都调来精于冶炼的蒲元专门在此打造兵器。

每天早上，诸葛亮做的第一件事就是坐着车到工坊里巡视一遍。叮叮当当的打铁声，像一支动听的音乐，吸引着诸葛亮。

这天，蒲元兴奋地将一把刚打好的宝刀献给诸葛亮，"丞相，你试试。"

一个黑脸膛的打铁工人立即取来了一截竹筒，在竹筒里装满了铁珠。黑脸膛两手平握着竹筒的两端，举到诸葛亮面前。蒲元充满期待地说："丞相，这是我用最好的精钢打制的，可以说削铁如泥，不信丞相试试。"

诸葛亮把鹅毛扇夹在腋下，握着宝刀看了看，又轻轻试了试刀锋，点点头，转身将刀递给我，"子庸，你试试。"

我接过刀，刀并不太沉，我轻轻举到高处，突然往下一用力。"嚓"的一声，竹筒整齐地被斩断，刀口平滑。一粒粒铁珠骨碌碌地滚落了一地。我翻过刀来看一看刀锋，寒光闪闪，毫发未损。

"好！"诸葛亮将鹅毛扇轻轻在宝刀上一拍，便有羽毛的碎屑无声飘落，诸葛亮赶紧收回扇子，吹掉还粘在扇子上却已经断掉的羽毛，"好刀！"

"丞相，我带你到兵器库看看，我们已经造了三千口这样的宝刀了。"蒲元得意地说。

"北伐胜利，你们也将是功臣！"诸葛亮随蒲元的指引前往兵器库。

兵器库里各种造型的兵器摆放得整整齐齐，在淡淡的光线里放射出夺人的光芒。诸葛亮一会儿停下来，轻轻抚摸一下架上的兵器，一会儿试试刀的锋芒，不住地点头。

"你们不但要打制精良的武器，还要打制精良的铠甲，既要结实耐用，又要轻便透气。"

"是，丞相！"蒲元边把诸葛亮看过的一把剑放回兵器架，边应道。

"我打算明年初再次北伐，现在有多少铠甲？"

"回丞相，现在已经打造了五万件铠甲，我们会加快速度，绝不耽误丞相出兵。"

"好，你们还要改进一下兵器，像元戎弓弩，虽然一次性能发射十支箭，但有些箭中不了靶。"

"丞相，元戎的命中率的确是一大难题，我们已经在改进了，新的一批弓弩会更准。"

"很好。"

那天回去，诸葛亮非常兴奋，提笔给孙权写了一封信，希望东吴履行当初结盟的承诺，派兵北攻曹魏。诸葛亮自己也开始调兵遣将，紧锣密鼓地准备再一次北伐。

4

出征前，诸葛亮最放心不下的是儿子。

"瞻今已八岁，聪慧可爱，嫌其早成，恐不为重器耳。"诸葛亮这样写信给哥哥诸葛瑾说起诸葛瞻。

和儿子之间，虽然很少见面，更没有生活在一起，但诸葛亮感觉儿子时刻都在身边。上一次回成都，看见儿子都快长到跟黄月英一般高了。儿子看着诸葛亮，有点不知所措。

黄月英在一旁鼓励他："瞻儿，快去呀，他是你父亲。"

诸葛瞻像是面对一个陌生人。脸红着，低着头，右手食指抠着左手食指，却不肯近前来。黄月英轻轻推了他一下，他却像扳弯的树反弹回去了。

"算了，别为难孩子。"

这时，一只喜鹊落到地面，紧走几步啄食地上的一只虫子，诸葛瞻开心地叫着："喜鹊，快看，喜鹊！"说完，蹑手蹑脚追鸟儿去了。

这是一次尴尬的见面。儿子已经不认识他。在儿子的心目中，他不如一只喜鹊有吸引力。那一次，诸葛亮深切地感受到，这个世界，不只有自己的目标，还有许多牵动人心的东西。但这些东西，都需要时间来培养。而他花在这些方面的时间太少了。

即将远行，他要给儿子写一封信。但是，他把对儿子的爱与不舍，都藏起来了，藏在对儿子的严格要求和殷切希望里。他把平时对自己的要求，用以要求诸葛瞻：

> 夫君子之行，静以修身，俭以养德。非淡泊无以明志，非宁静无以致远。夫学须静也，才须学也，非学无以广才，非志无以成学。淫慢则不能励精，险躁则不能治性。年与时驰，意与日去，遂成枯落，多不接世，悲守穷庐，将复何及！

诸葛亮写完信，对着信纸发了好一阵呆。我把笔墨纸砚收拾好，他还在看那封信，看有没有字句不通的地方。

又读了两遍，他才小心地收起已经干透的信纸，疲倦地坐下来，擦了擦额际细密的汗珠。

半晌，诸葛亮将目光缓缓投向墙上的自己。一个年轻的、眼神里充满英气和野心的自己。那是一幅画像，是上次回成都时，诸葛瞻为他画的。

诸葛亮露出一丝不易觉察的笑意，"像吗？"他突然转身问我。

"线条带着稚嫩，却把丞相的神给勾画出来了。"我看了一眼画像，回道，"瞻儿真是一个绘画的天才。"

诸葛亮点了点头。但听到后面的表扬，却有点不以为然地说："生在治世，这是一种优点。生在乱世，这是一种灾难。"大概在他的意识里，吟诗作画并不是一个文人最理想的事业，至少在现在这个时代不是。

出了一会儿神，诸葛亮站起身，伸手将墙上的画像取下来，先是用鹅毛扇轻轻拂去表面的灰尘，又找来一片破布，仔细地擦拭了一遍，又一遍。

有尘埃飞起来。舞动的尘埃让光有了韵律。诸葛亮眼睛定在画上，眼神却在画外，不知道他在想什么。

尘埃的刺激，致使诸葛亮突然剧烈地咳嗽起来。我轻轻地替他捶背。诸葛亮一起一伏地咳着，发出撕心裂肺一样的声音，眼泪都咳出来了。这已经不是第一次了。每次诸葛亮都说没事。终于，从他干涩的喉咙里射出一口痰。

在雪白的丝巾上，那口痰里的血丝，像一朵绯红的菊花。我大吃一惊。

"丞相，你没事吧？"我多此一举地问道。

"没事，润一下喉咙就好了。"说完，喝了一口水。

"……北伐的事，要不要，缓一缓？身体才是最要紧的。"我犹豫地问。

"北伐是天下大事，不能说缓就缓。"诸葛亮擦了擦嘴角的血丝，凝重地举起手，做出制止和反对的手势。

我便不敢多言，担心他一动情绪，又止不住咳嗽。

诸葛亮缓了缓气，再次把画举在眼前，端详了许久，这才将画像挂回墙上。像是给自己告别一样，深情地看了最后一眼，一边咳嗽着，一边走出书房，走进灯火阑珊的夜。

5

沉寂了三年的祁山，又一次被喧嚷声惊醒。建兴十二年（234）春天，当秦岭以北的雪开始消融，诸葛亮便以魏延为先锋，兵出斜谷口。十万大军，浩浩荡荡开出汉中，由褒斜道北上。

四月，诸葛亮大军抵达渭水之南，屯兵于棋盘山北麓的五丈原，与司马懿相持。诸葛亮打算切断陇右与关中的联系，逼迫司马懿出战。

在五丈原扎营之后，诸葛亮派兵渡河争夺北山，想彻底切断陇右与关中的联系。但是，诸葛亮晚了一步，魏将郭淮已提前做好准备。诸葛亮派去的军队久攻不下，只好撤回五丈原。

司马懿则继续坚守不出，以期拖垮跋山涉水而来的诸葛亮大军。诸葛亮却也并不着急，他命人把渭水之南的许多荒地开辟为农田。士兵们夹杂在居民之间耕种，与当地百姓秋毫无犯。

这个炎热的五月，南方传来让他期盼已久的好消息。孙权亲自率十万大军进攻合肥新城，又派陆逊、诸葛瑾带万余人入江夏、沔口，进逼曹魏南方重镇襄阳，派孙韶、张承由淮河进攻广陵、淮阴。东吴三路大军同时向曹魏发起进攻。

这个消息终于等来了，这是吴蜀联盟以来，最大的一次联合军事行动。诸葛亮开始不停地向司马懿叫阵，想趁司马懿人心不稳之际歼灭他。

然而，司马懿只是不战。双方就这样僵持着。

士兵们像赶集一样，准时准点去叫阵，准时准点收工。他们知道，司马懿是不会出来迎战的，但他们必须要完成这个规定动作。

更多的朝廷士兵无所事事。

为了打发沉闷无聊的日子，我从附近找来两名歌伎唱歌逗乐。弹唱了一首羌族的民歌，士兵中不少西羌人，听得十分亲切而又忧伤。他们情不自禁地想起了家乡和妻子。为了打破这种沉闷的氛围，一名年长的士兵说可以让她们来演一出好戏，让大家开开心。

那位老兵把两名歌伎拉到台下交代了一番。过了一会儿，只见两人均化装成文官的样子，互相推搡着上了土堆做的舞台，一路上骂骂咧咧。我一看就明白了，她们模仿的是益州人许慈、胡潜。许慈和胡潜因个人恩怨导致纷争、互相挞伐，让刘备不满。法正投其所好，找来倡家扮成两人模样，把他们争吵以致刀剑相向之状模仿得惟妙惟肖。

"哈哈哈……"一些知道原委的老兵，笑得捂着胸口坐在地上。一些不明就里的士兵，也因为两人滑稽的表演而觉得开心。

突然，笑声戛然而止。原来是诸葛亮摇着鹅毛扇走了过来。士兵们纷纷起立，那两个歌伎不知发生了什么事情，有些迟疑地继续表演着。

"扑哧！"人群里爆发出没有憋住的半声笑，紧接着，诸葛亮蜡黄的脸上也出现了笑意。

终于，被压抑的笑声风暴一样喷发了出来。见诸葛亮并没有责怪大家的意思，有人甚至笑得在地上打起滚来。

诸葛亮径自走上台前，所到之处，士兵们像铁犁驶过处的泥一样向两侧分开。那两个歌伎不知所措地站在那里，早已停止了谩骂扭打，这会儿紧张地看着诸葛亮。

"丞相，是他硬拉我们来的。"其中一个歌伎壮着胆子，指着台下的我申辩。

诸葛亮回头看了我一眼，"你没事做是吗？那就给你派一件活儿。"

"什么活儿？"我问。

"着什么急？没出息。"诸葛亮转身对刚才说话的歌伎说，"把你的衣服给我。"

那位歌伎不相信似的看着诸葛亮，"丞相？你是……"

"我说把你的衣服给我。"

"是，丞相。我这就把衣服换下来给你。"那人急匆匆要下台。

诸葛亮伸出鹅毛扇止住她，"我不要你现在身上的衣服，我要你之前穿的衣服。"

台下爆发出一阵粗野的笑声。

那名歌伎红了脸，"丞相，你，别开玩笑了。"

"没有开玩笑。"

那人只好迟疑着，下台把自己那件草绿色的衣服抱上来，怯怯地塞到诸葛亮手里，拉了另外那人撒腿就跑。

诸葛亮把那件绿色衣服搭在左手小臂上，望着那两个歌伎的背影，往台下走去。

突然，脚下一绊，原来是刚才那两名歌伎走得慌急，把琵琶遗忘在舞台边上了。诸葛亮一个踉跄，差点栽下舞台。我赶紧上去扶住他。

琵琶发出空洞的琴音，那两名歌伎停下脚步，匆匆赶回来，悄悄拾起被踢到舞台下的琵琶，像赚了似的快速跑远了。

诸葛亮闭上眼睛，喘了一阵粗气，脸上渐渐恢复了血色。

6

诸葛亮给我的任务是去魏营，把一个木盒子交给魏兵转呈司马懿。诸葛亮一再叮嘱我，东西送达即回。

木盒轻轻的，里面究竟是什么东西呢？也许是一封重要的挑战信？不管怎么说，诸葛亮一定有深意。既然如此，这木盒万一交不到司马懿手中，岂不可惜了丞相一片苦心？这么想着，我便以使者身份求见司马懿。我要当面把这个木盒交给他。

司马懿正在议事，便在军帐中接见了我。我双手把那个轻轻的木盒呈上去，"这是我们诸葛丞相特意让我送给将军的。"

司马懿有些狐疑，接过木盒前后上下翻来覆去地打量了一遍，轻轻把手搭在铁扣上。司马懿突然抬起头剜了我一眼，说："你过来。"

我慢慢走上去，司马懿把木盒交给我，命令道："打开。"

我冷笑了一下，轻轻打开了木盒。

司马懿脸上的表情凝住了。我也呆了一呆。木盒子里，是前一天那位羌族歌伎的绿色衣服。

司马懿一拍几案，"气死我也，把他给我带下去砍了！"

两名高大威武的士兵冲上来，正要反绑我。司马懿恨恨地长出了一口气，轻轻挥了挥手，恶狠狠地说："算了……"

诸葛亮的意思，是讽刺司马懿不像男人。女人是没有地位可言的，把司马懿视作女人，无疑是对他极大的讽刺和羞辱。司马懿差一点因为愤怒而将我杀了。难怪诸葛亮交代我只须交给一名魏兵，送到即回。

这下该为我的自作聪明付出代价了。接下来，不知道司马懿将如何处置我。

"是可忍，孰不可忍。将军，我们不能再这样下去了，诸葛亮又没有三头六臂，怕他做什么？"

"是啊，将军，我们出兵迎战吧。"

"将军，将军，诸葛亮欺人太甚。"

众将士群情激昂，纷纷要求出战。我心里暗自高兴，这正是诸葛亮所要达到的效果。

司马懿捧起那件绿色的衣服，突然笑了起来。魏将都莫名其妙。我也不知道他葫芦里卖的是什么药。

司马懿缓缓地抚摸着那件女子的衣服，往身上比了一阵，突然朝刚才那两名士兵招招手，"来，给我穿上试试。"

那两名士兵有些傻了，呆站在原地不动。司马懿把衣服抖开，说："来呀。"

两名士兵踌躇着上前，有些发抖地把那件绿色的衣服给司马懿穿上。司马懿穿上衣服抬了抬袖子，又提了提衣服的下摆，转了两圈，像是自言自语地说："小了小了，看来诸葛亮还是不了解我啊。"说完哈哈大笑。

司马懿示意两人把衣服给他脱下来，他指着木盒说："叠好，放回去。我家春华正求我给她做件衣服，不用做了，这件就挺好。"

司马懿打量了我一会儿，说："回去禀报诸葛亮，说我司马懿谢谢他的好意！"

"将军！诸葛亮他是在羞辱你啊，将士们都盼望着能痛痛快快地打一仗。"郭淮抱拳说。

司马懿扫了一遍众魏将。

"将军，让我们痛痛快快地打一仗吧。"

"将军，让我们打一仗吧。"

营帐里传出坚定的请战声，一些将领甚至拔出了刀剑。

司马懿把衣服收起来，扔到几案上，说："我真想立即与诸葛亮决一胜负，奈何皇上下令让我等坚守不战。君命不可违呀。"说着，看了秦朗一眼。秦朗是曹叡派来援助司马懿的，除了带来两万军队，还带来了敕令，要求司马懿坚壁拒守，以挫败诸葛亮的锐气。

秦朗低下了头，他大约也是主张出战的。司马懿再次环视众魏将，大声说："我决心上表朝廷请战，待皇上批准，立即杀他个片甲不留。"

"杀他个片甲不留！"

"杀他个片甲不留！"

帐中群情激昂。

司马懿当即写了一封请战书，并派人当着我的面送走了。

然而，曹叡却派卫尉辛毗为军师，到前线魏军中节制司马懿和诸将，制止魏军出战。

得到这个消息，姜维失望地说："辛佐治仗节而到，司马老贼恐怕不会出战了。"

诸葛亮冷哼了一声，说："司马懿本来就无意与我军对阵，他上表请战只是做做样子而已，以平复属下不满的情绪。俗话说，将在外，君命有所不受。他真有把握打败我们，又何必千里迢迢去帝都请战？"

"那怎么办呢？"

诸葛亮轻轻地摇着鹅毛扇，"我们牵制住司马懿，让吴王没有西顾之忧，本身就是一种胜利。"

7

诸葛亮寄希望于奇迹的出现。他继续派使者到魏营下战书。送衣事件发生后较长一段时间，司马懿对蜀国的使者一律不见。诸葛亮却持之以恒地派使者前往魏营，他一次次地挑战司马懿的耐心。

这天，司马懿终于接见了一位诸葛亮派去的使者。然而，他并没有关心战争的事情，只向使者打听诸葛亮的日常生活问题。使者不明所以，如实回答。听说诸葛亮起早贪黑非常辛苦，连责罚二十大板的事都要亲自过问，而胃口又不好，一天连几升粮食都吃不了，司马懿脸上露出了笑容。

"诸葛亮快要死了。"司马懿当着使者的面这样说。使者大为不悦，觉得被人打了耳光一样，又不便发作。回来给诸葛亮汇报时，对司马懿表现出的仇恨还没有消散。

"司马懿太气人了，他才是要死了呢。"使者瞥了诸葛亮一眼，愤愤地说。诸葛亮却以一阵咳嗽代替了回答。我赶紧朝那人挥挥手，暗示他先下去。

"丞相，我们切不可中了司马懿的激将法，他是故意气你啊。"我安慰诸葛亮说。

诸葛亮摇摇头，"我近来经常失眠，精力也大不如前了。"

诸葛亮颓然地坐着，闭目养了一会儿神，缓缓睁开眼说："给我研些墨吧。我给陛下新写的一通《六韬》还差最后半卷。"近来，诸葛亮每每在处理繁忙的军务之余，抽空抄写《申子》《韩非子》《管子》等书籍。

诸葛亮抄写几页，便停下来喝口水，起身在屋子里走动走动。

抄完最后一篇，诸葛亮大功告成地长出一口气，以鹅毛扇掩着口鼻咳嗽了一阵。

诸葛亮吐了一口带血的痰，他拿着丝巾的手颤抖着。

待我把他的丝巾清洗干净回来，诸葛亮又让我铺开一张纸。

"丞相，你还是休息休息吧。如果我没有记错，你已经把《申子》《韩非子》《管子》《六韬》都写完一遍了。"我轻轻地扶着他，想让他坐下来。

诸葛亮轻轻挣脱我，说："我有一件要事要给陛下禀报，连同这些书一并给陛下送去。"

说完，诸葛亮提起毛笔，迟滞地在砚池里搋了搋，又在砚边将多余的墨汁一点一点地刮掉，半晌，他才一手压在纸上，一手提笔颤颤巍巍地写道：

"臣若不幸，后事宜以付琬。"

我的心里一惊。诸葛亮已经开始在安排后事了。

其实，我也隐隐感到，诸葛亮的日子不会太长了，只是我不敢去多想，也不愿意去多想。近段时间，他的食量不断下降，明明是他自己想吃的东西，等下人做好端到面前又吃不下了。脾气也开始变得有些暴躁，有一次甚至将一碗刚做好的馄饨摔在了地上。我知道，他不是在生下人的气，他是在生自己的气。

诸葛亮的身体逐渐消瘦，走不多远，便喘粗气。咳嗽也越加频繁，痰中的血迹越来越浓。今天才写几页纸时，我就见他的手开始发抖。写这最后半篇，他中断了好几次。

诸葛亮提着笔，犹豫了一会儿，仿佛是还想写几句，但手却颤抖起来了。他便放下笔。等墨迹干了，小心地将这一页信纸对折，但手却不听使唤，老是折不好。我看着他吃力的样子，眼眶湿润了，默默地接过他手中的信，叠得整整齐齐。

诸葛亮木然地看着我。

8

钱要自有，儿要亲生。我记得小时候，胡金忠曾这样对我说过，我不知道他是在感叹自己，还是在提醒教育我。或许两者都有吧。在联盟这一件事情上，诸葛亮其实是太乐观了一点。如果不是涉及自己的切身利益，盟友是不可能使出十分力气来的。蜀汉建兴六年（228），东吴进攻曹魏，向诸葛亮求援，诸葛亮不也只是出动了一小股军队吗？如今，诸葛亮要北伐曹魏，又怎么能期待孙权全力以赴呢？

六月，孙权听说曹叡亲自带兵迎战，便先自退兵。东路的孙韶随之撤兵。西路的陆逊、诸葛瑾在经过几次小型会战之后，也只好撤退了。

才一个月的时间，没有实质性的进攻，东吴三路大军即宣布撤退。消息传到渭水前线，司马懿大为兴奋，命两千余士兵在魏营东南角山呼"万岁"。

诸葛亮听说原委之后，猛然吐了一口鲜血，昏倒在地。

大夫立即赶来，给诸葛亮开了几服方子。我令人将药煎好了，端到诸葛亮床前。这段时间，诸葛亮几乎每天都在服药，除了药，他差不多已经进不了多少食物了。

诸葛亮看到褐色的药汁，摇了摇头。

"丞相，你要喝，喝了病才能好，咱们还要兴复汉室呢。"

诸葛亮勉强着起身，依在床头，接过碗皱着眉头"咕咚咕咚"地把药一口气喝了下去。喝完之后，又躺在床上，昏昏沉沉地睡过去了。

我趴在床边瞌睡。不知道过了多久，诸葛亮轻轻地拍了拍我，"拿来嘛。"

我睁开迷迷瞪瞪的眼睛，揉了揉，问："你说什么？"

"药，拿来嘛，我喝。"诸葛亮无力地说。

"你已经喝了呀。"我说。

"我喝了呀？我还以为没有喝呢。"诸葛亮孩子一样笑起来。那种纯真的笑，我第一次在诸葛亮脸上见到。

吃了药，诸葛亮的精神慢慢好起来，可以试着下地了。他便在营地里走一遭，晒晒太阳，看看士兵们演练他改进后的八阵图。

有一天，他突然对我说："子庸，我现在经常想起我们以前在一起喝酒的事情来，我特别喜欢你酒后翻跟斗。"

我活动活动筋骨，说："丞相要是喜欢，我再翻给你看看。"

说着，叉开双腿，双手高举，突然身子向右一侧，右掌先着地，左掌紧跟着撑在地上，左、右腿先后凌空，头朝下，像一个球一样，翻滚一周。刚起身，又再一次继续翻一周。连翻几个跟斗，感觉血液倒流，头部变重，这才站起来。

　　诸葛亮笑了，"没想到这么多年了，你还能一口气翻好几个跟斗。要不，你也教教我？"

　　我一愣，心说别说你现在正生着病，就算不生病，也是五十多的人了，恐怕也不敢让你翻跟斗。诸葛亮见我不言语，便笑笑说："老了老了。罢罢罢。"

　　说完，颤颤巍巍往回走。"幸好我还有你这位朋友。"诸葛亮握了握我的手。

　　我紧紧地握了他一下，"你也是我最好的老师和朋友。"

　　诸葛亮问："你知道我为什么喜欢你吗？"我一怔，摇了摇头。诸葛亮说："你让我看到自己内心被压抑了的那个我。"我若有所思地点点头。

　　诸葛亮停下来，望着我说："建立在权势、名利之上的交往，是难以持久的。士人之间彼此深交而心息相通，好比这些花木，温暖时不会多开花，寒冷时也不会改变叶子的颜色，能够经历四季而不衰败，经历艰险却日益牢固。你就是这样的朋友啊。"

　　诸葛亮指了指路旁的一树已经开始凋谢的李花说。

　　"丞相，谢谢你这么看得起我。"我感觉内心暖暖的。

　　我们就这样，边走边停，漫无边际地说一些往事。

　　"还写诗歌吗？"诸葛亮问我。

　　我有些不好意思地说："早就不写了。"

　　"以前，你写诗的热情比我可高多了。"这么说着，纸一样白的脸上又浮现一点红晕来。

　　曾经在襄阳开酒馆的时候，只要诸葛亮一来，我就闭门谢客，专门接待他，与他谈天说地谈诗歌。我作了两首试图博得他的好感，但他直截了当地表示，"你还是别写诗了，别把文字写坏了。"

　　当时，我很不服气，绞尽脑汁又写了几首。管家胡金忠见了，笑话我，说

257

我还是安心卖自己的酒为好，不像是卖文的料。我大怒，回说，你还是安心做自己的管家为好，不要妄图以一个恩人自居。诸葛亮可以说我，但一个管家怎么有权利这样说我呢？我心想。胡金忠的脸一下子刷白。

后来，我花钱找人写了一首诗，很得意地给诸葛亮看，诸葛亮开始很惊讶，后来又很疑惑地盯着我，直看得我浑身发毛。他突然冷哼了一下，说，花了十两银子买的吧？害得我无地自容，自此不谈诗歌。

见我沉默，诸葛亮继续说："其实，你写的诗也不是那么糟，只怪当初我年少轻狂。唉，谁的青春不曾年轻过呢？"诸葛亮的一声叹息里，藏着许多的后悔。

"没什么，我哪是写诗的料。以丞相的大才，都不敢轻易作诗，何况我这种天资愚钝的人。"过了几十年再回头看，对自己的认识更理性了，态度也更平和了。

"曹操倒是一个写诗的天才。'白骨露于野，千里无鸡鸣'，写得好啊。"

"我倒认为他的'周公吐哺，天下归心'更有霸气。"我说。

诸葛亮说："诗歌的审美是有层次的，也有个体差异性。这与一个人的经历和体验有关。如果缺少相应的体验，就无法真正体味作者的意思，也就无法读懂一首诗。"

我理解诸葛亮的意思，但我以为，诸葛亮曾经也喜欢过"周公吐哺，天下归心"，只是，他现在已经过了那一个阶段，到了喜欢"白骨露于野，千里无鸡鸣"的阶段了。天下归心的豪气已经为白骨露于野的悔恨所取代。

"丞相，再伟大又怎样，曹操早已作古了，活着才是最大的胜利。"

"是啊，活着才是最大的胜利。"诸葛亮喃喃着，剧烈地咳嗽起来。

9

诸葛亮的身体越来越糟糕，瘦得像一根藤，胸脯上的肋骨根根可见，像一把刺。他现在不仅吃不下饭，连药也开始吐了。先前，他还是自己扶着墙壁上茅厕，渐渐就需要我的搀扶了。

现在，除了上茅厕，更是一切活动都在床上。他不敢仰躺，因为躺得太久，屁股上已经长了褥疮。他的屁股已经不是屁股，屁股上没有一点肉，是一张皮板结地蒙在骨头上。因为屁股上的疮疼痛不已，他一会儿朝左侧躺，一会儿朝右侧躺。有时，躺得久了，便在我的帮助下坐起来，手抓着床沿，头深深地勾着，瘦削的两扇肩胛骨特别突兀。

诸葛亮精神稍微好一些的时候，我便扶他起来到屋外晒太阳。

"阳光真好。"他不无留恋地说，"空气也好。"

我不忍面对他，几次想哭，都忍住了，只偷偷在他身后擦眼泪。

太阳暖烘烘地照着，诸葛亮便在阳光下，同我谈论一些人生话题，这是以前我们很少讨论的。以前我们在一起，说的都是兵法。

"我这一生，一直在努力，我以为我会实现自己的梦想，但我错了，我是一个彻头彻尾的失败者。"诸葛亮总结自己说。

"丞相，能够真正为自己的梦想去奋斗，这就是成功的，于个人来讲，也是幸福的。"我安慰他。

"人生是一场永无休止的奋斗，奋斗，才有意义。毕竟，生命不是人生最高的价值。"诸葛亮嘴角露出一丝笑意。

"在这一方面，我比丞相差得太远了，我这一生，像一只苍蝇撞来撞去。"我有些忧伤地说。

"你还有的是机会。"诸葛亮的语气中，颇有些不甘。

"等丞相的病好起来，我继续跟随丞相干一番大事业。"

诸葛亮一阵苦笑，我便不好再继续下去。

过了一会儿，诸葛亮突然提议说："我们来唱一回《梁父吟》吧。"

"好啊。"我应道。想起了二十七年前，孟公威离开襄阳去北方，我们为他送行的往事。

> 步出齐城门，遥望荡阴里。
> 里中有三坟，累累正相似。
> 问是谁家墓，田疆古冶子。

力能排南山，文能绝地纪。

一朝被谗言，二桃杀三士。

谁能为此谋，国相齐晏子。

诸葛亮轻声哼着，眼睛里湿漉漉的。他也一定想起了那个晚上，崔州平、石广元、他和我，酒后齐声唱这支《梁父吟》，送孟公威远行。

那夜之后，我们天各一方，诸葛亮和我，再也没有见过孟公威。后来，崔州平、石广元也纷纷离开我们去了魏国，只有我和诸葛亮，追随了刘备。

如今，该我唱着这支《梁父吟》，替诸葛亮送行了。我的内心无限感慨，声音也由高亢变得悲切。

10

又是一个晴天。窗外，有鸟儿飞过，留下悦耳的长鸣。几道阳光从瓦屋顶投射下来，诸葛亮看着光柱，突然来了精神，说："子庸，你把纸笔给我拿来，我要给陛下写一封信。"

"丞相，写信的事以后再说吧，等你病好了再写不迟。"

"你去，你现在就去。我今天头脑比较清醒。"诸葛亮吃力地坐起来，嘴角抽动。每一挪动，疮疼都牵动他的嘴巴。

我赶紧说："你别动，别动，我去拿。"

等把笔墨准备好，诸葛亮要下床来。我扶着他，说："丞相，要不你说，我替你写。"

诸葛亮摇摇头。

我说："那你坐着，我去找块木板来，你在床上坐着写。"

下人找来了木板，两个人站在床边举着木板，一个人替他把墨端到眼前。我扶着诸葛亮，以免他像稻草一样倒下去。

诸葛亮的手颤抖着，歪歪扭扭地写下一页纸。每写几个字，便张大嘴出气一阵。休息一刻钟，又接着写。全信如下：

臣初奉先帝，资仰于官，不自治生。成都有桑八百株，薄田十五顷，子弟衣食，自有余饶。至于臣在外任，无别调度，随身衣食，悉仰于官，不别治生，以长尺寸。若臣死之日，不使内有馀帛，外有赢财，以负陛下。

　　豆大的汗珠，一颗一颗地滚下来，诸葛亮的脸变得纸一样的雪白。写到"陛下"两个字，他的手已经捉不牢毛笔。毛笔从指缝间滑落，幸好我手疾眼快，才没有落到被子上。

　　诸葛亮长出一口气，身子颤抖着往后仰，我知道他是想躺下来，便轻轻地把他放平，然后小心地抽出手来。

　　诸葛亮躺下后，定定地盯着天上，眼珠一动不动。过了一会儿，他看着旁边的鹅毛扇，低低地说："我死后，把我埋在……定军山，拿它陪葬。"他轻轻一侧身，鹅毛扇滑落地上。

　　我小心地捧起那把鹅毛扇，第一次如此近距离地打量它。扇柄刻了一行小字：宁静致远、淡泊明志。已经快磨平了。鹅毛刚折断了半根，一阵风吹来，那半根断掉的细鹅毛，轻轻地飞起来，在屋子里打了几个旋儿，飘到屋外，越飘越远，最后被卷到天上去了。

　　"好的，丞相。"我将了将已经失去光泽而凌乱的羽毛，把鹅毛扇轻轻放在他的头侧。

　　诸葛亮脸上的血色正一点一点被抽走，终于变成一张失去光泽的白纸。夕阳自窗户斜射进来。放大了的方格子的阴影把他的脸切成几份。方框里的红光，均匀铺到他半边脸上。另一边的光被高高的鼻子挡了一下，在颧骨处轻轻一点，弹射到墙上去了。

　　诸葛亮闭上了眼睛。一会儿，嘴里开始往外冒黄水。我俯下身，在他耳边说："丞相，你再坚持一会儿，刚才得报，瞻儿还有几里就到了。"

　　诸葛亮吃力地睁开眼睛，但眼珠已经灰白，不太会动了，眼神直直的，他就这样睁着，眼眶里已经干得像表面覆了一层膜。

　　黄月英和诸葛瞻跌跌撞撞地赶到了，他们喘着粗气。黄月英一见诸葛亮雕塑一般躺在床上，就哭了。从身后下人的手中拿过一个包袱，说："孔明，你起来，你起来呀，你起来看看，我给你带了什么来。你看看，有你喜欢吃的白面饼，我亲自做的，还有杏子，是自家里种的。"

黄月英取出已经被压扁的杏子，金黄的杏子湿漉漉的，散发出酸甜酸甜的味道。诸葛亮张了张嘴，却什么也说不出。

我忙命人把纸和笔拿来，把纸摊在诸葛亮面前举着，把笔放在他手里。他抬了抬手，抬到一半就重重地掉下去了。

黄月英跪在床前，轻轻地挤着杏子，把杏子的果汁挤到诸葛亮的嘴里。诸葛亮艰难地动了动嘴唇，伸出半截萎缩的舌头舔了舔，嘴角露出一丝笑意。

"瞻儿，快叫爸爸。"

诸葛瞻跪下来，被黄月英感染了，也哭起来，边哭，边抽噎着叫："爸爸，爸爸……"

诸葛亮的头一动不动，眼睛还看着天上，他想看看诸葛瞻，但已经没有力气挪动脑袋。

我说："丞相，嫂子和瞻儿都看你来了，你要是明白的话，就转一下眼珠。"

诸葛亮的嘴大张着，只有进气，没有出气，他缓缓地转了一下眼珠。再次动了动嘴唇。

"你想说什么，你告诉我，告诉我。"黄月英压抑着自己的悲痛，温柔地说。

诸葛亮再次试图说话，但他的嘴里却吐出一股黄水。

"孔明，你是不是说，想回家？……"黄月英猜测着。

诸葛亮的眼睛还是睁着。

"那，你是不是说，想见一见，见一见……杨晚秋？"我偷偷看了黄月英一眼猜测道。

诸葛亮的眼睛还是睁着。

"你是放心不下瞻儿吧？"黄月英握着他渐渐苍白的手，问。

诸葛亮缓缓地闭上了眼睛，一滴眼泪的残液渗出了眼眶。

尾声　两行被淹没的脚印

　　大雪茫茫，天地间只剩两行快要被淹没的脚印。

　　"吱呀"一声，一个老人吃力地推开一扇被雪掩盖的门，像从地底冒出来。气流震动，屋外的树枝下簌簌地往下掉雪粉。

　　突然，大地开始震颤，雪像流沙一样从屋顶和树巅泻下来，野鸟尖叫着越过高高的树木，飞得无影无踪。

　　一大队骑兵来到了定军山下。

　　山下有一处巨大的坟墓，墓前立着一块有些陈旧的石碑。墓后，有两株青葱的桂花树。那个须发皆白的老人，已经用树枝在墓前扫开一片雪，如今正斜靠在墓碑上，咿咿呀呀地唱着歌。

<blockquote>
步出齐城门，遥望荡阴里。
里中有三坟，累累正相似。
问是谁家墓，田疆古冶子。
力能排南山，文能绝地纪。
一朝被谗言，二桃杀三士。
谁能为此谋，国相齐晏子。
</blockquote>

　　声音浑浊而嘶哑，在这荒山雪地，却别有一番风味。

阳光穿过高大的树木，投射到石碑身上。碑上的字迹依然清晰：诸葛武侯之墓。

一队人马，飞驰而来，在诸葛亮的坟墓前停了下来。

老人仍坐在原地，闭目反复唱着那首悲壮的歌，仿佛对这一切充耳不闻。

"大胆老儿，还不快快滚开！"一名士兵挥动马鞭，无数积雪被鞭梢卷起来，在风里飞舞。

那老人一动不动，胸中有万千雄兵，根本不把眼前这支铠甲鲜亮的骑兵放在眼里。

这时，为首的将军跳下马来，抬手制止了那位鲁莽的士兵。将军缓缓地走到墓前，绕墓走了一圈，然后在墓碑前站立，庄重地深深鞠了三躬。

将军一步一步往后退，然后转身命令士兵道："不许任何人在附近伐木砍柴，也不准在附近放牧。"

士兵们见主帅如此，都跳下马来，一个个排成队，恭恭敬敬地在墓前三鞠躬。

将军这时走到老人面前。

老人微微睁开眼睛。

将军笑吟吟地看着老人，问道："如今可有谁能与诸葛丞相比肩？"

老人头也不抬，轻蔑地说道："诸葛在时，不觉得他有什么特别之处。但自他死后，却发现无人可以与他相比。"

"哈哈哈！"那将领大笑数声，突然转过身，骑马疾驰而去。士兵们也都纷纷跨上马背。

万马奔腾，来如风，去也如风。马蹄踏碎雪地，在白茫茫的天地间画出一条弯弯曲曲的墨线。

2018年11月18日初稿毕

2018年12月8日一改毕

2019年3月31日二改毕

2019年6月13日定稿